KB080325

슬픔에 이름 붙이기

THE DICTIONARY OF OBSCURE SORROWS by John Koenig

마음의 혼란을
언어의 질서로 꿰매는
감정 사전

: 슬픔에 이름 붙이기

존 케닉
지음

황유원
옮김

윌북

추천의 말

··

누군가의 알지 못할 슬픔이란 수천 년 동안 어딘가에 놓여 있는 돌멩이 같다는 생각을 자주 한다. 풍파를 겪으며 어딘가에 오롯이 있을 것이다. 슬픔에 대해 말하는 것은 그러므로 돌 하나를 손바닥에 올려두고 돌의 등고선을 읽고 돌의 시간을 헤아리는 것과 같다. 돌조차 되지 못해 공기 중에 떠다니기만 했던 우리의 슬픔들을 존 케닉은 돌처럼 주워 손바닥 위에 올려놓는다. 이 책을 읽어나가면, 그 돌이 우리 손바닥 위로 차례차례 건너온다. 정확하게 만져지는 단단한 슬픔. 페이지를 넘길 때마다 내가 오래 겪어온 슬픔들이 이름을 얻고 거기 놓여 있어서 너무 반갑고 너무 좋아 계속해서 웃었다. 내 덧없고 가없고 종잡을 수 없었던 슬픔들이 용수철처럼 튀어오르는 걸 바라보며 미소지었다. 평생 내 손 닿는 곳에 두어야 할 책 한 권임에 틀림없다. 벌써부터 눈에 선하다. 발에 딱 맞는 신발을 찾은듯, 잠에 꼭 맞는 베개를 찾은듯, 당신의 슬픔들이 반갑고 기뻐서 지을 당신의 표정이.

김소연(시인)

감정의 피라미드 꼭대기엔 고통pain 있다. 주디스 루이스 허먼에 따르면 어떤 고통은 그 실재성을 의심받기 때문에("정말 아프기는 한 거야?") 그 고통에 이름을 붙이고 형상을 부여해서 공적 공간에 존재할 수 있게 해야 한다. 이것은 '연대'다. 피라미드 중간엔 슬픔sorrow이 있다. 스피노자는 우리가 슬픔과 같은 정념에 종속돼 있을 땐 그것을 명철하게 인식함으로써 자유로워질 수 있다고 주장하면서 슬픔에 분석적 언어를 입혔다. 이것은 '성찰'이다. 피라미드 아래쪽엔 기분mood이 있다. 그 어느 날과도, 그 누구와도 같지 않은 난감한 기분은 적절한 단어와 정확한 비유로 표현될 때 비로소 내가 다룰(즐길) 만한 것이 된다. 이것은 '창작'이다. 존 케닉은 이 피라미드 위를 오가며 쓴다. 타인의 고통에 대한 묵묵한 위로, 자신의 슬픔을 위한 지적인 언어 처방, 그저 온갖 기분들에 대한 눈부신 시 쓰기. 케닉 씨, 이것도 명명해보세요. '구상은커녕 상상해본 적도 없지만 읽으면서 뭔가 뺏겼다는 생각을 하게 되는 좋은 책 앞에서 느끼는 허탈한 쾌감.'

신형철(문학평론가)

일러두기

1. 이 책의 주석은 모두 옮긴이 주입니다.
2. 본문에서 단행본은 『 』, 문학 작품은 「 」, 앨범·신문은 《 》, 곡명·영화는 〈 〉로 표시했습니다.
3. 원서에서 구별해서 쓴 대문자, 소문자 표기에 따랐습니다.
4. 한글로 표기한 각 단어의 발음은 저자가 표기한 법칙에 최대한 가깝게 옮겼습니다.

차례

옮긴이의 말

누구나 현재 자신이 사로잡힌 복잡한 감정을 적확하게 표현하려 애써본 경험이 있을 것이다. 그런데 어휘력이 비교적 풍부하고 언어 사용에 꽤 능숙한 사람의 경우라도 그게 그리 쉬운 일만은 아니다. 기존의 어휘 체계가 어딘지 모르게 빈약하게 느껴질 때가 많기 때문이다. 그럴 때 우리는 우선 빈약한 단어로 이루어진 말을, 간절한 보디랭귀지와 뒤섞어 던진 다음 이런저런 설명을 덧붙이기 시작한다. 때로는 이런 덧붙임을 통해 우리의 감정을 전하는 데 어느 정도 성공하기도 하지만, 대개 그것은 어쩐지 개운함보다는 아쉬움을 남기곤 한다. 그럴 때마다 우리는 생각한다. '구구절절이 다 설명할 필요 없이 내 감정을 적확하고도 간단히 표현해줄 딱 하나의 단어가 존재한다면 얼마나 좋을까?' 하고. 하지만 우리는 그렇게 생각만 할 뿐 그런 단어를 만들어낼 시도는 해보지 않는다. 혹은 감히 그럴 용기를 내지 못한다. 『슬픔에 이름 붙이기』는 저자 존 케닉이 우리가 하지 못한 그 일을 과감히 실천에 옮겨 '슬픔'에 관한 구체적인 단어들을 만들고 모아 출간한 신조어 사전이다. 무려 대략 십이 년의 세월 동안 말이다.

개인적으로 '신조어'를 생각하면 요즘 하루가 멀다고 생겨나는 저 수많은 '축약어'보다는 황동규 시인이 예전에 만들어낸 말인 '홀로움'이 생각난다. '홀로'와 '외로움'을 합쳐 만들었을 이 말은, 극한에 이른 외로움이 문득 환해지며 갑갑함에서 해방되는 순간을 표현하기 위해 시인이 직접 만들어낸 말이다. 시로도 충분히 표현할 수 있었음에도 그러지 않고 굳이 단어를 만들어낸 것은 시인으로서도 이례적인 일이었을 텐데, 그만큼 당시 외로움이 무척 강렬했음을, 그리고 그것을 극복했을 때의 환희 또한 엄청났음을 쉽게 짐작해볼 수 있다.

그런데 이처럼 시인이 만들어낸 신조어는, 이유는 알 수 없지만 그 독창성에도 불구하고 널리 사용되지는 않는 듯하다(어딘가에서 몰래 사용하는 사람들이 있을지는 모르겠으나, 최소한 아직 사전에는 등재되어 있지 않다). 그럼 존 케닉이 만들어낸 신조어는? 공감의 힘인지 온라인의 힘인지, 아니면 그 둘 모두의 힘인지 모르겠으나, 그중 몇몇 단어들은 놀랍게도 현실에서 사용되고 있다. 특히 '주변의 모든 사람이 그들 자신의 이야기의 주인공이라는 깨달음'을 뜻하는 '산더sonder'는 꽤 많은 호응을 얻어서, 이 책의 원제이기도 한 'Dictionary of Obscure Sorrows(모호한 슬픔의 사전)' 유튜브 계정에 올라와 있는 해당 동영상은 놀랍게도 현재 조회 수 142만 회를 기록하고 있기도 하다. 이 밖에도 '독창성은 더 이상 가능하지 않다는 두려움'을 뜻하는 '베이모달렌vemödalen'은 조회 수 101만 회, '시간이 점점 빨라지고 있다는 느낌'을 뜻하는 '제노시네zenosyne'와 '우리가 경험할 세상이 얼마나 작을지에 대한 깨달음'을 뜻하는 '오니즘onism' 등은 거의 100만 회에 가까운 조회 수를 기록하고 있다.

거기 달린 수많은 댓글을 읽다 보면, 한 개인이 만들어낸 신조어가 이렇게나 많은 공감을 얻으며 사람들을 하나로 이어줄 수 있다는 사실에 깜짝 놀라게 된다.

이 책을 읽으며 가장 놀란 순간들 중 하나는 sadness(슬픔)의 어원을 알게 되었을 때였다(영어에는 '슬픔'을 표현하는 다양한 단어가 존재하는데, 여기서는 원제의 sorrow(슬픔)이 sadness보다 더 깊고 오래가는 슬픔이라는 사실 정도만 말해두기로 한다). 저자에 따르면 "슬픔sadness은 본래 '충만함'을 뜻했던 단어로, 그 어원은 라틴어 satis(충분한, 만족스러운)이다. 바로 이 단어에서 sated(넌더리가 나도록 물린)와 satisfaction(만족)이라는 단어가 생겨나기도 했다. 그리 오래되지 않은 과거에만 해도 슬퍼진다는 것은 어떤 강렬한 경험으로 마음이 넘치도록 차오른다는 뜻이었다. (…) 진정한 슬픔이란 (…) 인생이 얼마나 찰나적이고 신비롭고 무제한적인지 우리에게 상기시켜주는 활기 넘치는 솟구침을 뜻한다." 슬픔이 어떤 긍정적인 것의 부재가 아닌 극도의 충만함이라니! sadness(슬픔)과 satisfaction(만족)의 어원이 같다니!

이처럼 '슬픔'은 그 깊은 내면에서는 '만족'과 맞닿아 있기도 해서, 존 케닉이 만들어낸 몇몇 단어, 이를테면 '바이오버bye-over'나 '저스팅justing' 같은 것들은 우리를 슬픔에 잠기게 하는 대신 슬며시 웃게 하기도 한다. 심지어 인생의 무상함을 한탄하다가 갑자기

"스티로폼이 썩는 데 얼마나 오래 걸리는지 알면 이상하게 위안이 되기도 한다. 오히려 그 때문에 인간은 이 세상에 어떤 종류의 흔적을 남겨 놓게 될 테니까"라며 시니컬한 유머를 던지는 대목에서는 잠시 소리 내어 웃을 수밖에 없었다.

어떤 독자는 이렇게 말할지도 모르겠다. '어차피 한국에서는 사용하기 어려운 단어들인데 알아서 뭐 해?'라고. 하지만 저자도 분명히 밝혔듯이 이 단어들은 꼭 일상생활에서 사용되길 바라는 의도로 만들어진 것이 아니다. 그런데 또 누가 알겠나? 누군가가 여기서 마음에 드는 단어를 만나고는 한국어로 비슷한 단어를 만들어내보고 싶다는 욕망을 느끼게 될지. 그리고 그 욕망을 언젠가 실천에 옮기게 될지. 그렇게 만들어낸 단어가 실제로 사용될 날이 올지.

이 책 속의 단어들을 오랫동안 매만져본 역자이자 독자로서, 이 책을 한 번에 다 읽지 말고 시간과 상상력을 들여 여러 상황과 공간에서 조금씩 읽어나가길 권하고 싶다. 이 책은, 특히 여기 실린 몇몇 짧은 산문은 마치 시가 그러하듯 우리에게 새로운 감각과 생각의 공간과 풍경을 천천히 열어주는 것이니까. 그러다 보면 주변의 모든 낯선 존재가 새롭게 보이는 순간이 찾아올 것이다. 즉, 그리 낯설지 않을지도 모르는 존재로 보이는 순간이.

『슬픔에 이름 붙이기』는 서로 다른, 외따로 떨어져 있는 우리,

너무 드넓은 우주의 점들 같은 우리 사이에 희미한 선을 그어준다. 어쩌면 이 책의 가치는 그것만으로도 족할지 모르겠다. 잠시 책을 덮고 모르는 사람의 마음속으로 들어가볼 때, 말없이도 말이 통하게 되는 순간이 잠시나마 도래하게 될지도.

황유원

나는 사전을 읽었다.
나는 그게 세상 모든 것에 대한
한 편의 시라고 생각했다.

스티븐 라이트[I]

I 미국의 스탠드업 코미디언. 인용문은 그의 코미디 앨범 《아이 해브 어 포니I Have a Pony》에서 가져왔다.

이 책에 대하여

『슬픔에 이름 붙이기』는 감정을 표현하는 신조어들의 목록이다. 이 책의 임무는 인간 존재의 근원적인 기이함—일상생활의 이면에서 웅웅거리는 모든 아픔, 걱정거리, 분위기, 기쁨, 충동—에 빛을 드리우는 것이다.

케놉시아kenopsia: 평소에는 사람들로 북적이지만 지금은 버려져서 조용한 장소의 분위기.

데뷔dès vu: 이 순간이 기억되리라는 깨달음.

노두스 톨렌스nodus tollens: 자신의 인생의 플롯이 더는 납득되지 않는 느낌.

오니즘onism: 그저 하나의 몸 안에 갇혀 있다는, 한 번에 한 곳밖에는 있을 수 없다는 데서 오는 좌절감.

산더sonder: 눈앞을 지나가는 익명의 사람 모두가 그들 자신의 이야기에서는 주인공이며, 그 이야기에서 자신은 그저 배후에 존재하는 엑스트라일 뿐이라는 깨달음.

평생 느껴왔음에도 알지는 못했던 무언가를 위한 단어가 다른 누군가와 공유되고 있었다는 사실을 안다는 것은 위안이 된다. 그것은 심지어 이상하게 힘이 되는 일이기도 하다—당신이 혼자가 아니라는 사실, 당신이 미치지 않았다는 사실, 당신이 기이한 일련의 상황을 뚫고 앞으로 나아가려 애쓰는 한 평범한 인간일 뿐이라는 사실을 누군가가 상기시켜주는 일은.

그리하여 이 책을 써야겠다는 생각이 태어났다. 특히 영어가 아닌 언어에서 감정을 표현하는 어떤 단어들, 이를테면 휘게hygge, 사우다지saudade, 두엔데duende, 우분투ubuntu, 샤덴프로이데schadenfreude[1] 같은 단어들을 배울 때 정신이 번쩍 들며 찾아드는 인식 속에서. 이 단어 중 몇몇은 아마 번역이 불가능하겠지만, 그래도 그것들은 당신의 머릿속을 적어도 아주 잠깐이나마 좀 더 친숙하게 느끼게 해줄 힘을 여전히 지니고 있다. 그것은 다른 어떤 단어가 또 가능할지 궁금하게 만든다—다른 어떤 의미의 조각들이 비난 속에 괴롭힘을 당했을 수도 있었을지. 물론 누군가가 와서 그것들에게 이름을 붙여줬어야 가능한 일이겠지만.

---

1 '휘게'는 사회적 안락함을 뜻하는 덴마크어, '사우다지'는 그리움을 뜻하는 포르투갈어, '두엔데'는 불가사의한 매력을 뜻하는 스페인어, '우분투'는 공동체 정신을 뜻하는 남아프리카공화국 영어, '샤덴프로이데'는 남의 불행을 기뻐하는 마음을 뜻하는 독일어다.

우리는 왜 한 언어에 어떤 것을 위한 단어는 있고 어떤 것을 위한 단어는 없는지 평소에 질문하지 않는다. 우리는 그 문제에 있어서 우리에게 선택의 여지가 많다고 전혀 생각지 않는데, 왜냐하면 우리가 우리의 삶을 만들어나가는 데 사용하는 단어들은 대부분 구유에서 건네졌거나 놀이터에서 주워들은 것이기 때문이다. 그것들은 우리의 관계, 우리의 기억, 심지어 현실에 대한 우리의 인식을 형성하는 일을 돕는 일종의 심리적 프로그램으로 기능한다. 비트겐슈타인이 썼듯이, "내 언어의 한계가 내 세상의 한계다."

하지만 바로 그 점이 문제가 된다. 언어는 우리의 인식에 너무나도 근본적인 역할을 하기 때문에 우리는 언어 자체에 내장된 결함을 인식하지 못한다. 이를테면 우리가 사용하는 어휘가 시대에 몹시 뒤처져서 더는 우리가 살아가는 세상을 설명하지 못하게 되더라도 우리는 그런 사실을 알아차리기 어렵다. 우리는 우리의 말이 이해되는지 결코 확신하지 못한 채 우리의 대화에서 기이한 공허함만을 느낄 것이다.

물론 시간이 흐름에 따라 사전도 진화한다. 필요에 따라 신조어가 만들어져 우리가 나누는 대화라는 시험 실험실에서 하나둘 그 모습을 드러내는 것이다. 하지만 그 과정은 단순하고 확실하고 공동체적이며 말하기 쉬운 개념에만 이름을 붙여주는 경향이 있다.

이런 개념들은 감정과는 전혀 무관하다. 그 결과 감정을 표현하는 언어에는 거대한 맹점이 생겨나고 어휘 목록에는 커다란 구멍들이 생겨난다. 정작 우리 자신이 무엇을 놓치고 있는지도 모르는 사이에 말이다. 여러 종류의 새와 배와 역사적인 속옷을 위한 단어는 수천 개나 있는 반면, 인간 경험의 미묘한 매력을 포착하기 위한 어휘는 초보적인 단계에 머물러 있을 뿐이다.

단어들은 절대 우리를 제대로 대변해주지 않을 것이다. 하지만 우리는 어떻게든 시도해봐야만 한다. 다행히도 언어의 팔레트는 무한대로 확장이 가능하다. 만일 우리가 원한다면, 우리는 그런 공백을 메울 새로운 언어적 체계를 만들어낼 수 있다. 이번에는 우리의 공통된 인간성, 우리가 공유하는 취약성, 개인으로서 우리가 지닌 복잡성에 기반해서 말이다—이는 우리가 사용하는 사전 대부분이 쓰였을 때는 아예 존재하지 않던 관점이다. 우리는 심지어 인간이라면 어쩔 수 없이 지니는 가장 미미한 기벽, 심지어 오직 한 사람만 느껴본 것들도 목록에 실을 수 있다—물론 우리가 느끼는 감정은 결코 혼자만의 것이 아니라는 게 이 책의 작업가설이긴 하지만.

언어에서는 모든 게 가능하다. 즉 번역 불가능한 감정은 존재하지 않는다는 뜻이다. 정의하지 못할 만큼 모호한 슬픔은 없다. 우리는 그저 그 일을 하기만 하면 된다.

이 책은 슬픔에 관한 책이 아니다—적어도 슬픔이라는 단어의 현대적 의미에서 보자면 그렇다. 슬픔sadness은 본래 '충만함'을 뜻했던 단어로, 그 어원은 라틴어 satis(충분한, 만족스러운)다. 바로 이 단어에서 sated(넌더리가 나도록 물린)와 satisfaction(만족)이라는 단어가 생겨나기도 했다. 그리 오래되지 않은 과거에만 해도 슬퍼진다는 것은 어떤 강렬한 경험으로 마음이 넘치도록 차오른다는 뜻이었다. 그것은 단순히 기쁨이라는 기계의 오작동이 아니었다. 그것은 의식의 상태였다—초점을 무한대에 맞춰서 그야말로 모든 것을, 기쁨과 고뇌를 모두 한꺼번에 받아들이는. 요즘 우리가 '슬픔'이라고 말할 때, 그것은 대개 글자 그대로 '희망의 부재', 즉 '절망'을 뜻한다. 하지만 진정한 슬픔이란 사실 그 반대, 즉 인생이 얼마나 찰나적이고 신비롭고 무제한적인지 우리에게 상기시켜주는 활기 넘치는 솟구침을 뜻한다. 그런 이유로 당신은 이 책의 곳곳에서 우울함의 흔적을 발견하게 되겠지만, 마지막에 이르러서는 이상하리만치 기쁨으로 충만한 기분을 느끼게 될지도 모르겠다. 그리고 만일 당신이 운 좋게도 슬픔을 느끼게 된다면, 음, 그것이 당신이 이 세상의 무언가에 마음이 쓰여 그것에 사로잡힐 정도임을 의미한다면, 슬픔이 지속되는 동안 그것을 음미하시길.

이 책은 사전이자 모든 것에 대한 한 편의 시다. 책은 여섯 장으로 나뉘어 있고, 각 장에는 외부 세계, 내적 자아, 당신이 아는 사람, 당신이 모르는 사람, 시간의 흐름, 의미의 추구 같은 주제에 따라 모은 정의가 담겨 있다. 정의들은 무순으로 배열되어 있는데, 감정이 우리의 마음속에서 날씨처럼 부유하는 경향이 있다는 사실을 고려해볼 때 이런 배열은 현실과 꽤나 닮은 듯하다.

이 사전에 수록된 단어는 모두 신조어다. 어떤 단어는 쓰레기 더미에서 구출해서 재정의한 것이고 또 어떤 단어는 완전히 꾸며낸 것이지만, 대부분은 사어死語이거나 활어活語인 수많은 다른 언어의 파편을 한데 꿰맨 것이다. 이 단어들은 반드시 대화에서 사용되길 바라는 의도로 만들어진 것이 아니라 그 자체로 존재하길 바라는 마음에서 만들어졌다. 당신 머릿속의 황야에 어떤 외견상의 질서를 부여해주고픈 마음에서. 그리하여 당신이 너무 심하게 길을 잃었다고 느끼진 않은 채—실은 우리 모두가 길을 잃었다는 사실을 알고 안도하며—당신만의 방식대로 그 질서를 정착시킬 수 있게.

I

삶과 꿈 사이에서

세상을 있는 그대로
바라보고
있을 수 있는
모습으로도 바라보기

브루노 바랄디의 콜라주
| TAKI

지구의 밝은 쪽은 어둠으로 향하고
도시들은 저마다 잠이 드는데
나에게는, 그때나 지금이나, 모든 게 넘쳐난다,
나에게 세상은 너무 많다.

체스와프 미워시[1], 『별개의 노트들』

1 폴란드 시인으로 1980년 노벨문학상을 수상했다.

크리설리즘
chrysalism

(명사) 뇌우가 쏟아지는 가운데 실내에서 느끼는 양막[2]과도 같은 평온함.

어원 라틴어 chrysalis(나비의 번데기).

트럼스프링거
trumspringa

(명사) 사회생활의 길에서 벗어나—숲의 빈터에서 작은 농장을 돌보거나 외딴 환상環狀 산호섬에서 등대를 관리하거나 산에서 양치기가 되어—소박한 삶을 추구하고자 하지만, 실컷 그런 생각만 하다가 다시 도시의 좁은 방으로 천천히 돌아오고 마는 일종의 최면적인 기분 전환에 불과한 열망.

어원 독일어 Stadtzentrum(도심)+펜실베이니아 독일어[3] Rumspringa(깡충깡충 뛰다). 'Rumspringa'는 소문에 들리는 전통으로, 아미시파[4]에 속한 십 대 청소년이 전통적인 생활 방식에 헌신할지 말지 결정하기 전에 한동안 현대 문물에 발을 담그는 행위를 뜻한다.

---

2 포유류의 태아를 둘러싼 반투명의 얇은 막.

3 독일계 펜실베이니아인 사람이 사용하는 영어가 섞인 독일어.

4 현대 기술 문명을 거부하고 소박한 농경 생활을 하는 미국의 한 종교 집단.

카이로스클러로시스

kairosclerosis

(명사) 주위를 둘러보고서 자신이 지금 행복하다는 사실을 깨닫고는—그 감정을 음미해보려 의식적으로 애쓰며—지성을 발휘해 그 감정을 확인하고 요리조리 따져보고 그것이 어떤 맥락에서 생겨난 것인지 이해해보려고 노력하는 동안 행복감이 천천히 사라져 그저 희미한 뒷맛만 남게 되는 순간.

어원 고대 그리스어 καιρός kairos(숭고하거나 적절한 순간) + σκλήρωσις sklērōsis(딱딱해지는).

스캐뷸러스

scabulous

(형용사) 몸에 난 어떤 상처를, 심지어 자신이 다치면서까지 기꺼이 계속 놀아주려 한 마음에 대한 감사의 표시로 세상이 해준 사인처럼 자랑스러워하는.

어원 scab(상처의 딱지) + fabulous(멋진).

오키올리즘

occhiolism

(명사) 자신의 감각이 근본적으로 얼마나 제한적인지—자신의 좁은 시야가 얼마나 고정적인지, 자신이 보는 색깔이 얼마나 적은지, 자신이 듣는 소리가 얼마나 적은지, 자신의 뇌가 얼마나 주제넘게 그것의 만화 같은 추론으로 공백을 채우는지—에 대한 깨달음. 그저 실재를 힐끗 보는 대신 우선 열쇠 구멍에서 뒤로 물러나서 마침내 문을 열어 실재 전체를 경험하고 싶게 만든다.

어원 갈릴레오 갈릴레이가 1609년에 현미경에 붙여준 이름인 이탈리아어 occhiolino(작은 눈).

베이모달렌

VEMÖDALEN

독창성은 더 이상 가능하지 않다는 두려움

당신은 유일무이하다. 그리고 당신은 당신만큼이나 유일무이한 존재인 다른 사람 수십억 명에게 둘러싸여 있다. 우리는 각자 다르고, 세상에 대한 몇몇 새로운 관점을 지닌다. 그렇다면 우리가 바삐 손으로 빚고 있는 삶이 결국 전부 똑같은 모습으로 나타난다는 것은 무슨 의미일까?

우리는 다들 흩어져서 최첨단의 조각들을 찾아 돌아다닌다—뭔가 특별한 것, 뭔가 개인적인 것을 포착하려 애쓰며. 하지만 우리가 찍은 스냅 사진들을 모두 모아서 나란히 놓아두면 그 결과는 종종 기괴하다. 그곳에는 똑같은 눈의 클로즈업, 똑같은 창문의 빗방울, 똑같은 사이드미러 속 셀카가 있다. 비행기의 날개 끝, 해변용 의자 위로 쭉 뻗은 두 맨다리, 라테 위에 장미 모양으로 둥글게 장식한 우유. 똑같은 음식 사진들이 찍히고 또 찍힌다. 똑같은 기념물들이 손가락 사이에 들어간다. 똑같은 폭포들. 일몰 뒤에 또 일몰.

우리가 그리 다르지 않다는, 우리의 관점들이 아주 말끔히 정렬되어 있다는 사실은 위안이 되는 일일 것이다. 적어도 그것은 우리가 똑같은 세상에서 살고 있다는 사실을 상기시켜준다. 그래도 당신은 궁금해할 수밖에 없다. 당신이 찍은 스냅 사진 중 얼마나 많은 것들이 다른 똑같은 수많은 사진으로 쉽게 교체될 수 있을까? 그럼에도 또 다른 달이나 타지마할, 에펠탑의 사진을 찍는 일에는 어떤 가치가 남아 있을까? 한 장의 사진은 그저 당신이 어딘가에 다녀왔음을 증명할 일종의 기념품에 불과한 것일까? 당신이 우연히 스스로 조립한 어느 조립식 가구처럼?

다들 이미 들은 농담을 똑같이 되풀이해도 괜찮다. 똑같은 영화를 계속 리메이크해도 괜찮다. 똑같은 관용구를 한 번도 써먹지 않은 것처럼 서로에게 계속 써먹어도 괜찮다. 심지어 당신은 알려진 가장 오래된 예술 작품을 되돌아볼 때조차도 동굴의 벽에 찍힌 손자국을 발견하게 될 것이다—그것도 하나가 아니라, 서로 구분되지 않게 겹쳐진 수백 개의 손자국을.

장담하건대 당신과 나와 수십억 명의 다른 사람들은 이 세상에 우리가 물려받은 흔적을 남겨 놓을 것이다. 우리보다 앞서 존재했던 수십억 명의 사람들이 그러했듯이. 하지만 결국 우리가 더는 아무 할 말도, 더할 그 어떤 새로운 것도 찾지 못한 채 오래전에 다른 이들이 남긴 윤곽만 게으르게 따라간다면—우리는 이곳에 있지도 않았던 것이나 마찬가지인 존재가 될 것이다.

이것 또한 독창적인 생각은 아니다. 시인이 한때 말했듯, "강렬한 연극은 계속되고, 당신은 한 편의 시를 보태리라."[5] 그것 말고 또 무슨 말을 할 수 있을까? 당신의 큐 사인이 떨어지면, 당신은 당신의 대사를 읊으라.

어원 스웨덴어 vemod(부드러운 슬픔, 수심에 잠겨 느끼는 우울함) + Vemdalen(스웨덴의 마을 이름). 이케아IKEA는 보통 이런 식으로 스웨덴의 지명을 빌려와서 자신들의 상품명을 짓는다.

---

5 미국의 시인 월트 휘트먼의 시 「오, 나여! 오, 생명이여!O Me! O Life!」의 한 구절.

루스레프트
looseleft

(형용사) 좋은 책을 다 읽은 후 뒤표지의 무게가 자신이 아주 잘 알게 된 인물들의 삶을 가두어버린다는 기분에 상실감을 느끼는.

어원 looseleaf(뺐다 끼웠다 할 수 있는 종이) + left(떠난).

주스카
jouska

(명사) 머릿속에서 강박적으로 벌이는 가상의 대화—산뜻한 분석, 굉장히 재빠른 응수, 카타르시스를 유발하는 솔직한 대화. 일상생활의 스몰볼 전략보다 훨씬 더 만족스럽게 느껴지는 일종의 심리적 배팅 케이지[6] 역할을 해준다.

어원 프랑스어 jusqu'à(…까지). 야구에서, '스몰볼small ball'은 야구팬들이 즐거워하곤 하는 홈런의 순간을 무시한 채 워크[7], 번트, 도루를 통해 출루하는 데 골몰하는 조심스럽고 불쾌한 전략을 뜻한다.

---

6 야구에서, 타자가 타격 연습을 할 수 있는 시설을 갖추어 놓은 곳.

7 야구에서, 투수가 타자에게 스트라이크가 아닌 볼을 네 번 던지는 일.

플라타 라사

plata rasa

(명사) 돌아가는 식기 세척기가 마음을 달래주는 소리. 식기 세척기가 어머니처럼 꾸준히 쉿, 하고 내는 소리는 그 어떤 것도 혼자서 해내야 했던 적은 없지 않냐며 왠지 우리를 완전히 평화로운 기분에 빠지게 해주는 듯하다.

어원 라틴어 plata(접시) + rasa(텅 빈 혹은 깨끗이 문질러 닦은).

슬립패스트

slipfast

(형용사) 세상에 참여하지 않고도 세상을 바라볼 수 있게—전혀 발자국을 남기지 않고도 사람들의 대화 속을 자유로이 헤맬 수 있게, 첨벙하는 소리를 낼[8] 걱정 없이 자유로이 세상 속에 뛰어들어 깊이 잠수할 수 있게—완전히 사라지길 바라는, 군중 속에 녹아들어 보이지 않는 존재가 되길 바라는.

어원 slip(은밀히 빠져나가거나 슬쩍 날아가버리다) + fast(공격에 대비해 강화한).

8 '첨벙하는 소리를 내다'로 옮긴 'make a splash'에는 '세상의 관심을 끌다'라는 뜻도 있다.

엘스와이즈

elsewise

(형용사) 자신의 집과는 너무 다른 냄새와 분위기를 풍기는 다른 사람의 집에서—그들의 사적인 생활공간을 자세히 살펴보면서, 그들의 사소한 일상적 의식, 그들이 물건을 배치한 방식, 자신이 절대 알 수 없을 사람들이 찍힌 액자 속 사진을 주목하면서—느낀 매서운 기이함에 놀란.

어원 else(다른) + wise(…와 관련하여).

틸

the Til

(명사) 삶의 현시점에서 여전히 실현 가능한 모든 기회—기운이 남아서 여전히 돌아다녀볼 수 있는 모든 나라, 용기가 있어서 여전히 이어 나가볼 수 있는 경력, 여전히 맺고 싶은 마음이 드는 관계—의 저수조槽. 이를테면 처음에는 무척 부담스러운 짐처럼 느껴지다가 나이를 먹으며 발을 내디딜 때마다 많은 양이 양옆으로 흘러내려서 수위가 꾸준히 낮아지는, 우리가 머리에 이고 다니는 물 한 통 같은.

어원 the till(사용하지 않은 잔돈으로 가득 찬 가게의 금전 등록기) + until(…까지).

아스트러피

ASTROPHE

지구에 갇혀 있는 기분

걸으면서 땅을 보지 않기란 힘들다. 당신이 어디에 있든 그저 현재에 머무르려 애쓰며 시선을 아래로 고정한 채 세상을 계속 돌게 하지 않기란. 하지만 이따금 당신은 고개를 들어 별을 바라보길 잊지 않고, 그러고는 저 밖에 무엇이 있을지 상상한다. 머지않아 당신은 당신 자신이 또다시 땅에 못 박혀 있음을 알게 된다—집 밖에 나가지 못한다는, 지구라는 별에 갇혀 있다는 의미에서 땅에 못 박혀 있음을.[9]

하늘을 바라보면 바라볼수록, 당신은 더욱더 자신이 지구에 돌아와 있음을 느끼며 어떤 가능성에 맞닥뜨리게 된다. 지구라는 행성에는 우리가 절대 알지 못할 다른 이름들이 붙었을 수도 있다. 우리가 절대 보지 못할 각도에서 우리의 태양을 포함한 별자리들이 있을 수도 있다. 너무 멀어서 그 빛이 우리에게 도달하지 못하는, 시간의 베일 뒤에 숨겨진 다른 수많은 문명이 있을 수도 있다. 우리는 다른 세계들을 꿈꾸며 그것들에게 버려진 옛 신들의 이름을 붙여주고, 그것들은 거의 먼 거리처럼 보인다—육안으로 보기에는 너무 먼 것처럼. 우리 대기의 맨 끄트머리 너머로 상체를 내민 채 우리의 가장 선명한 망원경으로 보기에도 너무 먼 것처럼.

9 '땅에 못 박혀 있는'으로 옮긴 'grounded'에는 '외출 금지를 당한'이라는 뜻도 있다.

그 세계들은 확률론적 데이터 신호 속에만 존재하면서 무언가가 어떤 간격을 두고서 별빛을 막고 있는 게 분명하다는 암시를 준다. 아무튼 그 정도면 저 밖에 있는 세계 전체를 추론하기에 충분하다. 마치 그것들이 따먹을 수 있을 만큼 충분히 익기라도 한 것처럼. 하지만 이들 먼 은하와 태양계 밖 행성 중 많은 것들은 오로지 예술가들의 해석 속에만 존재할 것이다. 살짝 솜씨를 부려 색채가 변형된 형태로.

심지어 우리 태양계의 행성들도 무시무시할 만큼 드문드문 위치해 있다. 우리는 교과서에 모든 행성이 서로 가까이 붙어서 무리 짓는 그림을 싣는 경향이 있는데, 왜냐하면 우리가 행성들을 일정한 비율로 축소해서 그린다면 그것들은 너무 작고 서로 멀어진 나머지 같은 공간에 집어넣을 수도 없게 되어버릴 것이기 때문이다. 심지어 지구에 아주 가까이 붙은 것처럼 보이는 우리의 달도, 실은 지구와 달 사이의 빈 공간에 다른 모든 행성을 집어넣을 수 있을 만큼 서로 멀리 떨어져 있다. 그리고 지구인 수십억 명 가운데 지구에서 발을 떼고 외계의 흙에 발을 디딘 적이 있는 사람은 고작 열두 명뿐이다.

우리의 우주복이 다시는 트레드 부츠를 필요로 하지 않게 될 수도 있다. 머지않은 어느 날 우리는 탐험에 싫증 나서 영원히 집으로 돌아올 수도 있다. 그리고 우리는 걷는 동안 발을 쳐다보는 일에 익숙해질 것이고, 가끔 걸음을 멈춘 채 심연 속으로 무인 우주탐사선 한 대를 쏘아 보낼 것이다. 마치 병 속에 든 편지처럼.

그걸 아무도 찾지 못해도 아마 상관없을 것이다. 우리가 한때 이곳 지구에 살았다는 사실을 알아줄 사람이 아무도 없어도. 아마 그건 호수의 수면에 물수제비를 뜨는 일과 비슷할지도 모르겠다.

던진 돌이 어디까지 날아가는지는 중요하지 않다. 중요한 것은 지금 우리가—즐거운 시간을 보내고 그 돌이 어디까지 날아가는지 보려고 애쓰며—이곳 해안에 있다는 사실뿐이다.

어원 고대 그리스어 ἄστρον ástron(별) + ἀτροφία atrophía(사용하지 않아서 차츰 닳아가는).

아멘뉴로시스

ameneurosis

(명사) 밤중에 멀리서 들려오는 기차 기적 소리의 반쯤은 쓸쓸하고 반쯤은 도피적인 고통스러운 울부짖음.

어원 amen(그렇게 될지어다) + neurosis(불안해하는 상태) + amanuensis(새로 작곡한 음악의 기보를 도와주는 조수). 기차의 기적 소리는 공기가 틈 사이로 뿜어져 나오며 내는 소리로, 이는 우리 인생의 모든 틈을 날카롭게 상기시켜준다.

보란더

volander

(명사) 비행기 창문을 통해 세상을 내려다보며 느끼는 천상의 기분. 절대로 직접 보지 못할 멀리 떨어진 장소들을 얼핏 볼 수 있고, 마음을 자유로이 산만하게 만들며 땅 위에서는 다들 어떤 기분일지 상상해보려 애쓸 수 있다—당신이 느껴볼 수 있는 가장 객관적 시각.

어원 라틴어 volare(날다) + solander(지도를 보관하는 데 사용하는 책 모양의 상자).

푼켄츠방스포스텔룽

funkenzwangsvorstellung

(명사) 어둠 속에서 모닥불을 쳐다보며 원초적 무아지경에 빠져드는 상태.

어원 독일어 Funken(불꽃) + Zwangsvorstellung(사로잡힘).

라이코틱

licotic

(형용사) 대단히 놀랍다고 생각되는 무언가—명반, 좋아하는 식당, 친구가 운 좋게도 처음으로 보게 될 텔레비전 프로그램—를 친구에게 애탈 만큼 흥분되는 마음으로 소개해주고는 당연히 경탄이 터져 나오길 기다리며 계속해서 친구의 얼굴을 살피지만 그 모든 작품의 결점이 처음으로 빛을 발하는 것을 깨닫고는 움츠러들 뿐인.

어원 고대 영어 licodxe[그것이 (당신을) 기쁘게 했다] + psychotic(정신병을 앓는).

피츠카랄도

fitzcarraldo

(명사) 머릿속에 깊이 박혀 있다가 거칠고 터무니없는 환상으로 자라나 계속 머릿속을 휘저으며 당장 바깥 현실로 뛰쳐나갈 기회를 얻지 못해 안달인—어쩌면 꿈에서 그곳으로 밀려왔거나 책 속에서 밀반입되었거나 가벼운 대화를 나누다가 이식된—임의의 이미지.

어원 베르너 헤어조크 감독의 1982년작 〈위대한 피츠카랄도Fitzcarraldo〉의 주인공 이름. 이 영화는 오페라 가수 카루소가 내는 최고 음을 페루의 밀림에 울려 퍼지게 하고 싶다는 생각에 사로잡힌 한 남자에 대한 이야기다. 그는 이러한 노력에 자금을 대기 위해 원주민을 고용해 증기선을 산 너머로 끌어올리는데, 이러한 묘기는 영화 제작을 위해 실제로 행해졌다.

엑서란시스

exulansis

(명사) 남들이—질투나 연민이나 단순한 이질감 때문에—공감하지 못한다는 이유로 어떤 경험에 대해 이야기해볼 생각을 포기하는 경향. 그러면 그 경험은 당신의 나머지 이야기에서 떨어져 나와 부유하다가 결국 제자리에 있지 않은 듯한, 거의 신화적인 느낌에 이르게 되고, 안개 속을 끊임없이 방황하다가 심지어 더는 내려앉을 곳을 찾지도 않게 된다.

어원 '나그네앨버트로스'의 라틴어 이름인 'diomedea exulans'에서 온 라틴어 exulans(망명자, 방랑자). 앨버트로스는 거의 땅에 내려앉지 않고 삶의 대부분을 비행하며 보내는데, 심지어 날개도 펄럭이지 않은 채 몇 시간을 난다. 앨버트로스는 행운, 저주, 부담을 상징하며, 때로는 이 세 가지를 모두 한꺼번에 상징하기도 한다.

라 쿠너

la cuna

(명사) 미개척지가 남아 있지 않다는 데서 오는 찌릿한 슬픔. 마지막 탐험가가 무리를 이끌고 지도상의 마지막 공백을 향해 느릿느릿 걸어가다가 갑자기 집으로 방향을 돌려 마지막 섬 하나를 탐험하지 않은 채로 남겨둠으로써 우리가 그곳을 신비의 전략적 보호구역으로 지정해둘 수 있게 하지 않았다는 데서 오는 슬픔.

어원 라틴어 lacuna(채워지지 않은 공간이나 구멍) + 스페인어 la cuna(요람).

오즈유리

OZURIE

당신이 원하는 삶과 당신이 살고 있는
삶 사이에서 어쩔 줄 모르는 기분

영화의 끝부분에서 자신의 침대에 똑바로 앉아 있는 캔자스의 고아 소녀 도로시를 생각해보라. 엔딩 크레디트가 올라가고 음악이 울려 퍼지는 동안, 여전히 두 눈에 '오즈의 나라'가 어렴풋이 남아 있는 그녀가 홀로 속삭인다. "뭐니 뭐니 해도 집이 최고야."

물론 도로시는 결국 자신이 침대 밖으로 나가서 평범한 검은색 실내화를 신고 농장에서의 삶을 이어나가야 할 것임을 안다. 닭의 수를 세고, 스타킹을 꿰매고, 무쇠 냄비 안에 회색 달걀을 밀어 넣으면서. 그녀는 예전에 그랬던 것처럼 토토와 뛰어놀 것이다. 그리고 그녀는 문을 열고서 흑백 세상 속으로, 사방이 하늘의 가장자리로 이어지는 드넓은 평지로 걸어나갈 것이다. 그러면 그녀는 자신이 더 이상 오즈에 있지 않다는 사실을 깨닫게 될 것이다. 그녀는 럼스프링거rumspringa를 끝내고 돌아오기로 마음을 정했는데, 그것은 그녀가 이제 확고부동한 캔자스 사람이 되었음을 의미한다.

하지만 심지어 다음 날 아침에 학교로 발걸음을 옮기는 동안에도 도로시는 이제 어떤 흔들리지 않는 인식을 한다—자신의 회색 체크무늬 원피스 안에 파란색이 숨겨져 있다는, 자신의 암회색 머리칼이 실은 짙은 적갈색이라는, 해가 질 때 하늘이 불타오른다는 인식을. 그녀는 눈을 깜빡거리며 자신의 눈에서 그 색깔들을 몰아내려고 애쓸 테지만 세상의 내면에 완전히 다른 차원이 숨겨져 있다는 사실을 결코 잊을 수는 없을 것이다. 이제는 모든 게 거칠거칠한 과묵함을 보일 것이고, 그녀는 그것을 견딜 수 없을 것이다. 그녀는 이 따분하고 무미건조한 세상이 어느 날 예고도 없이 폭발해 색깔과 가능성과 혼돈으로 꽃피우리라는 걸 안다. 오직 그녀만이 잿빛 자갈길이 발하는 희미한 금빛을, 친구의 목소리에 숨어 있는 사자의 으르렁거림을 감지한다. 그녀는 겉으로 드러나는 표면과 거리감에서 새로운 불만을 느낄 것이고, 커튼을 홱 열어젖히고 사람들의 마음속으로 거칠게 들어가서는 단지 그것들이 무엇으로 만들어졌는지 이해하기 위해 그것들에 불을 지르고픈 충동을 느낄 것이다.

도로시에게 오즈는 단순한 꿈 이상을 의미한다. 그것은 병이다. 그녀가 잘 지내고 있을 때 찾아와 그녀의 마음을 감염시키고 평범한 삶을 견딜 수 없게 만들어버린 열병과도 같은 욕망. 하지만 그녀는 여기서 어디로 가야 할까? 그녀가 또다시 무지개 너머를 바라보기까지 얼마나 오랜 시간이 흘러야 할까? 누가 들어 올려주길 간절히 바라는 걸음마 단계의 아이처럼 구름을 향해 두 팔을 흔드는 그녀가 폭풍을 쫓는 사람처럼 들판을 전속력으로 달리기까지 얼마나 오랜 시간이 흘러야 할까?

그리고 설령 도로시가 자신의 소원을 이루어 마치 시간이 흐르지 않았던 것처럼 다시 오즈에서 깨어난다면—그러면 어쩔 텐가? 그녀가 구두를 신고 에메랄드시의 보도를 또각또각 걸으며 자신을 편안하고 안전한 집으로 데려다줄 열기구를 부르려고 애쓰는 동안 또 얼마나 많은 시간이 흐를까? 만일 오즈가 절대 그녀에게서 떠나지 않는 꿈이라면, 그건 캔자스도 마찬가지다. 인생은 단조롭고 황량한 벽지의 소도시가 아니고, 떠들썩한 동화 속 나라도 아니다. 어쩌면 세상에는 어떤 애매한 중간 지점, 즉 그녀가 실제로 살아가는 곳을 바라보는 서로 다른 두 방식밖에 없는지도 모른다. 그것은 그저 관점의 문제로, 그녀가 그곳을 어떻게 바라보느냐에 따라서 급변할 수 있는 것이다.

그런 게 바로 인생이다. 어느 날 당신은 캔자스에서 깨어날 것이고, 또 다른 날에는 오즈에서 깨어날 것이다. 때로 세상은 거의 그 자리에 고정되어 있는 것처럼 느껴지고, 당신은 그런 사실을 이미 담담히 받아들였다. 꿰맬 양말과 먹일 돼지가 있는데, 왜 바보 같은 몽상으로 시간을 낭비해야 하나? 또 다른 때에 당신은 주위를 둘러보고는 세상이 얼마나 흥미진진해질 수 있는지, 세상의 존재들이 얼마나 유연하고 제멋대로인지, 옛 삶을 내버리고 당신이 정말로 원하는 삶을 만드는 일에 착수하는 게 얼마나 쉬울지를 깨닫는다.

결국 당신은 이 욕망으로 무엇을 할지 결정해야만 한다. 그 욕망을 속으로 억누를 것인가, 아니면 그것을 쫓아갈 것인가? 당신의 꿈을 추구하기 위해 직장을 때려치울 것인가, 아니면 꾸준한 월급에 계속 매달릴 것인가? 그럭저럭 괜찮은 관계에 머물 것인가, 아니면 더 나은 상대를 찾을 것인가? 가혹하고 열광적이고 혼란스러울지도 모르는 총천연색 야단법석 속으로 뛰어들 것인가? 아니면 그 어떤 것도 변하지 않고 모든 게 단순하고 평범한 삶의 겸허한 아름다움을 받아들일 것인가? 캔자스와 오즈 중에서 무엇을 선택할 것인가? 있는 그대로의 삶과 있을 수 있는 삶 중에서?

머지않아 삶은 당신에게 답을 제공해줄 것이다. 하지만 당신은 지금으로서는 도로시처럼 침대에 똑바로 앉아서 오늘은 어떤 실내화를 신을지 고민하고 있다. 검은색 아니면 다홍색? 검은색 아니면 다홍색? 결정하기 전까지 그녀는 미쳐버릴 것만 같은 긴장 상태에 사로잡힌 채 한 번에 두 세계에서 살아보려고 애쓸 것이다—피는 루비처럼 빛나고 적갈색 머리는 천천히 잿빛으로 변해 가는 가운데 회오리바람 안에서 빙빙 돌고 있는 농가 주위를 조용히 걸으며.

캔자스의 고아 소녀, 총천연색 꿈을 꾸지만 흑백 세상에서 살아가고 있는 가엾은 도로시를 다들 한번 생각해보시길.

어원 Oz(오즈) + the prairie(대초원), 그리고 그 사이 어딘가에 끼인 you(당신).

오즈유리 | 미스터 베이비스Mr. Babies의 콜라주

아이들와일드

idlewild

(형용사) 어떤 것도 할 수 없는 곳에서—이를테면 공항의 게이트, 기차의 침대칸, 장거리 자동차 여행 중에 밴의 뒷좌석에서 몇 시간 동안 앉은 채—발이 묶이게 된 것에 고마워하는. 늘 무엇을 해야 한다는 부담감을 일시적으로 덜어버리고 머리를 해방시켜 그것이 원하는 것은 무엇이든 할 수 있게 된다. 그것이 고작 스쳐가는 풍경을 바라보며 눈을 깜박이는 일이라고 해도.

어원 뉴욕에 있는 케네디 국제공항의 원래 이름인 Idlewild(아이들와일드 공항).

오바드와르

aubadoir

(명사) 새벽 5시, 즉 늦은 밤의 흐릿한 멜로드라마가 아주 이른 아침의 근면한 형광빛과 어색하게 합쳐지는 시간 직전의 딴 세상 같은 분위기.

어원 프랑스어 aubade(아침에 바치는 송가) + abattoir(도살장).

룩카이룬루어

rückkehrunruhe

(명사) 푹 빠져서 했던 여행에서 돌아오자마자 마치 당신의 머리가 자동으로 그것 모두를 꿈으로 단정 짓고는 벌써 기억에서 지우기 시작하기라도 한 듯, 그것이 머릿속에서 재빨리 사라져가는 걸 느낄 때의 기분.

어원 독일어 rückkehren(돌아옴) + Unruhe(들썩임). 이동할 때가 된 새들에게서 볼 수 있는 안절부절못하는 행동인 Zugunruhe(이동 들썩임)과 비교해볼 것.

마피오한지아

mahpiohanzia

(명사) 날 수 없다는 데서 오는, 즉 더 생각할 것도 없이 평생을 짊어져온 자신의 짐스러운 무게를 마침내 떨쳐버리고 두 팔을 쭉 펼쳐 하늘로 도약할 수 없다는 데서 오는 좌절감.

어원 라코타어[10] mahpiohanzi(구름 한 점이 드리운 그림자).

킥드롭

the kick drop

(명사) 실감 나는 꿈에서 깨어나자마자 급히 실제 세계로 돌아와야만 하는 순간—회사에 다시 복귀하고, 사랑이 곧장 다시 식어버리고, 세상을 떠난 사랑하는 사람들을 다시 땅에 묻으며.

어원 미식축구에서, '드롭킥the drop kick'은 선수가 공을 땅에 떨어뜨렸다가 튀어오를 때 차는 것으로, 경기를 다시 시작하는 방법으로 사용된다.

---

10 북미 원주민인 라코타족의 언어.

마루 모리

MARU MORI

평범한 것들의 가슴 아픈 소박함

살아 있는 것들 대부분은 삶이 소중하다는 사실을 스스로 상기할 필요가 없다. 그것들은 그저 시간을 흘려보낼 뿐이다. 늙은 고양이는 서점 창가에 앉아서 사람들이 헤매는 동안 즐겁고 느긋하게 시간을 보낼 수 있다. 차분하게 눈을 깜빡이며, 숨을 들이쉬었다가 내쉬며, 길 건너편에 선 밴에서 짐을 내리는 모습을 게으르게 쳐다보며, 그 어떤 것에 대해서도 깊이 생각하지 않은 채. 그리고 그래도 괜찮다. 그렇게 사는 것도 그리 나쁜 건 아니다.

삶의 거의 대부분이 이런 식으로 평범한 시간 속에서 흘러간다. 대단한 투쟁도, 신비하고 성스러운 일도, 직관의 순간도 없다. 그저 작은 이미지들에 붙들려 이곳저곳을 돌아다니는 소박한 가정생활이 있을 뿐이다. 그 모든 작고 값싼 물건들. 안절부절못하며 왔다 갔다 하는 선풍기의 달가닥거림, 싱크대 옆에 놓인 컵에 꽂혀 기다리고 있는 칫솔 두 개. 오래된 망사문의 고르지 못한 끼익 소리, 출력되는 영수증이 삑 하고 내는 건조한 전자음, 위층에서 샤워 중인 누군가의 잔잔한 웅웅거림도 있다. 그리고 겨울날 아침에 양모 양말 한 켤레를 신을 때의 기분과 하루가 끝날 무렵에 그것을 벗을 때의 기분. 이런 것들은 더 생각할 것도 없이 지나가버리는 감각이다. 그것들 대부분은 주목할 가치가 거의 없다.

하지만 몇백 년 후면 이 세상은 완전히 다른 등장인물들에게 넘어갈 것이다. 그들은 과거를 돌이켜보며 누가 언제 전투에서 승리했는지 궁금해하지 않을 것이다. 대신 그들은 한때 세상에 존재했던, 그 모든 사소한 디테일이 가슴을 아프게 하는 소중한 인공물들을 모으며 우리가 하루하루 어떻게 살았는지 상상할 것이다. 그들은 우리가 사용한 교과서의 여백에 남겨진 낙서나 책장 사이에 눌린 민들레를 찾을 것이다. 그들은 우리의 몸에 닿은 옷의 감촉이 어떠했을지, 우리가 평범한 날에 점심으로 무엇을 먹었을지, 그것의 가격은 얼마였을지 상상하려고 애쓸 것이다. 그들은 우리의 미신, 우리가 좋아하던 밈과 관용구와 농담, 우리가 아무 생각 없이 흥얼거리던 대중가요를 궁금히 여길 것이다. 그들은 거리의 모퉁이에 서서 건축물을 바라보거나 낡은 차들이 웅웅거리며 지나가는 소리를 듣는 게 어떤 기분이었을지 상상하려 애쓸 것이다. 공기 중의 냄새가 어떠했을지. 케첩이 어떤 맛이었을지.

우리는 삶의 그런 부분에 대해 곰곰이 생각하는 법이 거의 없다. 우리는 평범한 사람들의 동상을 만들지 않는다. 우리는 평범한 시대의 사건을 기념하기 위해 작은 명판을 남기지 않는다.

1994년 3월 25일에
몇몇 이웃이 이곳에
개를 산책시키러 나왔다
아이들은 차례대로 개의 목줄을 잡았다
그곳을 찾은 모든 이는 그날 오후 즐거운 시간을 보냈다

그럼에도 그것은 여전히 일어난 일이다. 그 모든 값싼 일회용 경험은 우리의 역사책에 기록된 그 어떤 사건 못지않게 실재적이고,

우리의 찬송가집에 있는 그 어떤 노래 못지않게 성스럽다. 어쩌면 우리는 기도하는 동안 눈을 활짝 뜨고 우리 눈앞에 있는 것들의 숨겨진 의미를 찾으려 애써야 하는지도 모른다. 상자 안에서 들려오는 째깍거리는 소리에서, 고통스럽게 몸을 진동시키는 딸꾹질에서, 설거지를 한 후 손에 남은 퀴퀴한 냄새에서. 이것들은 저마다 일종의 명상이자 무엇이 실재인지 상기시켜주는 것들이다.

우리는 우리의 삶을 채워나가기 위해 이런 바보 같고 사소한 것들을 필요로 한다. 설령 그것들이 별 의미 없는 것들일지라도 말이다. 애초에 걸린 판돈이 그리 크지 않다는 사실을 우리에게 상기시켜주기만 한다면. 삶이 늘 삶과 죽음의 기로에 서는 일들로 이루어진 것은 아니다. 때로 삶은 그냥 삶이다—그리고 그래도 괜찮다.

어원 파블로 네루다의 친구였던 마루 모리Maru Mori. 네루다는 그가 선물해준 양모 양말에 영감을 받아 시 「양말에 바치는 송가」를 썼다. 이 항목은 마루 모리에 대한 헌사다. memento mori(죽음을 상기시키는 사물이나 상징)와 비교해볼 것.

벌처 쇼크

vulture shock

명사 어느 낯선 나라를 아무리 여러 날 동안 돌아다녀도 딱히 그곳에 발을 디디지 못하는 것만 같은—그러기는커녕 이국적인 풍물에 현혹되어 그곳의 문제와 복잡함과 시시함은 알아차리지 못한 채 어디를 가든 등에 짊어지고 있는 무거운 탱크에서 산소 대신 '추측'을 들이마시며 암초 위에 뜬 잠수부처럼 문화 위에 높이 떠 있는 것만 같은—성가신 감각.

어원 vulture(높은 곳에서 사냥감 위를 맴도는 독수리) + culture shock(익숙하지 않은 다른 문화에 적응해야 할 때 느끼는 충격).

마이런니스

merrenness

명사 심야에 운전을 하며—딴 세상에서 들려오는 듯한 윙윙거림 속에서 허공을 떠가며, 어둠 속에 붉은 보석 같은 자취를 남기며, 상향등을 등대의 불빛처럼 이리저리 길게 비추며—느끼는, 누군가가 자신을 달래주는 듯한 고립감.

어원 헝가리어 mere(어디로? 어느 방향으로?).

저스팅

justing

(명사) 한 가지만 바꾸면—헤어스타일만 괜찮게 바꾸면, 제대로 된 친구들만 찾으면, 돈만 조금 더 벌면, 그가 당신을 알아봐주기만 하면, 그녀가 당신의 사랑에 응답해주기만 하면, 여유시간만 생기면, 자신감만 키우면—모든 문제가 해결될 거라고 혼잣말을 하는 습관. 더 나은 삶의 전환점에 영원히 머물러 있는 듯한, 누가 조금만 밀어주길 기다리며 미끄럼틀 꼭대기에서 꾸물거리고 있는 듯한 기분을 들게 한다.

어원 just(오직, 그저, 단지) + jousting(창끝을 적절한 순간에 적절한 지점에 갖다 댐으로써 승리하는 시합).

발러가라히

BALLAGÀRRAIDH

황야는 나의 집이 아니라는 깨달음

때로 당신은 도시를 돌아다니며 이 모든 것—답답한 논리와 법칙과 격자무늬, 왜 세상이 지금 이 모습이 되어야 하는지를 설명하는 융통성 없는 정당화로 무장한, 당신보다 나이가 아주 조금 더 많을 뿐인 웅장한 현대 문명—이 얼마나 이상하고 새로운지 뼛속 깊이 느낀다. 그리고 당신 안의 누군가는 이렇게 생각한다. '이곳은 나의 집이 아니야.' 당신 안의 누군가는 여전히 에덴동산을 기억하며 그곳으로 돌아가길 갈망한다.

인류의 이야기는 곧 시골 지역에서 대도시로의 이주에 관한 이야기다. 하지만 그 일은 너무 빨리 일어났기 때문에 우리의 머리는 지금도 내륙지역에서 빠져나오지 못하고 있다. 당신 안의 누군가는 교통 체증 속 빈둥거리는 차에서 빠져나와 담장을 넘어 숲속으로 도망치길 갈망한다. 지평선에 시선을 고정하고 바스락거리는 잎사귀 소리에 집중한 채, 현재를 즐기라는 운명의 힘에 강요당해 뻥 뚫린 지역에서 한참을 헤매길. 야생의 풍성함과 가혹함을, 먹고 죽이며 강해지는 기분을 선명히 느끼길. 도구나 걸치레 없이 자급자족하면서 전적으로 소박한—원초적이고 무관심하고 사나우리만큼 실재적인—자연을 경험하길.

그럼에도 당신의 또 다른 자아는 에덴동산이 환상임을 알고 있다. 심지어 우리의 가장 오래된 자연적 상징들도 실은 매우 비자연적인 것들이다. 우리가 먹는 식물들은 열매를 맺지 않고, 잔뜩 부풀었으며, 먹이 사슬과는 무관하다. 우리의 가축들은 그저 야생에 살았던 그들 조상의 캐리커처일 뿐이다. 집에서 기르는 개는 목적에 부합하도록 계획되고 길러진, 기술의 또 다른 결과물에 지나지 않는다. 그리고 당신 또한 합성 섬유와 인위적인 합성 사고에 둘러싸인 한 마리 가축이다. 심지어 당신이 스토브와 배낭을 들고 깊은 숲속으로 가서 그곳에서 잠을 자더라도, 당신의 귀에 울리는 윙윙거림에서부터 멀리서 들려오는 울부짖음에 이르는 모든 소리가 당신에게 이렇게 말하고 있을 것이다. '이곳은 나의 집이 아니야.'

우리는 에덴동산에서 추방되었다는 사실을 믿어야만 한다. 그런데 어쩌면 우리는 줄곧 이야기를 거꾸로 알고 있었는지도 모른다. 어쩌면 밀림을 쫓아내고, 밀림을 발가벗기고, 밀림에게 선과 악을 가르쳐서 그것이 목적에 부합하도록 산산이 부서뜨린 것은 바로 우리였는지도 모른다. 우리는 자연의 참모습—압도적인 혼돈, 부패와 돌연변이, 부드러운 상호작용과 비옥한 토양, 그 어떤 것도 순수하지 않으며 삶과 죽음이 뒤얽힌 세상—을 감당하지 못했다. 그래서 우리는 뒤돌아서서 바리케이드를 치기로, 우리 자신을 벽으로 둘러싸인 정원 안에 가두기로 결정한 것이다.

어쩌면 우리는 처음부터 틀렸는지도 모른다. 태초에 모든 것이 계셨다.[II]

어원 스코틀랜드게일어 balla gàrraidh(정원의 담장).

II "태초에 말씀이 계셨다"라는 성경 구절을 이용한 언어유희.

발러가라히 | 이리에 와타의 콜라주

포클리어링

foreclearing

(명사) 과학적 설명이 마술을 망쳐버릴 거라는—꽃잎을 싸구려 광고판으로 바꾸어버리고, 새의 노랫소리를 험담으로 바꾸어버리고, 무지개를 다시 아주 작은 프리즘 안으로 집어넣어 가두어버릴 거라는—두려움에 그것을 배우길 고의로 거부하는 행동.

어원 덴마크어 forklaring(설명) + 영어 clearing(빈터).

나이르비건

ne'er-be-gone

(명사) 자기 집이 어디 있는지, 혹은 어디 있었는지, 혹은 자신이 그곳을 언제 떠났는지 모르는 사람. 맹렬히 흔들리는 감정의 나침반에 의지해 여기저기로 이동하는 동안 모든 곳인 동시에 아무 데도 아닌 곳으로 끌려가는 바람에 길 찾기가 더욱 힘들어진다.

어원 중세 영어 naur(어디에도 없는 곳) + begone(둘러싸인).

링론

ringlorn

(형용사) 현대 세계가 옛이야기나 전설에 그려진 서사시처럼—일상생활 자체가 영광을 찾아 떠나는 모험, 오래된 과거와의 신화적인 유대, 모든 규칙이 정해져 있고 점수는 중요치 않으며 제약이 없는 실내 게임이 아닌 분명한 적을 상대로 목숨을 걸고 싸우는 전투의 장소처럼, 맹세와 징조와 운명, 비극과 초월을 경험하는 장

소처럼—느껴졌으면 하고 바라는.

어원 ring(수많은 영웅 전설과 신화에서의 핵심 요소인 반지) + -lorn(완전히 사라진).

호크

ghough

(명사) 절대로 채워지지 않는 정신 속 텅 빈 공간; 더 많은 음식, 더 많은 칭찬, 더 많은 관심, 더 많은 애정, 더 많은 기쁨, 더 많은 섹스, 더 많은 돈, 더 많은 햇살의 시간, 더 많은 인생을 바라는 무한한 굶주림; 가지고 있는 모든 좋은 것을 너무 빨리 빼앗기고 말 거라는 생각에, 결국 세상에게 먹혀버리기 전에 세상을 먼저 허겁지겁 삼켜버려야겠다고 마음먹게 되는 공황 상태.

어원 게걸스럽게 먹는 소리를 흉내 낸 의성어. 입으로 공기를 급히 들이마시며 발음한다.

윌드리드

wildred

(형용사) 극도로 외진 곳—숲속의 빈터, 강한 바람에 노출된 눈밭, 어딘지도 모르는 곳의 휴게소—에서 떨쳐지지 않는 고독을 느끼는. 심지어 발아래의 자갈과 머리 위의 나무도 뾰족하고 불친절한 침묵을 지키는 곳에서 자신과는 아무 상관도 없는 대화에 끼어들고 말았다는 낭패감에 빠지게 한다.

어원 wild(야생의, 사람이 살지 않는) + dread(두려움).

하모노이아

harmonoia

(명사) 삶이 살짝 너무 평화롭게만 느껴질 때—다들 의심스러울 만큼 잘 지내는 듯 보이고 모든 게 기분 나쁠 만큼 고요해서 곧 찾아올 불가피한 몰락에 대비하거나 스스로 그 고요를 불태워버리고 싶을 지경일 때—두려워서 안달하게 되는 마음.

어원 harmony(조화) + paranoia(편집증).

고보

gobo

(명사) 하루 온종일을 심미적인 것을 좇는 마음으로 보내고서—아름다운 영화를 보고, 도시를 가로지르며 사진을 찍고, 미술관에서 길을 잃고서—느끼는 맹렬한 흥분. 세상에 의미의 기운이 가득 담겨 벽에 난 모든 금이 자연주의에 대한 헌신으로 보이고 웅덩이에서 소용돌이치는 모든 무지개가 훌륭한 작품처럼 느껴지게 된다.

어원 go-between(중개자)의 축약어. 무대용 조명 장치에서, '고보'는 조명에 끼워서 무대에 둥그런 빛을 만드는 데 사용하는 판을 의미한다.

트레처리 오브 더 커먼

treachery of the common[12]

(명사) 세상의 모든 사람이 대부분 비슷비슷하다고—우리의 지역적 특색에도 불구하고 우리가 모두 똑같은 공장에서 대량 생산된 존재라고, 똑같은 속屬에 속한 극미인極微人[13]이 육체로 자라난 거라고, 똑같은 종족적 충동과 성격상의 결함이 미리 심어진 거라고—느끼는 데서 오는 두려움.

어원 tragedy of the commons(공유지의 비극)의 변주. '공유지의 비극'은 개인 사용자가 자신만의 이익을 위해 행동하다가 보통 자원의 고갈이나 오염으로 인해 결국 자신을 포함한 모두의 공유 재산에 피해를 주고 마는 현상을 일컫는 말이다.

질슈메르츠

zielschmerz

(명사) 마침내 평생에 그리던 꿈을 추구하게 되었을 때, 유치원 시절부터 품기 시작해서 최대한 오랫동안 숨겨온 희망과 망상의 유리 온실에서 더는 보호받지 못한 채 탁 트인 대초원에 자신의 진정한 능력을 드러내 놓고 시험해야 하는 데서 오는 두려움.

어원 독일어 Ziel(목표) + Schmerz(고통).

12 '(사람들끼리) 공유하는 속성의 배반'을 뜻한다.

13 16~17세기 의학 이론에서, 정자 속에 있다고 믿었던 극히 작은 인체. 당시 사람들은 이 인체가 그대로 자라서 훗날 성인이 된다고 믿었다.

오니즘

ONISM

당신이 경험할 세상이
얼마나 작을지에 대한 깨달음

이슬람 사원에서 새벽 예배 시간을 알리며 외치는 소리에서, 오후에 치는 학교 종소리에서, 밤에 멀리서 으르렁대는 기차의 기적 소리에서 당신은 그것을 들을 수 있다. 그것은 깜박이는 형광등 불빛 속에, 자장가의 노랫말 속에, 복권 번호 속에, '다도해archipelago'라는 단어 속에 암호화되어 있다. 당신은 자외선 차단제와 디젤 차량의 매연과 당신의 손에서, 책장이 분리되는 낡은 책에서 그것의 냄새를 맡을 수 있다. 미지근한 샴페인과 당신의 이마에 난 상처에서 뚝뚝 떨어지는 뜨거운 핏방울에서 그것을 맛볼 수 있다. 그것은 무인 우주 탐사선 보이저호에 탑승하여, 침몰하는 배의 갑판에서 쏘아 올린 조명탄처럼 현재 우리의 태양계를 항행하고 있다. 때때로 당신은 그것이 당신의 주머니 안에서 진동하는 것을 느낀다. 심지어 그것이 거기 없을 때조차도.

그것은 살아 있는 모든 것에 내장된 정신 착란적인 광기다. 우리 모두는 처음부터 어떤 근본적인 역설에 맞서야 했다. 어디든 있기 위해서는 어딘가에 있어야만 한다는 역설에. 당신은 스스로를 그저 하나의 몸 안에 가두어야만 하고, 한 번에 한 곳밖에는 있을 수 없다. 이것이 당신이 가지게 될 유일한 관점이고, 당신이 눈으로 직접 확인하게 될 유일한 역사다. 비록 운 좋게 우주의 목격자가 된다고 하더라도, 당신은 자신이 오직 그곳의 겉만 핥게 될 것임을 아는 저주를 받았다. 당신은 수천 년 전의 그 최초의 탐험가들, 알려진 세계의 구석까지 지도로 그렸지만 광활하게 뻗어 있는 공백과는 타협해야만 했던 그들이 된 듯한 기분을 느낀다.

당신이 실제로 보게 될 세상이 얼마나 작을지 생각하면 이상한 기분이 든다. 당신이 지구 어디에 서 있든 저 멀리 보이는 지평선은 당신으로부터 겨우 5킬로미터도 떨어져 있지 않다. 그것은 당신이 늘 완전히 다른 세계로부터 걸어서 고작 한 시간이 조금 넘는 거리에 위치해 있다는 걸 뜻한다. 아아, 당신이 신발끈을 단단히 매고 언덕을 오르더라도 당신을 둘러싼 지평선은 감옥의 탐조등처럼 당신을 따라다닐 것이다. 당신 발아래의 자갈은 늘 투박하고 있는 그대로의 산문적인 모습을 보일 것이다. 먼 곳의 산들은 늘 푸르스름하고 딴 세상 것들처럼 보일 것이다. 그것은 당신의 환경이 늘 어떤 모순에 둘러싸여 있다는 사실을 의미한다. 어쩌면 이곳이야말로 당신이 속한 곳인지 모른다—혹은 어쩌면 다음 산등성이만 넘으면 훨씬 더 나은 무언가가 나올지도 모른다. 가능한 모든 선택지의 범위에 따라 당신의 관점에 눈금을 매기지 않는 한, 당신은 알 길이 없다. 당신은 늘 궁금해해야 할 것이다.

그럼에도 대개 당신은 주위를 환히 둘러싼 즉각적인 경험에 집중하는 데에 성공하는데, 그런 와중에도 당신의 머리는 당신이 놓치고 있을지도 모르는 모든 것의 그림을 그리며 지도의 공백에 낙서를 하기 시작한다. 그것은 당신이 아는 세상을 기반으로 추론하는 일에서 시작되고—만일 작은 마을 하나를 보았다면 모든 마을을 본 것이나 마찬가지다—그러고서 당신은 전해 들은 설명과 엽서 스냅 사진의 콜라주로 부족한 부분을 채워 넣는다. 당신은 절대 이집트에 가보지 못할지도 모르지만 머릿속으로는 이미 피라미드를 지었다. 당신은 고작 몇 편의 사무라이 영화와 애니메이션을 보았을 테지만 그럼에도 일본 문화를 꽤 잘 안다고 생각한다. 이런 식으로 당신은 머릿속에서 당신의 지평선 너머에 존재하는 것의 그림을 그린다. 그것은 완벽하지 않지만 공백을 채우기에는 충분하다. 때로 당신에게 필요한 것은 지도에 표기된 단 하나의 단어—투아나키Tuanaki, 작셈버그Saxemberg, 안틸리아Antillia[14]—가 전부고, 당신의 마음은 어딘가 존재할지도 모르는 환상들로 가득 차오른다.

하지만 가끔 늦은 밤이면 당신은 저 멀리 지평선 끝에서 반짝이는 불빛을 내다보고는 그 불빛 하나하나가 대변하는 다른 우주를 상상해보려 몸부림치고 있는 자신을 발견한다. 당신은 절대 시간을 내서 탐험해보지 못할 그 모든 장소들에 대해 생각해본다. 그중 몇몇은 난생처음 가져본 보금자리처럼 느껴질 것이고, 또 몇몇은 생지옥처럼 느껴질 것이며, 또 몇몇은 다른 행성 위를 걸어 다니는 듯한 기분을 느끼게 해줄지도 모를 그 모든 장소들에 대해. 언젠가 당신은 이 장소들 중 한두 군데, 혹은 열 군데를 방문해볼 수 있을지도 모른다. 하지만 한 걸음씩 내디딜 때마다 수천 개의 불빛이 계속해서 나타나리라는 느낌만은 절대 떨쳐버릴 수 없을 것이다. 그것은 마치 공항의 출발 안내 전광판 앞에 서 있는 것이나 마찬가지다. 전광판은 수많은 이국적인 이름들로 반짝이고 있고, 그것들은 저마다 당신이 탐험할 수 있는 또 다른 길 혹은 당신이 죽기 전에 절대 보지 못할 또 다른 대상을 대변한다—그리고

14 모두 실제로는 존재하지 않는 섬들의 이름이다.

이 모든 것은, 지도 위의 화살표가 친절하게 알려주듯, '당신이 여기 있기' 때문이다.

그 먼 불빛들 중 몇몇이 당신을 똑같이 쳐다보고 있을 거라고, 5킬로미터 떨어진 곳에서 당신의 집 뒷문에 간신히 불빛을 드리우고 있을 거라고 생각하면 이상한 기분이 든다. 심지어 머리 위로 지나가는 비행기에서 아래를 내려다보며 당신이 서 있는 그곳에서 있으면 어떤 기분이 들지 궁금해하는 사람도 몇 명 있을 수 있다. 그들은 당신이 사는 세계를 탐험해볼 시간을 절대 갖지 못할 것임을 알고서 상실감마저 느낄지도 모른다. 그래도 그들은 그런 생각을 지워버릴 것이다. 이미 머릿속에서 그것을 또렷이 상상하고 있으니까.

지구상에 열대 지방의 낙원이나 지옥 같은 곳은 없다는 사실을 우린 모두 알고 있다. 그 먼 곳에 사는 사람들은 천사 같은 수도승도 아니고 으르렁거리는 괴물도 아니라는 사실을, 그들의 삶은 우리의 삶만큼이나 엉망이고 힘들고 세속적이라는 사실을. 하지만 최초의 탐험가들이 그랬듯, 우리는 지도의 여백에 괴물을 스케치하지 않을 수 없다. 어쩌면 우리는 그것들이 존재한다는 생각에서 위안을 얻는지도 모른다. 그것들은 심연의 가장자리를 지키며 우리의 눈길을 다른 곳으로 돌린다. 그리하여 우리가 알려진 세상에서 적어도 잠시나마 안락하게 살아갈 수 있게. 하지만 만일 누군가가 임종을 맞이하기 직전의 당신에게 이곳here 지구에서 사는 게 어땠는지 물어본다면, 해줄 수 있는 솔직한 대답은 이것뿐일 것이다. "나도 모르겠어요. 이곳은 한 번 돌아다녀봤지만 그곳there은 한 번도 가보질 못했으니까요."

어원 철학에서, 모니즘monism(일원론)은 매우 다양한 것들을 하나의 실체나 물질, 근원으로 설명할 수 있다는 믿음이다. 오니즘은 일종의 모니즘이긴 하지만—실제로 당신의 삶은 단 하나의 몸에 한정됨으로써 단 하나의 현실로 제한된다—확실히 무언가가 빠져 있다.[15]

15 오니즘onism은 모니즘monism에서 'm'이 누락된 것이라는 점, 그리고 모니즘과는 달리 어떤 결핍감을 전제한다는 점에 착안한 언어유희.

오니즘 | 애덤 라론드의 콜라주 | onlyghosts.com

2

내면의 황야

당신이 누구인지
속속들이
정의하기

데이비드 크루넬의 콜라주
| davidcrunelle.com

나는 이런 것들을 믿는다.
"내가 나라는 사실을."
"내 영혼이 어두운 숲이라는 사실을."
"나의 알려진 자아가 숲속의 작은 빈터 이상은
되지 못할 거라는 사실을."
"신들, 기이한 신들이 숲에서 나의 알려진 자아의
빈터로 찾아왔다가 돌아갈 거라는 사실을."
"그들이 오고 가는 것을 내버려 둘 수 있는 용기를
지녀야 한다는 사실을."
"절대 인류가 나를 속이게 내버려 두지 않을 테지만,
그럼에도 늘 내 안의 신들과 다른 남녀들 안의 신들을
알아보고 그들에게 복종하려 애쓸 거라는 사실을."
이것이 나의 신조다.

D. H. 로렌스[1], 『미국 고전문학 연구』

1 영국의 소설가.

하트스퍼

heartspur

(명사) 무해한 듯 보이는 자극—녹슨 울타리 특유의 삐걱거림, 옛 대중가요에서의 조성 변화, 어떤 향수의 희미한 냄새—에 대한 반응으로 쏟아내는 격한 감정. 정확한 원인을 알 수 없기 때문에 더욱더 강렬하게 느껴진다.

어원 heart(마음) + spur(박차. 구두 뒤축에 달린 톱니바퀴 모양의 쇠로 만든 물건으로, 말의 배를 차서 앞으로 나아가게 한다).

보카시

vaucasy

(명사) 자신이 환경의 산물에 지나지 않는다는, 최대한 주체적으로 자신의 신념과 행동과 관계를 형성해나감에도 불구하고 본질적으로는 자신이 우연히 맞닥뜨린 어떤 자극에 길들여진—믿을 만한 강한 쾌감과 회의적인 생각을 심어줌으로써 당신을 무력하게 만드는 누군가에게 반사적으로 이끌린—개에 지나지 않는다는 생각에서 오는 두려움.

어원 프랑스의 발명가 자크 드 보캉송Jacques de Vaucanson. 그는 실물과 똑같은 일련의 자동인형(오토마톤)을 만들었는데, 그중에는 그의 걸작 〈음식을 소화시키는 오리〉도 있다. 이 오리는 날개를 퍼덕이며 꽥꽥 울고, 물을 마시고, 약간의 곡식을 소화해서 가짜 배설물을 만들 수 있었다.

리베로시스

liberosis

(명사) 세상일에 신경을 덜 쓰고픈 욕망; 삶을 움켜쥔 손에서 힘을 뺀 채 그것을 느슨하고 유쾌하게 들고 있을 방법, 즉 재빨리 몸을 움직여 삶을 배구공처럼 공중에 계속 띄운 채 신뢰하는 친구들이 자유로이 튀기게 해서 공이 늘 살아 있게 만들 방법을 찾아내고픈 욕망.

어원 이탈리아어 libero(자유롭게 하다). 배구팀에서 리베로libero는 다른 선수들보다 훨씬 더 자유로이 움직일 수 있는, 허락 없이 자유로이 교체할 수 있으며 공이 계속 살아 있게 만드는 데 주력하는 포지션이다.

이모독스

emodox

(명사) 주위의 모든 사람과 영원히 조화되지 않는 기분을 느끼는 사람. 낮잠 시간에 공포를 느끼고, 마음을 터놓고 나누는 대화를 비판하고, 댄스 클럽에서 상념에 잠기는 경향이 있다.

어원 emotional(감정의) + dox(예상된 규범에 따르지 않는).

나이트호크

nighthawk

(명사) 한밤중에만 문득 떠오르는 듯한, 때로는 몇 주 동안 잊고 살지만 결국 또다시 어깨에 내려앉아 조용히 둥지를 트는 듯한—이미 마감을 넘긴 업무, 사라지지 않는 죄책감, 닥쳐오는 미래에 대한—되풀이되는 생각.

어원 에드워드 호퍼의 유명한 그림 〈Nighthawks(밤을 지새우는 사람들)〉. 한밤중의 쓸쓸한 작은 모퉁이 식당을 그린 작품이다. 별목에서, '나이트호크'는 배의 깃대에 매달려 이리저리 움직이며 조종사의 항해를 돕는 금속 공을 뜻한다.

글릿라이츠
the giltwrights

명사 일지에 당신의 모든 실수를 기록하면서 실은 당신이 사기꾼, 겁쟁이, 멍청이, 얼간이라는 사례를 계속해서 모으는—정확한 문법과 철자법 문제로 티격태격 다투느라 시간을 허비하지 않았더라면 벌써 여러 해 전에 당신의 행운을 앗아가버렸을—상상의 원로 위원회.

어원 고대 영어 gilt(잘못을 깨달음) + wrought(망치를 두들겨 단련한).

네멘시아
nementia

명사 낮아진 연의 줄을 거두어들이는 아이처럼 지나간 생각들의 흐름을 되짚어보려 애쓰며, 왜 특히 불안하거나 화가 나거나 초조한 기분이 드는지 그 이유를 생각해내려는, 마음이 산만해진 후의 노력.

어원 고대 그리스어 νέμειν némein(마땅히 주어야 할 것을 주다) + 라틴어 dementia(정신이 없는).

윕그래프트 딜루전

the whipgraft delusion

(명사) 거울에 비친 모습을 보면서 자신이 낯선 누군가의 눈을 뚫어지게 바라보고 있다는, 마치 이십 년 전에 그려진 자신의 몽타주를 쳐다보고 있다는 느낌을 받는 현상. 진짜 나는 아직 체포되지 않은 채 다른 어딘가, 옛날에 놀던 동네의 거리를 돌아다니고 있을 거라는 생각이 들게 한다.

어원 원예학에서, 'whip grafting(혀접)'은 한 식물의 윗부분을 다른 식물의 아랫부분에 접붙이는 걸 뜻한다. 심리학에서, 'the Capgras delusion(카그라스 증후군)'은 자신이 사랑하는 사람이 똑같이 생긴 다른 사람으로 바뀌었다고 믿는 증상을 뜻한다.

딥 것

deep gut

(명사) 여러 해 동안 느껴보지 못했다가 되살아난, 감정을 자극하는 플레이리스트가 우연히 아이팟 셔플에 남아 있지 않았더라면 완전히 잊고 말았을 감정.

어원 음악에서, 'deep cut(딥 컷)'은 어느 가수의 진짜 팬 혹은 집착적 수집가나 알 만한 덜 알려진 곡을 뜻한다.

케이노포비아

KOINOPHOBIA

평범한 삶을 살고 말았다는 두려움

삶 속에서 직접 살아가는 동안, 삶은 한 편의 서사시 같다. 맹렬하고 보잘것없으며 종잡을 수 없는 서사시. 하지만 당신 자신의 이야기를 되돌아보거나 그것을 종이에 쓰려고 할 때면 전에는 보이지 않던 것들이 모두 한꺼번에 보인다—그러면서도 그것은 왠지 왜소해진 것처럼 보인다. 초라해진 것처럼. 거의 예스러워진 것처럼.

그래서 당신은 당신의 인생을 살피며 무언가 흥미롭거나 아름다운 것을 찾아보기 시작한다. 당신은 평범한 거리에 있는 평범한 집을 본다. 그 집은 당신이 기억하는 것보다 작아 보인다. 한때 당신에게는 사방에서 다가오는 무모한 꿈과 장애물과 위험이 있었지만, 이제는 그것들 또한 작아 보인다. 당신은 거인과 여신과 악당 들을 기억하지만, 이제 당신 눈에 보이는 것이라고는 작은 교실과 업무 공간에 모여 보드게임의 토큰처럼 각자 작은 걸음으로 움직이는 평범한 사람들뿐이다.

주사위를 아무리 많이 던졌어도 결과는 늘 이런 작은 움직임, 여기 아니면 저기가 전부였다. 일을 조금 하라. 약간의 휴식을 취하라. 몇몇 친구를 만들라. 작은 파티를 열라. 살짝 따분함을 느끼라. 살짝 반항하라. 이처럼 토큰이 만들어낸 순간들은 너무나도 많아서, 당신이 확신할 수도 있었던 일은 분명 다른 무언가, 더 큰 무언가가 되어야만 했다. 당신은 그것들을 계속 합산한다. 마치 깜박 잊고 세지 않은 무언가, 트럭 뒤로 떨어져버린 숨겨진 영광이 있기라도 한 것처럼. 당신이 당신의 삶을 그 자체로 경애하는 것은 당연한 일이다. 당신은 그것이 획기적인 삶은 아님을 알면서도 아무것도 바꾸진 않을 것이다. 그럼에도 무언가 부족하다는 느낌은 지울 수 없다.

어쩌면 문제는, 실은 당신이 처음부터 거기 '빠져 있지' 않았던 것인지도 모른다. 어쩌면 당신은 원하던 삶을 처음으로 만들어 나가기 시작했을 때 앞으로 일어날지도 모를 일에 너무 많은 신경을 쓴 나머지 실제로 일어나는 일은 외면하기 시작했는지도 모른다. 마치 이것은 당신이 원하던 세상이 아니었음을 그동안 쭉 알고 있기라도 했다는 듯. 세상이 너무 저열하고 평범한 나머지 당신은 세상과 거리를 두고자 애썼고, 그리하여 그곳 위 어딘가를, 당신이 만든 이 삶을 다른 누구도 내려다볼 수 없는 곳을 떠다니기 시작했다. 그러니까 오직 당신만이 내려다볼 수 있는 곳을.

어원 고대 그리스어 κοινός koinós(흔한, 평범한, 특별함을 박탈당한) + -φοβία -phobía(두려움).

킵
keep

(명사) 다른 이들은 좀처럼 보지 못하는—은밀한 결함, 숨겨진 재능, 절대 드러나지 않는 트라우마, 절대 입 밖에 내지 않는 꿈 등과 같은—당신 성격의 중요한 부분. 대중에게 보이는 위협을 무릅쓰기에는 너무나도 값비싼 작품들로 가득한 박물관 다락의 무질서한 보관소처럼, 그것이 거기 있는지 아는 사람이 아무도 없음에도 당신 존재의 필수적인 부분으로 남는다.

어원 keep(성 중심부의 탑).

아그노스티지아
agnosthesia

(명사) 자신이 어떤 것에 대해 실제로 어떻게 느끼는지 모르는 상태. 마치 자신이 다른 사람이라도 된 것처럼—목소리에서 살짝 신랄함이 느껴진다는 사실, 사소한 무언가에 터무니없이 많은 노력을 쏟아 부었다는 사실, 어깨에 이해할 수 없을 만큼 무거운 짐이 놓여 있어서 침대 밖으로 나가기 어렵다는 사실을 알아차리며—자신의 행동에 숨겨진 단서를 샅샅이 살펴보게 된다.

어원 고대 그리스어 ἄγνωστος ágnōstos(알지 못하는) + διάθεσις diáthesis(상태, 분위기).

트루홀딩

trueholding

(명사) 놀라운 발견을 했지만 그것의 가치가 떨어지고 왜곡돼서 더는 자신만을 위한 게 아니게 될까 두려운 마음에 그 사실을 모두에게 알리고 싶은 욕망을 억누른 채 혼자 간직하려 애쓰는 행위.

어원 J. R. R. 톨킨의 전설 모음집에서, 트라할드Trahald는 자신의 소중한 마법 반지를 지키고 숭배하는 일에 마음을 빼앗긴 채 어둡고 축축한 동굴에서 수백 년을 보낸 존재인 스미골(골룸)의 본명이다.

푼트 킥

punt kick

(명사) 마치 인생이라는 게임의 새로운 단계에 접어들어 이제는 완전히 다른 토큰을 들고 전진하기라도 해야 한다는 듯, 지금껏 자신을 여기까지 이끌어준 모든 전략이 더는 먹히지 않는다는 것을 느끼고는 이제 더 나은 존재가 될 때가 왔다고—귀엽거나 친절하거나 올바르거나 강인한 것으로는 이제 충분치 않다고—느낄 때의 조용한 가슴 떨림.

어원 네덜란드어 puntstuk(철차轍叉, 두 철로가 교차하며 철로가 바뀌는 지점). 때로 당신은 당신이 탄 기차가 철차를 지나갈 때 약간의 스릴kick을 느낄 수 있다. 마치 그것이 똑같은 철로에서 너무 오래 달린 당신이 철로를 바꿀 때를 놓칠까봐 세상이 보내주는 신호라도 되는 것처럼.

풀스 길트

fool's guilt

(명사) 아무것도 잘못한 게 없는데도—제한 속도 아래로 달리며 경찰차 옆을 지날 때, 법적으로 아무 문제가 없음에도 술을 주문하며 신분증 확인을 요구받을 때, 아무것도 사지 않고 가게를 빠져나올 때—느껴지는 가슴 뛰는 수치심.

어원 fool's gold(빛 좋은 개살구) + guilt(죄책감). 모든 혐의에 대해 무죄를 주장하면서도 자신이 어쨌든 일종의 죄책감을 느끼고 있다는 사실을 판사가 알길 바라는 'reverse Alford plea(역 앨퍼드 청원)'으로도 알려져 있다.

엔드존드

endzoned

(명사) 원한다고 생각했던 것을 정확히 얻었지만 그것이 자신을 행복하게 해주지 않는다는 사실을 깨닫고 말았을 때의 공허한 기분.

어원 미식축구에서, endzone(엔드 존)은 골 라인이자 엔드 라인이다—하지만 어느 시점에 선수는 손에서 공을 놓아야만 한다.

캔들링

candling

(자동사) 생일날에 자신의 인생을 검토해보는—그날을 자신이 지금까지 이룬 모든 목적과 자질과 관계와 성과에 대해 마음속으로 투표를 실시해보는 날로 삼는—습관. 마치 자신을 유년 시절에서 석방하는 건에 대해 논의하기 위해 일 년에 딱 한 번 열리는 가석방 심의 위원회 앞에 서 있기라도 하듯, 그날은 조금이라도 더 멋진 옷을 차려입고 싶은 마음이 들게 한다.

어원 candling(검란檢卵, 달걀을 촛불에 비추어 병아리가 잘 자라고 있는지, 혹은 안에 병아리가 있기나 한지 검사하는 방법).

알트슈메르츠

altschmerz

(명사) 늘 있었던 똑같은 문제, 수십 년 동안 자신을 괴롭혀온 똑같이 지겨운 문제와 걱정거리로 인해 느끼는 피로함. 지겨운 고통 따윈 내던져버리고 마음속 뒷마당에 묻혀 있을지도 모르는 좀 더 새로운 고통을 파내고 싶게 만든다.

어원 독일어 alt(오래된) + Schmerz(고통).

리서메이니아

lyssamania

(명사) 자신이 아는 누군가가 자신에게 화를 낼 때 느끼는 비이성적인 공포감. 방에 들어가자마자 알 수 없는 이유로 질문 세례에 휩싸이게 되고, 분위기는 점점 분노와 광란의 도가니로 끓어오른다.

어원 고대 그리스 신화에서, 마니아Maniae는 분노로 유명한 자매 리사Lyssa와 함께 광기의 화신이다.

타리언

tarrion

명사 무언가 큰일이 일어난 후—갑작스러운 상실이나 뜻밖의 행운, 예기치 않은 방문객에 크게 놀란 후—그에 따른 결과로 어떤 감정을 느끼기도 전에 느끼는 그 사이의 기이한 공백. 이를테면 번개가 치고 난 후 천둥이 우르릉대기 직전의 긴장으로 가득한 순간은 폭풍이 얼마나 가까이 다가왔는지 실감하게 해준다.

어원 tarry(늑장부리다, 지체하다) + carry on(계속해 나가다).

웰리엄

wellium

명사 실망스러운 결과를 합리화하기 위해—그 매진된 공연은 어차피 보고 싶은 기분이 아니었다는, 안전하게 지원한 학교가 실은 자신에게 더 맞았다는, 꿈에 그리던 직장은 어차피 들어가봤자 스트레스만 심했을 거라는 식으로—생각해낸 변명.

어원 "음Well, 나는…… 그러니까um……." 보통 변명을 늘어놓기 전에 하는 말.

쿠도클라즘

KUDOCLASM

—

거듭되는 자기 회의의 위기

처음으로 날개를 펼친 이카로스에게 던져진 경고. "너무 태양 가까이 날아가지 말고, 너무 바다 가까이 날아가지도 말아라. 태양은 백랍을 녹여버릴 테고, 바다는 깃털을 무겁게 만들어버릴 테니. 중도를 지켜라."

대개 당신의 확신은 그런 식으로, 일종의 자기 수정적인 균형 속에서 이어진다. 어느 날 당신은 몽상에 잠긴 채 깨어나 스스로에게 굳건한 현실을 상기시켜야 한다. 또 어느 날 당신은 무언가가 기운을 북돋아주길 바라며 하루를 간신히 버텨낸다. 하지만 문제가 늘 그리 간단한 것만은 아니다. 때로 당신은 당신 자신을 어떻게 생각해야 좋을지 알지 못한다. 왠지 자신이 다른 누구보다 나은 존재라고 느끼면서도 어느 누구와 비교해도 부족한 존재라는 기분이 드는 것이다. 실은 그때가 가장 위태로운 순간으로, 그럴 때 당신은 일을 바로잡기에는 너무 늦어버렸다고 느낀다. 무언가가 당신의 균형을 잃게 만들고, 당신은 소용돌이치는 자기 회의에 빠져든다—자신의 날개를 자세히 살펴보고, 아직도 날개가 제대로 붙어 있는지 확인하려고 애쓰며.

당신은 자신의 삶에 대해 곰곰이 생각해보고는 그것의 얼마나 많은 부분이 신화이고 당신 혼자서 중얼거릴 뿐인 이야기인지를 깨닫는다. 지금껏 얼마나 많은 성의 없는 칭찬을 진심으로 받아들였으며, 얼마나 많은 우정이 그저 상황 덕분에 유지되었던가? 당신은 당신의 배우자를 사랑하면서도 그래봤자 무슨 소용이겠냐고 의심하기 시작한다. 당신은 당신의 직업을 사랑하면서도, 당신의 역할이 얼마나 쉽게 대체될 수 있고 당신의 유산이 얼마나 쉽게 상자 속에 던져질 수 있는지 알고는, 그 일이 과연 당신이 투자한 그 모든 시간에 값하는 것인지 의문을 갖기 시작한다. 당신은 자신이 정말 그 일을 잘하는지, 혹은 이제 다른 무언가를 시도해볼 때가 되었다는 경고를 그동안 무시해온 것은 아니었는지 궁금해한다.

하지만 당신이 달리 무엇을 시도할 수 있겠는가? 당신이 자신의 관심사에 대해 알아봤자 얼마나 알겠나? 당신은 자신이 좋아한다고 생각하는 것을 실제로 좋아하는가? 무엇이 당신을 행복하게 해주는가? 분명 공원의 연못가에 앉아서 오리를 구경하며 현재를 즐기는 것만으로도 충분할지 모른다. 하지만 그런다고 무슨 소용이 있나? 자기실현과 방종을 구별해주는 것은 무엇인가? 당신이 보내는 시간 중에서 차이를 만들어내려 애쓰며 더 잘 보낼 수 있는 시간이 얼마나 되나? 그런데 또 한편으로는, 당신이 현실적으로 과연 어떤 차이를 만들어내길 기대할 수 있나? 어쩌면 당신은 당신이 무언가를 하는 한 그런 건 별로 중요한 문제가 아니라고 말할지도 모른다—하지만 그것은 당신이 어떤 대의를 위해서가 아니라 그저 자신을 위해 그 일을 했다는 것을 증명할 뿐이지 않은가? 그러면 당신은 이제 어떻게 해야 하는가?

당신은 자신이 공허한 망상과 부당하게 얻은 확신에 의존해 부유하며 평생을 보낸 것은 아닐지 생각하기 시작한다. 하지만 만일 그런 식으로 무한히 나아가면서도 그것을 알아차리지 못하는 게 가능하다면, 그것이 얼마나 사실이든 그게 대체 무슨 상관일까?

어쩌면 당신의 자기 신화는 다른 모든 신화와 전혀 다를 게 없는지도 모른다. 그것은 이야기를 하는 도중에 바뀌고 시간이 흐름에 따라 진화하는 이야기다. 무엇이든 반향을 불러일으키는 부분은 남을 것이고, 그러지 못한 부분은 서서히 사라질 것이다. 있는 그대로의 진실을 자꾸 들먹이는 것은 이야기의 핵심을 놓치는 일이자 이야기의 기쁨을 놓치는 일이다. 그러니 어서 당신의 신화를 만들어가라. 사실과의 일치 여부와는 무관하게 진실한 무언가를 정확히 담아내는, 당신 자신에 대한 좋은 이야기를 들려주려 애쓰라.

중도를 지켜라. 다른 더 나은 비행사들이 버린 백랍과 날개를 조금씩 훔쳐라. 태양은 뜨고 지게 내버려두어라. 파도는 계속 산산이 부서져 흩어지게 내버려두어라. 당신의 과업은 흠결 하나 없는 존재가 되는 게 아니다. 당신의 과업은 하늘을 나는 것이다.

어원 고대 그리스어 κῦδος kûdos(영광, 찬양) + κλάω kláō(망가뜨리다).

모그리

maugry

(형용사) 평생을 정신 이상으로 살아왔고 주변 사람들도 모두 그 사실을 알고 있지만 주제넘은 일이라고 생각해 아무도 당신에게 직접 말해주지 않을까 봐 걱정하는.

어원 maunder(두서없이 지껄이다) + maugre(…에도 불구하고).

티퍼피스

typifice

(명사) 여러 해 전에 쓸모없게 되어버렸지만 주변에서 그 사실을 아무도 알아차리지 못하는 당신의 캐리커처.

어원 이탈리아어 tipi fissi(고정된 역할). 이탈리아의 즉흥 가면극 '코메디아 델라르테'에 등장하는 전형적인 인물을 뜻한다.

프로럭턴스

proluctance

(명사) 고대하던 무언가—중요한 편지의 개봉, 마침내 고향으로 돌아온 친구와의 만남, 좋아하는 작가의 신작 읽기—를 피하려는 역설적인 충동. 그것을 하기 적당한 정신 상태가 되길 영원히 기다리며 행복한 기대감을 최대한 부풀리게 된다.

어원 라틴어 pro-(앞으로) + reluctans(저항하는).

비아드니

viadne

(명사) 대충 만든 기계 같은 자신의 육신과의 단절감. 어둠 속에서 느릿느릿 움직이며 당신의 팔다리를 조종하고, 당신의 내장을 치대며 풀무질을 하고, 원시적인 분비물 속에서 불꽃을 일으켜 작동시킨 한 자루의 뼈와 내장의 신경절에 불과한 것으로 당신의 현대적인 계획을 진전시키려 애쓰는 보이지 않는 그렘린[2]이 끌고 가는 덜컹거리는 퍼레이드용 꽃수레에 탄 것 같은 기분이 들게 한다.

어원 라틴어 via(…을 거쳐) + viande(고기).

에스토시스

aesthosis

(명사) 왜 어떤 것들이 아름답거나 추하다고 느껴지는지 그 이유를 알지 못한 채, 오직 그런 현상만을 인지하며 자신만의 주관적인 취향에 갇힌 듯한 느낌. 눈에서 사회심리학적 렌즈를 제거해서 어떤 것에서든 아름다움을 보게 되길, 불타는 쓰레기 냄새, 갓난아이가 비명을 지르며 부르는 아리아, 검은 벨벳에 네온색으로 그려진 엘비스 그림에 감동해 눈물을 흘리길 바라게 된다.

어원 aesthetic(아름다움이나 예술적 기교와 관련된) + orthosis(신체의 약하거나 다친 부위를 인공적으로 바로잡아주는 지지대).

---

2 기계에 고장을 일으키는 것으로 알려진 눈에 보이지 않는 작은 악마.

로스 오브 배킹
loss of backing

명사 결심을 저버리고, 자신의 악마에게 굴복하고, 이번만은 꼭 진지하게 받아들이겠다고 맹세한 기회를 날려버린 후 일어나는, 스스로에 대한 믿음의 갑작스러운 붕괴. 기대를 없애버리고, 그래서 자신의 언약을 심지어 스스로에게도 보증할 수 없게 만든다.

어원 경제학에서, 'loss of backing(보증 손실)'은 정부가 어떤 통화, 특히 금이나 은처럼 실물로 교환이 불가능한 통화의 가치를 더는 보증해주지 않아서 그것이 우리가 가치 있다고 주장하는 정도의 가치밖에는 지니지 못하게 된 경우를 뜻한다.

말러타입
malotype

명사 자신의 가장 마음에 안 드는 점들을 모두 지닌—자신의 가장 나쁜 성향을 모아 그린 캐리커처 같은—어떤 사람. 자신이 절대 되고 싶지 않은 사람의 롤 모델과 조우한 후 혐오감과 매혹을 동일한 수준으로 느끼게 된다.

어원 라틴어 malus(나쁜) + typus(조각가가 사용하는 일종의 주형). 본질적으로 주형은 자신이 조각하고 싶은 대상의 반대되는negative 이미지다—따라서 자신의 모습을 만들고 싶다면 반대되는negative[3] 공간을 파내는 일부터 시작하는 게 좋을지도 모른다.

---

3 '네거티브negative'가 '나쁜'을 뜻하기도 한다는 사실에 착안한 언어유희.

루바토시스

rubatosis

(명사) 자신의 미약한 심장 박동이, 마치 심장이 메트로놈처럼 스스로를 톡톡 두드리며 바깥세상을 향해 '나 여기 있어', '나 여기 있어', '나 여기 있어' 하고 무심히 부르는 불안한 단가短歌일 뿐인 것 같다는 심란한 자각.

어원 음악에서, tempo rubato(템포 루바토, 도둑맞은 박자)는 어느 소절에서 시간을 빌려왔다가 나중에 갚아주는 방식으로 작품의 박자를 살짝 빠르게 하거나 느리게 하는 일을 뜻한다.

라이덴프로이데

leidenfreude

(명사) 무언가 나쁜 일이 일어났을 때 스스로에 대한 기대가 일시적으로 낮아지면서 느껴지는 역설적인 안도감. 정체불명의 주인공을 그만큼 응원하기 쉬운 어떤 약자로 뒤바꿔 놓는다.

어원 독일어 Leiden(고통) + Freude(기쁨). 타인의 불행에 대한 기쁨인 '샤덴프로이데 schadenfreude'와 비교해볼 것.

트웰브오투

1202

(명사) 해야 할 일들로 머리가 지나치게 과열된 티핑 포인트[4]. 죄책감 때문에 어떤 일도 뒤로 미루지 못한 채 처리해야 할 모든 사소한 일들의 최우선 순위를 정하느라 꼼짝도 못 하게 된다.

---

4 작은 변화가 하나만 더 일어나도 갑자기 큰 영향을 초래할 수 있는 상태에 이른 단계.

어원 아폴로 11호가 달에 착륙하기 직전에 '1202' 경고음이 울리며 컴퓨터가 처리할 수 있는 것보다 더 많은 데이터가 수신되고 있음을 알렸다.

민타임

the meantime

(명사) 자신의 본질을 구현하는 미래의 자아는 절대 나타나지 않을 거라는 깨달음의 순간. 몇 년간 대사 연습만 하며 기다리던 대역 배우인 얼빠진 아이를 벌써 2막에 돌입한 인생의 환한 빛 속으로 떠밀게 한다.

어원 mean(보통의, 누추한, 비천한) + the meantime(다른 어떤 사건이 일어나길 기다리며 보내는 시간).

엘싱

elsing

(명사) 다른 사람을 보면서 오직 그들이 대변하는 밑그림만을 보는, 그들의 얼굴에서 그것에 덧씌워진 완전히 다른 누군가—자신의 어머니, 학교에서 자신을 괴롭히는 아이, 또 다른 때의 자기 자신—의 이미지만을 보는 무의식적인 습관. 방 건너편에서 자신을 쳐다보는 다른 이들의 눈에는 대체 무엇이 보일지 궁금하게 만든다.

어원 else(또 다른).

알레이지아

ALAZIA

더 이상 변할 수 없을 거라는 두려움

이 세상에 태어났을 때, 당신은 누구든 될 수 있었다. 아주 재빠르고 융통성 있어서, 당신의 부모는 당신의 얼굴에서 미래의 대통령을 볼 수 있었다. 그들은 당신이 자라는 동안 당신을 주조하려 했지만 이미 가진 재료로 작업할 수밖에 없었다. 그리고 그들의 도구가 작동을 멈췄을 때, 그들은 그 도구를 당신에게 조금씩 건네주며 이렇게 물었다. "자라서 뭐가 되고 싶니?"

당신 자신이 되는 데는 어떤 기교가 필요하다. 필요에 따라 부품을 바꾸며 당신 자신을 조립하는 데 사용할 수 있는 일반적인 조립 용품 세트 같은 것은 없다. 그것은 그보다는 일종의 펼침 작업처럼, 가장자리를 가지런히 만드는 작업처럼 느껴진다. 용광로 앞에 서 있는 유리 부는 직공의 작업처럼 말이다.

십 대의 성격이란 연약한 수단이어서, 그 감정은 거의 다루기 힘들 지경이다. 당신은 자신을 조립할 방법을, 균형을 잃거나 자신을 너무 얇게 펼치지 않은 채 좋은 부품들을 가지런히 만들 방법을 찾아내야만 했다. 당신은 당신의 결함을 수리하기 위해 모든 걸 멈출 수는 없었지만, 그렇다고 해서 그걸 무시할 수도 없었다. 다행히도 당신은 대단히 유연했고, 우중충한 소파나 황야에서 보내는 밤에도 당신을 따뜻하게 지켜준 젊음의 열기로 부드러웠다. 당신은 자신이 그저 현재의 자신이 아니라는 것을, 자신은 또한 언젠가 될 미래의 자신이기도 하다는 것을 알았다. 그래서 당신은 심지어 실패했을 때도 여전히 원하는 어떤 존재든 될 수 있었다. 계속 몸을 움직이는 한.

아니나 다를까, 당신은 부딪혀서 다치고 만다. 당신은 충격을 아주 잘 흡수하는 능력을 자랑으로 여겼고, 그래서 마치 아무 일도 일어나지 않은 것처럼 다시 회복했다. 하지만 고통은 여러 해가 지나야 알아차릴 사소한 금이나 이가 빠진 흔적으로 당신을 바꾸어 놓았다. 시간이 흐름에 따라 당신은 아주 특별한 방식으로 자리를 잡음으로써 정신의 가장 연약한 부분을 보호하는 법을 배우게 되었다. 그 부분이 여전히 진짜 당신의 핵심 부위임을 알면서도 말이다. 차츰 당신은 그 자리에서 움직이길 더욱 주저하게 되었다. 좀 더 딱딱하게, 좀 더 깨지기 쉽게 자라나며.

그리하여 여기, 지금의 당신이 있다. 이따금 당신은 스스로 변하길 원하더라도 과연 변할 수 있을지 모르겠다고 생각한다. 여전히 스스로를 놀라게 할 만큼 충분한 배짱이 남아 있을지, 혹은 너무 억세고 냉소적으로 변해서 쭉 기지개를 펴면 산산이 부서져버릴 만큼 이미 몸과 마음이 굳어버린 것은 아닌지 모르겠다고. 어쩌면 당신은 미래에 어떤 사람이 될지 너무 오랫동안 궁금해한 나머지 그 질문에 실제로 답이 있다는, 그 '미래'가 곧 도래하리라는 사실을 잊고 말았는지도 모른다.

어쩌면 당신을 변화시키기에는 너무 늦었는지도 모른다. 혹은 어쩌면 당신은 그저 새로운 단계에 진입하고 있는지도, 너무 엄청난 변화를 겪고 있어서 심지어 그런 '변화' 자체를 인지하지 못하는지도 모른다. 어쩌면 지금이야말로 자신이 어떤 존재인지 추정하느라 받는 스트레스를 측정해봐야 하는 때인지도, 당신에게 딱히 필요 없는 모든 미사여구와 장식품을 걷어버리고 진짜 당신의 핵심이 드러날 순간까지 갈고 닦아봐야 하는 때인지도 모른다. 그리고 설령 당신이 더는 다른 누군가가 될 수 있을 만큼 유연하지 않은 게 사실이라 해도, 당신은 언젠가 결국 진정한 자신이 될 수 있을 만큼 충분히 강해지고 있는지도 모른다.

어원 그리스어 *αλλάζω* allázo(변하다) + dysplasia(세포 조직의 비정상적인 발달).

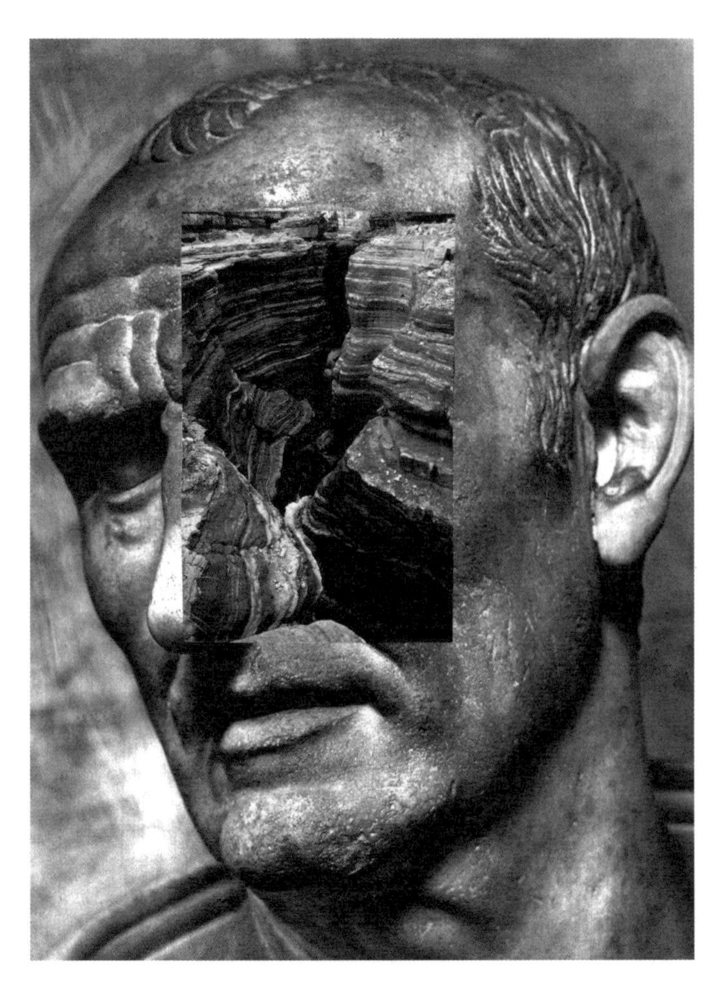

알레이지아 | 안드레스 가미오치피의 콜라주 | andresgamiochipi.com |
Instagram @andresgamiochipi

웬즈
the wends

(명사) 자신이 어떤 경험을 제대로 즐기지 못하고 있다는 좌절감. 마치 밀려오는 기대감 때문에 무심코 마음의 자력磁力을 잃어버리기라도 한 듯, 으르렁대는 잡음 이상으로 강렬한 무언가를 촉발시키기 위해 이리저리 머리를 굴리게 된다.

어원 wend(미리 결정된 길을 따라 예측할 수 없이 돌아다니다). 잠수부가 너무 빨리 올라온 탓에 세포 조직에 질소 거품이 생겨나 장애가 발생하거나 죽을 수도 있는 상태인 'the bends(잠수병)'과 비교해볼 것.

아폴리투스
apolytus

(명사) 자신이 인간적으로 변하고 있다는, 마침내 오래된 문제들에서 벗어나 허물을 벗는 파충류처럼 벌써 상체를 돌린 채 곧 완전히 떨어져 나갈 자신의 그 기이하고 케케묵은 캐리커처를 보며 킬킬거리는 깨달음의 순간.

어원 apolysis(무척추동물의 껍질이 아래의 피부에서 분리되는 탈피 단계) + adultus(희생된).

스탠더드 블루스

the standard blues

(명사) 인생의 우여곡절이 새롭고 심오하게 느껴지지만 그것이 자기 고유의 경험은 아님을 깨닫고 의기소침해지는 일. 다른 수백만 명이 겪은 똑같은 성년기의 투쟁, 똑같은 사회생활의 좌절, 똑같은 가족 분란, 똑같은 육아의 학습 곡선[5]을 그 특징으로 하며, 심지어 자신의 가장 거친 도전도 무해하고 예측 가능한 것으로, 늘 똑같은 이야기의 또 다른 리메이크로 느껴지게 만든다.

어원 블루스 장르에서 가장 유명한 노래들의 목록인 'blues standards(블루스 스탠더스)'의 변주. '블루스 스탠더스'는 주제에 따른 변주곡처럼 그 자체로 코드 진행에 널리 사용된다.

맥필리

mcfeely

(형용사) 예측 가능하고 식상한 정서에—심지어 그것이 진부하거나 뻔하거나 대중을 상대로 맹목적으로 방송되는 것일지라도—이해할 수 없을 만큼 감동을 받는.

어원 'Mr. Fred McFeely Rogers(프레드 맥필리 로저스 씨)'[6]의 가운데 이름. 당신은 행복해질 자격이 있다. 당신의 감정은 중요하다. 당신은 사랑받고 있다. 당신은 충분하다.

---

5 학습도나 숙련도나 그래프로 나타낸 것.

6 미국의 방송인.

아이오이아

ioia

(명사) 우연히 마주치는 모든 사람의 모습에 통계 자료가 겹쳐 보이길—그래서 그들의 호환성, 그들의 신뢰도, 혹은 하다못해 그들의 진짜 기분을 알려주는 이모티콘이라도 확인할 수 있길—바라는 마음.

어원 이진부호의 두 상징인 1과 0(각각 '온on'과 '오프off'를 의미한다) + I am(나는).

프릭티시

flichtish

(형용사) 자신의 자아상自我像의 얼마나 많은 부분이 자신에 대한 검증되지 않은 추정—고작 폭력적인 위협, 뜻밖의 횡재, 커다란 책임에 어떻게 대응할지, 잘못된 것임을 아는 어떤 일을 시켰을 때 어떻게 대응할지에 대한 추측—에 근거한 것인지 깨닫고 불안해진.

어원 북프리지아어[7] flicht(아마도).

7 북프리지아(혹은 북프리슬란트)에서 사용되는 소수 언어.

인수시즘

insoucism

(명사) 자신이 처한 상황이 얼마나 동정할 만한 것인지 판단하지 못하는 현상. 정말 많은 사람들이 자신보다 훨씬 더 나쁜 상황에 처해 있거나 훨씬 더 나은 상황에 처해 있음을 알기에, 또 어떤 사람들은 자신이 처한 상황을 극복하려면 여러 해 동안 치료를 받아야 하는 한편, 또 다른 이들은 그런 상황이 그날의 일기에 쓸 만한 거리도 되지 못함을 알기에 발생한다.

어원 프랑스어 soucis(걱정거리들) + insouciance(무관심). 평범한 사람은 어떤 대접을 받아야 마땅할지 누가 알겠는가? 어쩌면 인간의 삶은 너무 가혹해서 우리 모두 어느 정도의 동정이 필요한지도 모른다. 혹은 어쩌면 살아 있다는 사실만으로도 커다란 특혜를 누리는 셈이어서 우리 중 누구도 불평할 자격이 없는지도 모른다.

아노사이티아

ANOSCETIA

'진짜 자신'을 알지 못한다는 불안감

당신 주변의 모든 사람은 정말이지 선명한 개성을 지닌 듯 보인다. 그것은 그들이 하는 모든 일에서 선명히 빛을 발한다. 그들이 신는 신발에서부터 그들이 쇼핑카트에 담는 식료품, 정확한 문장으로 표현한 생일 축하 문자 메시지에 이르기까지. 당신은 그 모두가 보편적인 특성일 거라고 생각해보지만, 왠지 모든 사소한 것 하나하나가 본질적으로 '그들'이 누구인지 말해주는 것만 같다.

그러니 당신 자신의 경험이 그 어떤 특별한 색채도 띠고 있지 않은 듯 보인다는 것은 얼마나 이상한 일인가. 대체로 당신은 딱히 창의력을 발휘할 기회 없이 해야 할 일만 한다고 느낀다. 그러다 즉흥적으로 행동할 자유가 생길 때면, 당신은 다른 사람들의 어조와 에너지를 따라가며 그들의 기분에 맞추고 있는 자신을 발견한다. 그저 잘 어울리거나 하루를 무사히 보내기 위해 애쓰며 말이다. 당신은 머릿속에서 자신의 존재를 근처의 강렬한 색깔을 우연히 반사할 뿐인 '뉴트럴 그레이'[8]의 그림자로 여긴다.

물론 당신의 가족이나 친구들은 당신이 결코 '특성 없는neutral' 사람이 아니라고 주장하며, 당신이 그들을 그릴 때 사용했던 것과

8 '중성의 회색neutral gray'을 뜻하는 색상 용어. 'neutral'과 'gray'는 둘 다 '특성 없는'을 뜻하기도 한다.

똑같은 커다란 붓으로 당신을 그려줄 것이다. 당신은 '서니 옐로sunny yellow'라고, 혹은 '칠 블루chill blue', '파이어리 레드fiery red', '이노센트 핑크innocent pink', '에지 블랙edgy black'이라고 그들은 말할 것이다. 그들이 꼭 틀린 것만은 아니다. 당신은 자신의 성격에 어떤 특성이 녹아들어 있다는 것을 알아차리고는 종종 거기에 맞춰 행동하는 자신을 발견한다. 만일 다들 당신을 쾌활하거나 괴팍하거나 비정상적이거나 지겨운 사람으로 이미 생각하고 있다면 그들의 생각대로 행동해주는 게 훨씬 더 편하니까. 문제는 그들 각자가 당신을 오직 고립된 맥락에서밖에는 보지 못한다는 데 있다. 특정한 때에 수행되는 특정한 역할밖에는 보지 못하는 것이다. 만일 누군가가 당신을 한 주 내내 미행해본다면 진지한 전문가, 성적인 존재, 영적인 사람, 유치한 얼간이, 신경 쇠약자, 파티의 스타로서 당신의 모습을 보고 깜짝 놀랄 것이다. 그 모든 인상은 그 순간에는 정확할지 모르겠으나 당신의 전체 스펙트럼에서 봤을 때는 극히 일부에 지나지 않는다.

한편 당신은 다양한 상황 속에서 당신 자신을 하루 스물네 시간 동안 미행한다. 어떤 맥락에 놓인 당신이 가장 당신답게 느껴지는가? 당신은 일에 몰두할 때, 친구에게 속마음을 털어놓을 때, 혹은 그저 기분 전환을 위해 혼자 있을 때가 어느 정도 당신다운 때라고 여기는가? 설령 그렇다고 하더라도 당신은 자신의 기분이 얼마나 혼란스러운지, 자신의 사고 과정이 얼마나 산발적이고 모순적인지, 자신이 언제든 복종할 수 있는 임의적인 충동이 얼마나 많은지를 몸소 경험한다. 새로운 상황에 처할 때마다 어떤 당신이 모습을 드러낼지, 혹은 당신의 머릿속 사탕 뽑기 기계에서 어떤 의견이 굴러 나올지 예측하기란 어려운 일이다. 그리고 당신도 알다시피,

그 의견은 당신에게 다른 생각은 존재하지도 않는다는 듯 홀로 진리의 광채를 발할 것이다.

그것은 당신 자신의 이미지를 그 본질로 되돌리고 싶게 만든다. 당신 자신이 아닌 누군가가 되려고 애쓴 모든 시간의 자취를 공들여 씻어내면서. 사람들이 당신 위에 덧칠하려 했거나 자신들 마음에 들지 않는다며 떼어 내버렸던 부분을 깨끗이 닦아내면서. 마침내 자신의 본색을 만천하에 드러낼 수 있게 당신의 정체성을 그동안 학습한 모든 습관과 산란함과 문화에 걸쳐 한 겹 한 겹 벗겨내면서. 하지만 당신이 누구인지 알기 위해 당신을 떼놓고 들여다보면 볼수록 당신의 정체성은 그만큼 더 이런저런 충동의 소음으로—텅 빈 캔버스 위의 먼지로—흩어질 뿐이다.

어쩌면 단일한 자아라고 부를 만한 건 없는지도 모른다. 어쩌면 당신은 저마다 진짜인 여러 다른 페르소나로 만든 유동적인 콜라주인지도 모른다. 주변 세상의 수많은 작은 인상들을 반영하는, 서로 다른 기분들과 활기찬 우연들로 번쩍이는, 영원히 움직이는—하지만 전반적으로 큰 패턴은 없는—문양들의 만화경.

어쩌면 당신에게 본색 같은 건 없는지도 모른다. 당신은 서명을 하고 광택제를 칠한 완성된 그림 따위가 아니다. 만일 '진짜 자신'이라는 게 있다면, 그건 분명 팔레트에 엉망으로 짜 놓은 물감일 것이다. 소용돌이치고 섞이며 함께 노는, 영원히 미완성인, 무언가 새로운 것을 만들어내고자 탐색하고 분투하는 그 색깔들 말이다.

어원 an-(부정접두사) + 라틴어 Nosce te ipsum(너 자신을 알라).

다이산테이

desanté

명사 몸이 아프다는 음울한 망상. 시간의 흐름을 아주 느리게 만들고 심지어 가장 한심한 업무도 기념비적인 투쟁으로 만듦으로써 베개에서 머리를 드는 일을 과연 돌아갈 수나 있을지, 혹은 숨이나 돌릴 수 있을지 궁금해하며 산을 오르는 일처럼 느껴지게 만든다.

어원 프랑스의 건배사 santé(건강을 위하여)의 변주. 'desanté'는 문자 그대로 "안 건강함을 위하여un-health!"를 뜻한다.

세이피시

sayfish

명사 말로 표현하려고 하자마자 형편없이 곤죽이 되어버리는 듯한 진실된 감정. 희미하게 빛나는 짐승 같은 고기를 심해에서 끌어 올려봤자 낚싯줄 끝에서 기운 없이 꿈틀거리는 모습만 보일 뿐이어서, 그냥 그것을 유령처럼 푸른 눈과 반투명한 긴 이빨과 함께 말없이 초췌해지도록, 빛을 잃어 가냘프고 기이해지도록 내버려두고 싶어진다.

어원 sailfish(돛새치). 돛새치는 과격한 힘, 그리고 그 이름이 말해주듯 돛을 펼친 듯한 엄청난 지느러미, 카멜레온처럼 색깔을 바꿀 수 있는 능력으로 유명한 물고기다. '세이피시'는 'boohoo(흑흑, 엉엉)'라고도 한다.

애들워스

addleworth

(형용사) 자신이 잘 살아가고 있는지에 대한 질문에 답할 수 없는; 모순되는 가치 체계와 움직이는 골대[9] 사이에서 갈팡질팡하는. 누군가가 와서 자신이 진행 상황에 측정 가능한 별개의 단위들—포인트, 돈, 친구, 폴로어, 평균 평점—로 점수를 매겨줌으로써 자신이 어디로 가고 있는지에 대한 물음은 해결할 수 없을지언정 적어도 그곳에 한 걸음은 더 가까이 갔다고 안심시켜주길 간절히 바라게 된다.

어원 addled(혼란스러운; 불확실한) + worth(…의 가치가 있는).

심터마니아

symptomania

(명사) 세상 어딘가에 자신의 여러 결함과 모순을 단일한 주제로 묶음으로써 자신의 유형을 깔끔하고 정확히 포착하는—반드시 머릿속의 혼란을 수습해주진 않겠지만, 적어도 자신이 그런 유형이라는 신호를 보냄으로써 사람들이 알고 조심할 수 있게 해줄—정교한 진단법이 있을 거라는 환상.

어원 symptom(증상) + mania(열광).

9 '바뀌는 조건'을 뜻한다.

핏칭

fitching

(자동사) 불만스럽거나 메스꺼울 만큼 훌륭한 예술 작품을—영화 관람을 멈추고 극장을 떠난다거나 책을 미칠 만큼 야금야금 읽어 나가는 식으로—강박적으로 외면하다. 그것이 정확히 딱 맞는 주파수로 공명해서 자신의 가장 깊은 곳을 뒤흔드는 까닭에 평소대로 행동하기가 살짝 거북해진다.

어원 bitching(아주 좋은) + fitch(긴털족제비). 긴털족제비는 종종 먹잇감의 뇌를 이빨로 뚫어서 산 채로 굴속에 저장한 후 나중에 돌아와서 먹곤 한다.

솔리지움

solysium

(명사) 장시간—몇 시간이 며칠로 늘어나 머릿속에 고유의 미신과 대체 역사와 반쯤 중얼대는 듯한 방언을 지닌 이상한 작은 문화가 만들어지기 시작한다고 느낄 만큼—혼자 있게 된다는 심란한 망상. 그 자유분방하고 우스꽝스러운 생각은 이상하게 해방감을 안겨주지만 그만큼 평범한 사회생활의 제한적이고 모호한 상태로 돌아가는 걸 어렵게 만들기도 한다.

어원 solitary(혼자 하는) + asylum(정신병자를 위한 안식처) + Elysium(고대 그리스에서의 천국).

인도센티아

indosentia

(명사) 심오한 듯 느껴지는 자신의 감정이 실은 투박한 생물학적 작용일 뿐이라는, 의미나 철학보다는 호르몬, 엔도르핀, 수면 주기, 혈당—간단한 자극만으로도 반증 불가능한 기쁨, 우울, 피를 보려는 욕망, 연대감, 심지어 육신의 영적 초월까지 유발할 수 있는 것들—과 더 관련돼 있다는 두려움.

어원 이른바 '행복 호르몬'인 Dopamine(도파민), Oxytocin(옥시토신), Serotonin(세로토닌), Endorphin(엔도르핀)의 두문자어+ in absentia(부재중에).

비커러스

vicarous

(형용사) 다른 사람이 만일 자신의 입장이라면 어떻게 할지, 또 다른 배우가 '나'라는 인물을 어떤 식으로—몸의 다른 움직임, 자신이 절대 사용하지 않는 어조, 생각지도 못했던 말과 행동으로—재해석할지 궁금해하는. 그 공연은 아마 끔찍하게 끝나고 말겠지만 적어도 이 역할을 연기하는—그것이 미리 준비된 대사를 읽는 일일 뿐이라 하더라도—여러 다른 방식이 있다는 사실을 상기시켜 줄 것이다.

어원 'i'가 빠진 vicarious(대리의).

바이르레블링

bareleveling

(자동사) 남들이 멍청하다거나 거창하다거나 불필요하다고 여길까 봐, 혹은 자신의 노력에 지나친 관심을 쏟는 바람에 가벼운 변화를 현란한 브랜드 이미지 개선 운동으로 바꾸어 놓을까 봐 두려운 마음에 아무도 몰래 자기 개발에 힘쓰는.

어원 아르메니아어 բարելավվել barelavvel(나아지다).

히들드

hiddled

(형용사) 비밀을 혼자서만 간직해야 한다는 사실에 외로움을 느끼는.

어원 고대 영어 hidil(은신처).

마누시아

manusia

(명사) 사방에서 느껴지는, 자신이 인간이라는 기분; 모두가 삶의 매 순간 강렬히 느끼지만 달리 비교할 대상이 없어서 분명히 정의 내리지 못하는 근본적인 기분.

어원 산스크리트어 manusyá(인간).

암베도

AMBEDO

명료한 감정이 찾아드는 순간적인 무아지경

때로 사방이 조용한 가운데 홀로 있을 때, 당신은 안개처럼 밀려오는 어떤 미지의 강렬함을 느낀다. 그것은 처음에는 안절부절못하는 따분함과 우발적인 명상 사이를 미묘히 떠돈다. 어쩌면 당신은 하루가 시작되기 전 어두운 아침에 침대에 똑바로 앉아서 벽의 한 지점을 멍하니 응시하며 삶에 대해 생각하고 있는지도 모른다. 아니면 당신은 어딘가에 누군가를 데리러 왔다가 시간이 좀 남아서 차의 시동을 끄고 홀로 상념에 잠겨 있는지도 모른다. 당신은 숨을 한 번 쉬고 주차장의 정물을 둘러본다. 바람에 흔들리는 관목 몇 그루, 식어가는 엔진의 불규칙적인 금속성 소음, 점화 장치에 꽂힌 채 여전히 흔들리는 열쇠.

당신은 무슨 일인가 일어나고 있다는 걸 느끼기 시작한다—영화에서 클로즈업 장면이 나오는 걸 알아차리지만 그것을 어떤 의미로 받아들여야 할지는 알 수 없을 때처럼. 평소에는 시시하게 느껴지던 사소한 것들이 이제는 완전히 생경하게 다가온다. 신발의 솔기, 손목 안에서 움직이는 힘줄. 가지를 뻗은 묘목들. 그저 존재하기 위해 발버둥치는 그 모든 것들이 얼마나 연약하고 덧없이 보이는지. 당신은 자신을 휩쓸고 가는 일종의 우울한 무아지경에 빠진다. 밀려드는 명료함, 마치 방금 잠에서 깨기라도 한 것처럼. 당신은 여기 있다. 당신은 살아 있다. 당신은 '그 안에 빠져' 있다.

당신은 우연히 지금 이곳에 함께 있는 다른 모든 사람을 둘러보고는 그들이 어디서 왔을지 상상하며 그들이 걷는 모든 길이 바로 지금 이 순간 교차했다는 사실에 경이로워한다. 당신은 자신을 여기로 데려온 일련의 사건들, 당신의 선택과 실수, 그리고 대단한 것은 못되는 업적을 돌이켜본다. 지난 세월 동안의 모든 우여곡절을. 그것이 당신이 기대한 것은 아니었지만, 그래도 당신은 여전히 잃어버린 모든 것, 왔다가 떠나버린 기회들을 뒤돌아볼 수 있고, 그리하여 그 일이 어쨌든 일어났다는 사실에 가슴이 아릴 만큼 고마움을 느낀다.

그리하여 여기, 지금의 당신이 있다. 축복과 신비와 기회와 변화로 가득했던 자신의 인생에 일종의 기쁜 슬픔을 느끼는 당신이. 당신은 새로이 느껴지는 고마움으로 주위를 둘러보며 존재하는 것들의 복잡함을 받아들인다. 창문을 스치며 떨어지는 빗방울, 바람에 기울어지는 키 큰 나무, 커피잔 속에서 소용돌이치는 구름 같은 크림. 사방이 고요해지고, 말은 그 의미를 잃기 시작한다. 모든 게 한데 뒤섞이기 시작하는 듯하다. 당신이 평범한 일과 대단한 일의 차이를 분간하지 못하게 될 때까지. 그리고 당신은 당신 또한 이 지구의 손님이라는 사실을 떠올린다. 당신의 삶은 그저 탐색이나 기회, 들려주어야 할 이야기가 아니다. 그것은 그 자체로 즐겨야 할 경험이기도 하다. 그것은 그 자체로서의 의미 외에 다른 의미를 지닐 필요가 없다. 한순간도 작게나마 그 자체로 존재할 수 있다.

하지만 일이 분쯤 지나면 당신은 손을 휴대폰이나 자동차 라디오로 가져가며 기분 전환 거리로 생각을 떠내려 보내고 싶다고 느낄 것이다. 어쩌면 당신은 내심 어느 특정 순간에 너무 오래 머무는 일을 본능적으로 경계하는지도 모른다. 우리는 이 세상을 들이 마실 수 있고 그것을 최대한 오래 붙들 수 있지만 거기서 멈추어 있을 수만은 없다. 우리는 계속 움직이며 어떤 더 깊은 의미를 캐내야 한다. 하나의 경험과 다음 경험 사이에서 피난용 비상구를 찾길 바라며. 그리하여 우리가 절대 하나의 작은 순간에, 하나의 작은 인생에 갇혀 있다고 느끼지 않도록.

어원 라틴어 ambedo(나는 한입에 먹는다).

암베도 | 폴 에이브럼스의 콜라주 | 은하수 한 방울을 넣은 커피

3

매력의 몽타주

타인의 존재에서
안식처를 발견하기

페데리카 콜레티의 콜라주
| Instagram
@nonsuperareledosiconsigliate

삶은 당신을 망가뜨릴 것이다. 누구도 당신을 그로부터 보호해주지 못할 것이고, 혼자 산다고 해도 사정은 달라지지 않을 텐데, 왜냐하면 이번에는 고독이 당신을 갈망으로 망가뜨릴 테니 말이다. 당신은 사랑해야만 한다. 당신은 느껴야만 한다. 그것이 당신이 지금 이 땅에 존재하는 이유다. 당신은 자신의 마음을 위태롭게 하기 위해 여기에 있다. 당신은 삼켜지기 위해 여기에 있다. 그리고 당신이 망가지거나 배신당하거나 버려지거나 상처받거나 죽을 뻔하는 일이 생길 때면 사과나무 옆에 앉아서 주위에 사과가 무더기로 떨어지며 달콤함을 낭비하는 소리에 귀 기울여 보라. 자신은 그것을 최대한 많이 맛보았다고 스스로에게 말하라.

루이스 어드라크, 『페인티드 드럼』

미딩

midding

(명사) 무리 근처에 있지만 딱히 거기에 속해 있지는 않은—모닥불 주위를 맴돌거나 파티장 밖에서 조용히 대화하거나 차 뒷좌석에 앉아서 앞에 앉은 친구들이 떠드는 소리를 들으며 눈을 쉬게 하는—데서 오는 고요한 즐거움. 다들 함께 있고 다들 괜찮다는 사실을 알고 안심한 덕분에 보이지 않는 행복감과 동시에 완전한 소속감을 느끼고, 그곳에 있어야 한다는 부담감 없이 그곳에 있다는 흥분을 느끼게 된다.

어원 중세 영어 midding(midden, 주거지 근처에 놓인 쓰레기 더미).

플래시오버

flashover

(명사) 겹겹의 반어법으로 지켜온 연약한 회로가 신뢰의 불꽃으로 인해 합선을 일으키면서, 수십 년 동안 세상과 불화하며 쌓아온 정적인 감정이 순간적으로 무너지며 대화가 활기를 띠는 순간.

어원 소방 활동에서, '플래시오버'는 어느 지역의 모든 가연성 물질이 갑자기 일시에 타오르는 현상을 뜻하다.

인시덴털 콘택트 하이

incidental contact high

(명사) 그저 자신의 할 일을 할 뿐인 누군가—이발사, 요가 강사, 다정한 웨이트리스—의 생각보다 더 의미 있는 무해한 손길; 야심을 품은 소설가가 되느니 그저 사람들을 껴안아주는 게 낫지 않

을까 싶은 생각이 들게 할 만큼 매우 충격적으로 소박한 유대감.

어원 스포츠에서, 'incidental contact(우발적 접촉)'은 파울의 수준에는 이르지 않는 스쳐 가는 접촉을 뜻하는 말이다. 'contact high(접촉 도취)'는 마약의 효과를 간접적으로 느끼는 현상을 뜻하는 말이다.

펜시브니스
fensiveness

(명사) 친구가 당신이 집착하는 것에 별 관심을 보이지 않을 때 자동적으로 튀어나오는 방어적 반응.

어원 만다린어 粉絲fěnsī(팬) + defensiveness(방어적임).

모틀헤디드
mottleheaded

(형용사) 이상한 조합의 친구들과 가족, 혹은 친구들과 동료들, 혹은 동료들과 가족과 어울릴 때 불안함을 느끼는. 일반적으로 어울리지 않는 요소들을 뒤섞음으로써 자신의 정체성을 잿빛 곤죽에 넣어 희석시키거나 우연히 일종의 폭발을 일으킬 수 있는 위험을 감수하게 된다.

어원 motley(어울리지 않는 요소들로 이루어진) + headed(머리가 …한).

맥플라이 효과

the McFly effect

(명사) 자신의 부모가 함께 자라온 사람들과 교류하는 모습을 관찰하는 현상. 그들을 젊은 시절로 되돌려서, 자신을 낳기 전에 몽상가나 악당으로 살던 모습을 언뜻 보게 해준다.

어원 영화 〈백 투 더 퓨처〉의 주인공 '마티 맥플라이McFly'. 맥플라이는 과거로 시간 여행을 떠나서 십 대인 부모님과 교류한다.

몰레드로

moledro

(명사) 아주 오래전에 아주 먼 곳에 살았을 것임에도 여전히 자신의 머릿속에 들어와서, 도보 여행가들이 낯선 장소의 숨겨진 길을 표시하며 남기는 작은 돌무더기 같은 경험의 흔적을 남기는, 절대 만나지 못할 작가나 예술가와 하나로 이어진 느낌.

어원 포르투갈어 moledro(이정표; 돌무덤). 포르투갈 전설에 따르면, 당신이 돌무덤에서 돌멩이 하나를 주워서 베개 아래에 두면 아침에 마법에 걸린 병정이 잠시 나타났다가 다시 돌멩이로 변해서 돌무덤으로 돌아간다고 한다.

오피아

OPIA

시선을 마주치는 일의 애매한 강렬함

한 번의 시선에도 아주 많은 게 담겨 있다. 누군가의 눈을 바라보며 당신은 아주 애매한 강렬함을 느낀다—왠지 그것은 침입해 들어오는 듯하면서도 연약하다. 바닥이 보이지 않을 만큼 검고 불투명하게 빛나는 그들의 눈동자.

눈은 세상이 쏟아져 들어왔다 나가는 열쇠 구멍이다. 아주 잠시 동안, 당신은 모든 게 보관되어 있는 금고 안을 엿볼 수 있다. 눈의 연약함과 고통과 익살스러움, 눈이 행사하는 힘과 그것이 스스로에게 요구하는 것을 얼핏 보면서. 하지만 눈이 영혼의 창인지 인식의 문인지는 별로 중요하지 않다. 중요한 것은 당신이 여전히 집 밖에 서 있다는 사실이다.

시선의 마주침은 사실 전혀 마주침이 아니다. 그것은 그저 스쳐가는 것을 느낄 수 있을 뿐인 한순간의 눈길—아깝게 놓치고 마는 무엇—에 불과하다. 우리가 밀실에 보관하는 것은 아주 많다. 다른 사람들은 절대 보지 못할 아주 많은 것들. 우리는 그저 우리가 누구인지에 대한 샘플, 사람들이 우리에게 기대할 거라 여겨지는 모습의 샘플을 보여줄 뿐이다. 그렇다고 하더라도 우리가 멈춰서서 그 내부를 바라보는 일은 얼마나 드문가. 우리의 눈을 가다듬고 거기 정말로 있는 것을, 타인의 시선 속에 숨겨진 세상을 바라보는 일은 얼마나 드문가.

자신의 문 뒤에서 엿보고 있는 건 당신도 마찬가지다. 당신은 그곳에 자신을 놓아둔 채 세상을 얼마나 받아들이는 게 좋을지 결정하려 애쓴다. 타인들이 당신에 대해 이런저런 평가를 내리고 제 갈 길을 가기란 무척 쉬운 일이다. 그들은 늘 당신보다 훨씬 더 선명히 볼 수 있다. 당신이 들여다보지 못하는, 당신이 곧장 평가를 내리지 못하는 금고는 당신 자신의 금고뿐이다. 당신은 누군가가 와서 당신의 영혼을 들여다봐주진 않을지 늘 궁금해해야 할 것이다. 혹은 바깥의 누군가가 애써서 열쇠를 찾아주진 않을지.

우리는 모두 그저 시선을 교환하며 서로에게 우리가 누구인지 말해주려 애쓰고 있을 뿐이다. 어둠 속에서 더듬거리며 우리 자신을 엿보려 애쓰면서 말이다.

어원 그리스어 όπιο^ópio(아편) + -ωπία^-opía(눈의). 'pupil(눈동자)'라는 단어는 다른 사람의 눈에 비친 자신의 작은 이미지를 가리키는 라틴어 'pupilla(소녀 인형)'에서 왔다. '다른 사람의 눈을 다정하게 응시하다'를 뜻하는 엘리자베스 시대의 표현 'to look babies(아이를 보다)'는 여기서 유래한 것이다.

히커링
hickering

(명사) 우연히 새로 알게 된 것이 생기면 홀짝 빠져버리는, 그것에 대해 모은 작은 정보들 속에서 많은 시간을 보내며 점들을 이어 정교한 별자리들을 만들어보고 심지어 그것들의 모든 미래—생각하면 좀 재미있다는 것 외에는 특별한 목적이 없는 이미지들—까지 상상해보는 버릇.

어원 히브리어 הקרין hikrín(이미지를 투사하다) + hankering(갈망).

라일로
lilo

(명사) 여러 해 동안 휴면기에 들어 있다가 마치 지난주에도 만났던 것처럼 즉각적으로 재개된—다른 어떤 이와 대화 도중에 생기는 침묵은 영원처럼 길게 느껴지기도 한다는 점을 생각하면 더욱 더 놀라운—우정.

어원 lifelong(평생 동안의) + lie low(잠복하다).

스키딩
skidding

(명사) 빈정거리는 것처럼 들리지만 실은 진실되고 속 깊은 발언을 하는 습관.

어원 skidding(관성에 의해 의도했던 것보다 더 나아가다) + kidding(농담하다).

몬던

mornden

(명사) 두 사람이 긴 주말 아침에 세상에서 물러나 잠옷 차림으로 시간을 느릿느릿 기어가게 만들며, 결국 그만큼 더 빨리 흘러가버릴 것을 알면서도 시간의 흐름을 최대한 정지시키며 함께하는 자족적인 세계.

어원 morn(아침) + den(사적인 시간을 제공하는 편안한 공간).

오키지아

ochisia

(명사) 자신이 한때 누군가의 삶에서 차지한 역할이 아무 고민도 없이 다시 채워질 수 있다는 두려움. 모든 이별이 퇴직금, 경쟁 금지 조항, 일종의 낭만적인 취업 알선 프로그램을 포함하길 바라게 한다.

어원 그리스어 όχι πια óchi pia(더 이상 …않다).

바이오버

bye-over

(명사) 서로 감정적으로 작별을 고했지만 뜻밖에 잠시 함께 더 시간을 보내게 된, 둘 다 이미 잊은 척하기로 말없이 합의한 두 사람 사이의 무심한 듯 멋쩍은 분위기.

어원 good-bye(작별) + do-over(다시 하기).

녹러포비아

nachlophobia

명사 자신이 사람들과 맺은 가장 깊은 관계가 궁극적으로는 매우 피상적이라는, 비록 그 관계가 지금은 알맞은 듯하지만 자신의 인생을 결산해보면 얼마 안 되는 낮은 금리의 재산과 거저 얻은 초과 이윤이 드러나 자신이 실은 기쁨, 희생, 상실을 무릅쓴 적이 한 번도 없었다는 사실이 밝혀질 거라는 두려움.

어원 그리스어 αναχλός anachlós(느슨하게 결합된) + -φοβία -phobía(두려움). '아포마크리스메노포비아apomakrysmenophobia'로 나타날 수도 있다.

파들딘

fardle-din

명사 오래전에 벌였어야 할, 관계를 뒤흔드는 논쟁. 자신의 문제를 따라 산불처럼 거칠게 타오르며 속이 비고 메마른 불만을 모두 태워버림으로써 자신의 뿌리가 생각보다 깊다는 사실을 상기시켜준다.

어원 중세 영어 fardel(짐 혹은 꾸러미) + din(크고 시끄러운 소음).

덜로니아

dolonia

명사 누군가가 자신을 너무 좋아해서 촉발된 불안한 상태. 그가 자신을 다른 누군가—흠 없고 이타적인, 혹은 멀리서도 쉽게 알아볼 수 있는 누군가—와 착각한 것은 아닌지 궁금하게 만드는 한편, 그가 시간을 들여서 진짜 자신을 알려고 하지 않는다는 사실에 살짝 실망하게도 만든다.

어원 고대 그리스어 εἴδωλον eídōlon(우상; 이상적인 형태의 거짓된 이미지).

수엔테이

suente

(명사) 누군가와 정말 친숙해진 나머지 아무 생각이나 감정의 억누름 없이도, 한마디 말도 하지 않고도 그와 한 공간에 있을 수 있는 상태. 그가 자신과 완전히 다른 존재라는, 눈을 가린 머리카락을 쓸어넘겨준다고 해서 자신의 눈이 더 잘 보이게 되진 않을 거라는 사실을 스스로 상기시켜야 할 지경에 이른다.

어원 남서부 영어 suent(쉬운; 평화로운; 부드러운).

페러시

feresy

(명사) 자신의 동반자가 이해할 수 없는 방식으로 변하고 있다는, 심지어 그것이 좋은 방향으로의 변화라고 해도 어쨌든 변하고 있다는 두려움. 관계의 균형을 되살리기 위해 작고 세심한 조치가 필요한 것은 아닌지, 혹은 관계는 여전히 안정적이지만 둘 중 하나는 이미 존재하지 않는 게 아닌지 의문을 갖게 된다.

어원 중세 영어 fere(동반자) + heresy(이단; 정해진 관습이나 신념으로부터의 일탈).

퀘러너스
querinous

(형용사) 어떤 관계에서 확실한 느낌을 갖길 갈망하는; 이 사람이 앞으로 이천 일 동안 쭉 함께 아침을 맞이하게 될 사람임을 이천 일 동안 하루하루 헤아려보지 않고도 미리 알 수 있길 바라는.

어원 만다린어 确认quèrèn(확인). 이천 일은 대략 오십오 년이다.

와타시아토
watashiato

(명사) 자신이 지인들의 삶에 어떤 영향을 끼쳤을지, 자신의 무해한 행동이나 오래전에 잊힌 말 가운데 어떤 것이 그들의 삶의 플롯을 자신이 절대 알 수 없을 방식으로 바꾸어 놓았을지 궁금해하는 마음.

어원 일본어 私watashi(나) + 足跡ashiato(발자취).

파타 오르가나
fata organa

(명사) 방 건너편에 앉아 있는 누군가가—주위에서 무슨 일이 벌어지건 신경 쓰지 않은 채 수심이나 연약함이나 엄청난 지루함이 엿보이는 눈을 반짝이며—불현듯 보인 진짜 감정. 휘장의 틈 사이로 드러난 무대 뒤에서 분장한 채 대사를 연습하는 배우들, 다른 작품을 위해 대기 중인 기이한 무대 장치의 일부를 엿보는 듯한 기분이 들게 한다.

어원 fata morgana(먼 곳의 대상을 왜곡하는, 이를테면 범선을 동화 속에 나오는 성처럼 보이게 만드는 일종의 신기루) + organa(철학적 탐구의 방법론적 원리).

아모란시아

amoransia

(명사) 짝사랑으로 인한 과장된 설렘; 그 사람의 부재 자체가 삶에 의미를 안겨주는 누군가에게 몰두하며 느끼는, 절대 가질 수 없는 누군가를 향한 애타는 갈망.

어원 포르투갈어 amor(사랑) + ânsia(갈망).

러디시스

redesis

(명사) 누군가에게 조언을 건네다가, 상대방이 아마도 자신과는 완전히 다른 종류의 제약과 가능성에 맞닥뜨리고서 완전히 다른 결과에 이를 거라는 생각에 느끼는 불안함. 자신이 애써서 얻은 모든 지혜가 근본적으로 양도 불가능한 것은 아닌지, 누군가에게 건네는 조언이 마치 오래전에 만료됐을 기프트 카드 같은 것은 아닌지 의심하게 만든다.

어원 중세 영어 rede(조언) + pedesis(입자들의 무작위적 움직임).

접점의 순간

MOMENT OF TANGENCY

―

어떤 결과로 이어졌을지 아무도 모를
스치듯 짧은 접촉

당신과 나는 예전에 한 번도 만난 적이 없다. 우리의 행로는 온라인이나 길거리에서 한두 번 교차했을 수도 있다. 우리는 같은 공항 게이트에서 서로 등을 맞대고 한 시간 동안 앉아 있었을 수도 있고, 혹은 내가 당신에게 전화를 잘못 걸었을 때 수화기 너머로 몇 마디 말을 주고받았을 수도 있다. 어쩌면 우리는 수십 년 동안 근처에 살고 있었을 수도 있다—하지만 그런 놀라운 확률에도 불구하고 우리는 우연히 서로를 놓치고 만 것이다. 어쨌거나 세상은 넓으니까.

우리의 나날은 수없이 많은 작은 이유들로 인해 절대 실현되지 않는 이런 우연한 만남들로 가득 채워져 있는 게 분명하다. 우리의 거리는 우연히 자신의 차례를 잊고 만—시간과 공간을 제외하고는 모든 것을 공유하는—임의의 낯선 이들로 붐비고 있는 게 분명하다. 그들의 이야기는 여러 해 동안 병렬적으로 진행되면서 세상 어딘가에서 조화를 이루었을 수도 있지만, 그들 중 누구도 상대방이 존재한다는 사실을 전혀 알지 못했을 수도 있다. 만일 두 선이 정말로 평행하다면, 그것은 그 둘이 실제로 만날 날은 절대 오지 않는다는 뜻이다.

어떤 대체 현실의 접점에서 방향을 홱 틀고 있을 아까운 기회들에 대해 생각해보지 않기란 쉽지 않다. 당신과 세상에서 가장 친한 친구가 될 수도 있었을 사람이 저 바깥 어딘가, 당신이 초대받지 않은 어느 파티에서 서성거리고 있을 수도 있다. 당신의 동업자가 세상을 바꿀 만한 아이디어를 반쯤 깔고 앉은 채 절대 나타나지 않을 당신의 협력을 기다리고 있을 수도 있다. 군중 속의 어느 낯선 사람을 힐끗 보고는 상황이 달랐더라면 함께할 수도 있었을 삶을 상상해보지 않기란 쉽지 않다. 각자의 길을 계속 가면서, 어떻게 됐을지 아무도 모를 일의 메아리만을 남기는 가슴 아픈 어긋남을 느끼며 말이다.

당신이 지금 사랑하고 있는 사람을 만나려면 얼마나 많은 일들이 바로 당신만을 위해 일어났어야 했는지 당신은 절대 알 수가 없다. 운명이 얼마나 쉽게 당신의 방향을 틀어서 영혼의 동반자처럼 느껴질 수도 있었을 어느 낯선 사람을 만나게 할 수도 있었을지 당신은 절대 알 수가 없다. 통근 열차에 앉아서 자신만의 문제에 골몰해 있는 동안, 당신은 자신이 사랑했을 수도 있는, 여러 해를 함께했을 수도 있고 심지어 함께 가정을 꾸렸을 수도 있는 사람과 얼마나 가까이 앉아 있는지 알 길이 없다. 당신은 방 건너편에 있는 바로 그 얼굴을 보고는 스스로에게 늘 이렇게 될 운명이었다고 말하며 그들이 없는 삶을 상상해보려 애썼을 것이다. 마치 당신들의 행로가 결국 교차하리라는 것을 그동안 쭉 알고 있었다는 듯이.

어쩌면 당신은 당신이 늘 앉아 있는 바로 그 자리에 앉아 있을 운명이었는지도 모른다. 혹은 어쩌면 당신이 만난 바로 그 사람을 만나게 된 것은, 정말 많은 장애물이 끼어들 수도 있었다는 점에서 기적일지도 모른다. 혹은 어쩌면 그것은 개인의 의지와는 아무런 상관이 없고, 모든 게 그저 우연의 일치였는지도 모른다. 당신은 절대 알 수가 없다.

어원 기하학에서, 'tangent(탄젠트)'는 한 직선이 한 곡선을 '간신히 스치는' 접점을 뜻한다. 그 직선과 곡선은 접점에서 정확히 같은 각도를 공유하고는 다시 분리돼서 영원히 제 갈 길을 간다.

접점의 순간 | 새미 슬라빈크의 콜라주 | sammyslabbinck.com

왈도시아

waldosia

(명사) 하루가 끝나기 전에 머릿속 감정의 골을 무의식적으로 쓰다듬으며 그 사람이 아직 자신의 삶에 남아 있는지 확인해보기라도 하듯, 군중 속에서 거기 있을 리 없는 한 특정인을 찾아서 계속 사람들의 얼굴을 살피는 상태.

어원 몇몇 나라에서는 『월리를 찾아라!Where's Wally?』라고도 하는 그림책 『왈도를 찾아라!Where's Waldo?』 시리즈. 독자는 엄청난 인파 속에서 한 특정인을 찾아야 한다.

즈바이리즘

zverism

(명사) 사람들이 예의 바른 태도를 잠시 접어두고 먼저 서로의 육체적인 면에 탐닉하길—개처럼 서로의 머리카락 냄새를 맡으며 킁킁거리고, 흥미로운 얼굴을 아무렇지도 않게 빤히 쳐다보고, 아름다운 목소리를 라디오에서 들려오는 노래처럼 한껏 즐기길—바라는 마음.

어원 리투아니아어 žvėris(사나운 짐승) + 라틴어 vērissimus(가장 진실한; 가장 사실적인).

이머렌시스

immerensis

명사 왜 누군가가 자신을 사랑하는지 그 이유를 알 수 없어서 미쳐버릴 것만 같은 상태. 마치 문제가 정말 많아서 단지 움직이게 하려고만 해도 매일 손봐주어야 하는 중고차를 파는 듯한 기분이 들어 경고를 해주지만, 상대방은 오히려 더 빨리 운전석에 앉아서 그 강아지 같은 차로 어디를 가볼 수 있을지 알고 싶어 하는 듯한 눈치를 보인다.

어원 라틴어 immerens(…을 가질 자격이 없는).

룩어백

lookaback

명사 누군가와 다시 만나고서 자신이 생각했던 그의 이미지가—자라거나 늙어서, 망가지거나 멀쩡해져서—완전히 변했음을 알고 느끼는 충격. 자신의 머릿속에서 계속해서 상연되는 사회적 인형극의 정확성에 대한 믿음을 뒤흔들어 놓는다.

어원 look back(되돌아보다) + taken aback(깜짝 놀란).

펄리지아

falesia

(명사) 자신이 중요하게 생각하는 누군가가 자신을 중요하게 생각하지 않을 수도 있다는—자신의 가장 친한 친구가 자신을 그저 동료로 생각할 수도 있고, 자신이 거의 알지 못하는 누군가가 자신을 멘토로 여길 수도 있으며, 자신이 무조건적으로 사랑하는 누군가가 자신에게 한두 가지 조건을 내세울 수도 있다는—불편한 깨달음.

어원 포르투갈어 falésia(절벽). 절벽은 고지대와 저지대가 마주하는 아찔한 곳이다.

랙아웃

lackout

(명사) 한때 온갖 감정을 불러일으켰던 목소리가 이제는 아무런 감흥도 일으키지 않는다는 것을 알아차리고는 자신이 마침내 그 사람을 잊었다고 갑작스레 깨닫는 순간. 마치 머리가 감정의 마지막 상자를 반납한 후 마음이 조용히 자물쇠를 바꿔버리기라도 한 듯한 기분이 들게 한다.

어원 lack(…이 부족한) + blackout(갑자기 전기가 끊김).

리버너

rivener

(명사) 관계에 천천히 스미는—상대가 예전보다 좀 덜 웃고, 좀 더 자주 눈길을 돌리고, 자신의 기분에 더는 신경 쓸 거 없다는 식으로 말하는 것을 알아차리기 시작하며 생겨나는—오싹한 거리감. 느리고 불안한 '뚝, 뚝, 뚝' 소리밖에는 들리지 않아 구멍이 뚫렸다는 사실을 눈치채기 어려운 라디에이터가 하루하루 집을 좀 더 춥게 만들듯이, 상대가 바로 눈앞에서 사랑을 저버리는 모습을 천천히 고통스레 지켜보는 듯한 기분이 들게 한다.

어원 중세 영어 riven(쪼개다; 가르다).

안더런스

anderance

(명사) 자신의 동반자가 둘의 관계를 완전히 다른 관점에서 바라보고 있다는—여러 해 동안 식탁 너머로 자신과 다른 얼굴을 보고, 자신과 다른 목소리에 담긴 신호에 귀 기울이며 얻은—깨달음. 아무리 둘 사이에 공통점이 많아도 자신이 사랑하는 사람은 여전히 자신과 다른 사람이라는 사실을 기이하게 상기시켜준다.

어원 네덜란드어 ander(또 다른 사람).

엑스태틱 쇼크

ecstatic shock

(명사) 마음에 드는 누군가를 힐끗 봤을 때 솟구치는 에너지. 접지되지 않은 회로를 마구 휘저어서 연과 열쇠[I]를 들고 그 느낌을 쫓아가게 한다.

어원 ecstatic(황홀경에 빠진) + static shock(정전기; 보이지 않게 쌓이다가 결국 대기 중에 스파크를 일으키는 잠재적 에너지).

포일식

foilsick

(형용사) 자신을 누군가에게 좀 과하게 드러내고서—상대방에게 자신의 옹졸함, 분노, 비겁함, 아이 같은 연약함을 너무 분명히 노출하고서—부끄러움을 느끼는. 폭풍이 이미 경첩을 날려버린 문에 조심스레 빗장을 지르며 어떻게든 그 순간을 되돌리길 바라게 된다.

어원 스코틀랜드게일어 foillsich(드러내다).

I 미국의 과학자이자 정치인 벤저민 프랭클린은 연줄 중간에 열쇠를 달아서 번개의 방전 현상을 증명했다.

아머시

AMICY

당신의 사회적 삶의 무대 뒤에서
벌어지는 미스터리

음모가 우리의 세상을 돌아가게 하고 있다고 상상하면 위로가 된다. 세상에 어떤 숨겨진 질서가 있다고, 내부자들의 비밀 결사가 우리의 머리 위 높은 곳에 만들어 놓은 상부 구조가 있다고 생각하면. 물론 세상에 숨겨진 질서 같은 것은 없다—하지만 물론 그런 것이 없는 것도 아니다. 그것은 우리 모두다. 우리는 모두 내부자다. 관계의 복잡한 그물을 관리하고, 수많은 보이지 않는 몸짓과 부드러운 권력 게임을 펼쳐나가며, 모든 긴급한 첩보 활동으로 가십거리를 흡수하는 내부자. 그것은 일상적인 행위임에도 다른 어떤 음모 못지않게 으스스한데, 왜냐하면 그것이 현실의 구성 요소 자체를 질문하게 하고, 당신이 모르는 것을 궁금하게 여기도록 만들기 때문이다.

스스로에게 물어보라. 당신은 얼마나 많은 은폐 공작에 참여해 왔는가? 당신은 들어서는 안 될 말을 얼마나 많이 들었고, 주장의 정당함을 입증하기 위해 어떤 세부 정보를 숨긴 채 화제를 얼마나 자주 재빨리 바꾸었으며, 누군가의 행동을 몰래 조종하려고 얼마나 많이 애썼는가? 만일 당신이 그 모든 일을 아무 고민 없이 바로 실행할 수 있다면, 당신 주변의 모든 사람도 똑같이 그러고 있을 게 분명하다.

물론 당신은 자신이 드넓은 사회적 풍경을 명확히 보고 있다고 생각하길 바라겠지만 실은 아무것도 못 보고 있을 수도 있다. 세상에는 사람들이 혼자서만 간직하는 이면의 이야기가 너무 많고, 당신은 그 존재조차 모를 비밀 루트가 너무 많다. 임의의 친구들이 또 다른 단체 채팅방에서 동시에 대화를 진행하고 있을 수도 있고, 당신은 초대받지 않은 행사에서 정기적으로 만나고 있을 수도 있다. 사람들은 당신이 생각하는 것보다 당신에 대해 훨씬 더 많이 알고 있다. 당신이 누구인지 알아내기 위해 비밀과 루머에 매달리면서도 당신 앞에서는 그 사실을 절대 입 밖에 내지 않을 뿐이다. 당신의 몇몇 친구들은 그들끼리 일대일로 만날 때는 완전히 다른 사람이어서, 둘 다 당신이 알던 사람이 맞나 싶을 정도일 것이다. 심지어 지금도 그중 둘이서 뜻밖에 짝을 지어 서로를 도우며 위기를 극복하거나 말없이 불화를 이어나가거나 당신이 아주 나중에야 듣게 될 불장난을 벌이고 있을 수도 있다. 우리의 삶의 행로를 바꾸어 놓을 아주 극적인 사건이 벌어지는 동안, 어떤 사람들은 거기서 제외되어 어떤 일이 있었는지 모른 채 늘 의아해해야 할 수도 있다. 그리고 심지어 모든 게 정직하게 개방되어 있더라도, 당신은 여전히 상호 연결된 관계와 개인의 미로 같은 변화에, 심지어 그 정도를 가늠해볼 엄두도 내지 못할 친밀함에 맞서야만 할 것이다.

주변에 만들어진 대체 현실 속에서 자신이 살아가고 있는지도 모른다는 사실은 당신을 미치게 만들기 충분하다. 하지만 어쩌면 그런 불확실성 속에 어떤 위안이 존재할지도 모른다. 결국 이익을 얻는 사람은 누구인가? 당신도 알다시피 그것은 당신일 수도 있다. 얼마나 많은 동료들이 당신에게 면접 기회를 주기 위해 전화로 부탁을 해주었을지, 혹은 당신의 일자리를 지켜주기 위해 열심히 로비를 해주었을지 누가 알겠나? 당신의 결혼식 날에 당신이 보지 못하게 의도적으로 숨긴 작은 위기들이 얼마나 많았겠는가? 당신이 얼마나 위험한 상태에 놓여 있는지 알고는 밤새 애태우지 않도록 당신의 사방에 존재하는 보호자들이 닥쳐오는 위험으로부터 당신을 지켜주고 있는지도 모른다. 당신의 가족은 당신의 삶의 향방에 대해 의논하면서, 당신에게 지금 가장 필요한 것이 무엇인지 알아내기 위해 서로 적은 메모를 비교하면서 몇 시간씩 보내고 있는지도 모른다. 때로 당신의 친구들은 당신이 자리를 떠나기를 기다렸다가 당신이 돌아오기 전에 화제를 바꿔서 모두 당신을 칭송하는 노래를 부르기 시작할 것이다. 이는 말도 안 되는 생각이 아니다. 그런 일은 늘 일어난다.

실제로 벌어지고 있는 일의 전체 그림을 파악할 수 있는 사람은 우리 중 아무도 없다. 우리가 분명히 아는 사실은, 우리의 공동체를 온전히 유지시키고 우리의 관계를 지속시키기 위해 무대 뒤에서 어떤 신비한 힘이—때로는 부드럽게, 때로는 거칠게—작용하고 있다는 것뿐이다. 하지만 모종의 음모가 진행 중이라는 사실을 알면, 우리는 다들 좀 더 푹 잘 수 있다. 그렇지 않으면 우리는 우리 모두가 그저 독자적으로 행동하는 존재에 불과하다는 생각에 사로잡힌 나머지 밤새 이리저리 뒤척이고 말 것이다.

어원 amity(우호) + conspiracy(음모; 은밀히 사악한 목적을 추구하는 집단적 계획).

데드 레커닝

dead reckoning

(자동사) 먼 곳의 등대가 갑자기 어두워지면 방향을 알려줄 지형지물이 하나 줄어들 듯이, 누군가의 죽음에—심지어 그가 자신의 삶에서 추상적인 존재에 불과했더라도—예상보다 더 신경이 쓰이는.

어원 항해에서, 'dead reckoning(추측 항법)'은 자신의 다음 위치를 추정하기 위해 이전의 항로를 이용하는 방법이다. 별이 없는 밤에는 유용할 수 있지만 종종 누적되는 오차로 이어지기도 한다. 종종 새로운 데이터를 바탕으로 자신의 위치를 확인하지 않는다면 완전히 길을 잃게 될 수도 있다.

에테르니스

etherness

(명사) 사랑하는 사람들이 모여 있는 공간을 둘러보고는 그곳이 지금은 온기와 웃음소리로 가득하다는 걸 너무 잘 알면서도 그것이 언제까지나 지속되진 않으리라는—다음 몇 년 동안 사람들이 각자 가정을 꾸려 하나둘 사라지거나 세상을 떠나버려서, 훗날 과거를 돌아보고는 다들 같은 공간에 함께 있는 게 어떤 느낌이었는지 상상해보는 날이 오리라는—것을 알고 느끼는 아쉬움.

어원 ether(에테르; 휘발성이 높은 마취성 화합물) + togetherness(단란함).

포틀

fawtle

(명사) 자신의 동반자가 지닌 기이하고 사소한 결점. 물에 용해된 불순물이 전기를 전도하게 하듯이, 왠지 그것 때문에—만일 모든 불완전함을 제거한다면 스파크가 생기지 않을 것임을 알고—그 사람을 더욱더 사랑하게 된다.

어원 중세 영어 fawteles(결함이 없는).

돌러블라인드니스

dolorblindness

(명사) 타인의 고통을 절대 이해하지 못할 거라는 데서 오는 좌절감. 타인의 얼굴에서 고통의 희미한 흔적만을 읽어내고서 자신의 경험을 뒤져 엉성한 비교 대상을 찾아낸 후 "네 기분이 어떤지 정말 잘 알아"라고 진심으로 말해줄 수 있길 바라게 된다.

어원 라틴어 dolor(고통) + colorblindness(색맹).

온 텐더훅스

on tenderhooks

(형용사) 누군가가 자신을 필요로 한다는 사실에서 원초적인 만족감을 느끼는. 설령 그 뿌리가 다른 누군가에게 속한 것일지언정 그만큼 더 세상에 뿌리내린 듯한 기분이 들게 한다.

어원 tender(감정적으로 미숙한) + hooks(갈고리; 어떤 것을 다른 것에 잡아맬 때 사용하는 도구). 'on tenterhooks(조바심을 치다)'와 비교해볼 것.

로스 비다도스
los vidados

(명사) 만일 누군가가 우연히 다시 언급하지 않았다면 완전히 잊고 말았을, 예전에는 알았지만 지금은 어렴풋이 기억만 나는 사람—친구의 친구, 한때 같은 반이었던 사람, 이야기만 들은 사람, 잘 몰랐지만 그래도 자신의 진지한 소규모 공동체의 일원이었던 사람. 자신이 존재한다는 사실만을 겨우 기억할 또 다른 누군가가 이 세상 어딘가에 있을지도 모른다는 생각이 들게 한다.

어원 스페인어 los olvidados(잊힌 자)—하지만 완전히 잊히진 않은.

수프리즈
soufrise

(명사) 플라토닉한 감정과 로맨틱한 감정 사이에서—'어쩌면……, 아니야, 아니 어쩌면……' 하고—강렬히 진동하는, 상대방이 던지는 애매한 추파에 의한 광적인 전율. 어느 때든 상대의 매력이 유효한 동시에 유효하지 않다고 여기며 상대의 마음속에서 무슨 일이 벌어지고 있을지 추측하게 된다.

어원 프랑스어 sourire(미소)+frisson(오싹함이나 흥분에 의한 전율).

킨더 서프라이즈

the kinder surprise

(명사) 사춘기 초기에, 자신의 부모도 자신처럼 삶을 헤쳐 나가고 있다는 사실을 깨닫는 순간; 많은 훌륭한 어른들이 자신이나 자신의 친구 못지않게 방황하고 있고 옹졸하고 강박적이며 불안정하다는 사실을 깨닫는 순간. 진짜 어른은 잠자리에서 듣던 동화 속에나 존재하는 것이고 실제로는 존재하지 않는 게 아닌지 생각하게 된다.

어원 독일어 Kinder(아이들). 안에 이미 여러 조각으로 부서져 있는 작은 인형이 들어 있는, 포일에 쌓인 달걀 모양의 초콜릿 'Kinder Surprise(킨더 서프라이즈)'를 참고할 것.

라 구디에르

la gaudière

(명사) 기대하지 않았던 누군가가 언뜻 보인 선량함. 보통 어둡고 흐릿하고 평범한 것들이 모두 사라져서 아래에 빛나는 무언가—폭풍에 의해 상류 어딘가에서 휩쓸려 왔을, 깊은 바닥에 숨겨진 희귀한 원소—가 남을 때까지 마음속에서 냄비를 이리저리 흔들어봐야지만 감지할 수 있다.

어원 라틴어 gaudere에서 유래된 프랑스어 la gaudière(기쁨을 얻다).

아트리아즈

attriage

(명사) 누군가에 대한 감정의 통제력을 완전히 상실한 상태. 심지어 더는 불길을 잡으려고 애쓰기도 포기한 채 그저 피해를 막을 수 있기만을 바라며 머릿속 주변에 다른 불을 지르게 된다.

어원 atria(심방) + triage(부상자 분류; 병이나 부상의 정도를 감안해 환자를 분류하는 일).

마우어바우어트라우리크카이트

mauerbauertraurigkeit

(명사) 사람을, 심지어 보통은 함께 있길 즐기는 가까운 친구조차도 밀쳐내려는—포커 선수가 패배의 고통을 피하기 위해 괜찮은 카드를 계속 포기하거나 '올인'하고픈 충동을 억누르는 것과도 같은—불가해한 충동.

어원 독일어 Mauerbauer(토담장이) + Traurigkeit(슬픔).

그노시엔느

GNOSSIENNE

여러 해 동안 알아온 누군가에게도
개인적이고 신비한 내적 삶이 존재한다는 깨달음

누군가를 여러 해 동안 알게 된다는 것은 즐거운 일이다. 그녀의 비밀, 그녀의 기질의 특색, 그녀의 머릿속에서 돌아가는 마음이라는 장치의 정확한 진동을 알게 된다는 것은. 하지만 때로 당신은 방의 건너편을 보다가 평소와 다를 것 없는—양치를 하거나 디너파티에서 수다를 떨거나 그날 있었던 일을 당신에게 말해주는—그녀의 모습을 얼핏 보고는, 비록 그녀의 그런 모습을 수도 없이 보아왔을 것임에도 그녀의 완전한 유일무이함에 놀란 나머지 그녀를 다른 시각에서 보기 시작한다. 그녀를 당신이 아는 모습으로 아는 사람은 아무도 없다. 우주에 그녀는 한 사람뿐이다. 그리고 여기 그녀가 있다.

당신은 그녀의 얼굴을 자세히 쳐다보고는 만일 그녀의 이름을 몰랐다면, 만일 그녀가 그저 거리의 낯선 사람에 불과했다면 그녀를 어떻게 생각했을지 상상해보려 애쓴다. 그것은 어떤 면에서 그녀를 기품 있어 보이는 존재—전에는 한 번도 알아차리지 못한 파토스와 유머와 연약함이 깃든, 심장이 뛰는 필멸의 존재—로 만드는 일이다. 잠시 당신은 그녀를 있는 그대로 보지 못하게 하는 방해물과 그녀가 당신 삶에서 연기하는 역할을 제거할 수 있다. 그녀가 당신에게 익숙한 맥락 속에만 존재하지는 않는다는 사실,

그녀가 단지 커플 중 한 명이나 사회라는 더 커다란 수프의 한 재료가 아니라 어디를 가든 자신만의 독특한 분위기를 풍기는 존재라는 사실은 잊히기 쉽다. 그녀 주변에는 당신이 절대 만나지 못할 수백 명의 사람들로 이루어진 별난 관계들이 있다. 그녀가 당신에게 어떤 사람이든, 그들에게 그녀는 완전히 다른 인물일 것이다. 무서운 상사, 어릴 적 친구, 한숨 돌리게 해주는 희극적 인물, 애석하게도 놓쳐버린 사람.

그리고 혼자 있을 때 그녀는 완전히 다른 누군가, 당신이 절대 만나보지 못할 사람이다. 당신은 그녀가 화장실 거울 속에 비친 자신을 쳐다보는 모습, 얼빠진 표정을 짓는 모습, 혹은 현재를 즐기라고, 본연의 모습대로 행동하라고, 하루를 견뎌내라고 스스로에게 상기시키는 모습을 상상할 수 있다. 밤에 잠을 자면서 그녀는 자랑스럽거나 자의식적이거나 부끄러운 자신의 면모를 거듭 생각하며 더 나은 사람이 되려고 애쓰는지도, 심지어 당신이 가장 사랑하는 바로 그 특성에 의문을 던지는지도 모른다. 그녀는 기억을 되돌아보면서 파편과 메아리를 샅샅이 뒤지고, 당신에게 쭉 숨겨온 완전히 다른 역사를 기획하는지도 모른다. 또 다른 삶의 남은 부분을 말이다. 그녀가 하는 모든 말은 당신이 들을 수 없는 감정적 공명으로 울리고 있고, 그녀 자신이 절대 설명할 수 없을 맥락에 영향을 받고 있다. 그녀는 변호하기에는 너무 날것인 욕망과 차마 생각할 수 없는 두려움을 지니고 있다. 그리고 이 모든 게 보이지 않은 채 줄곧 바로 당신 앞에서 일어나고 있다.

당신은 절대 그녀를 충분히, 완전히 알지 못할 것이다. 살아 있는 동안 그녀는 자신의 머릿속에서 벌어지는 일을 정확히 표현할 적확한 말을 절대 찾지 못할 것이다. 그리고 이게 위안이 될지 모르겠지만, 그녀도 당신을 절대 알지 못할 것이다. 둘 사이는 늘 이렇게 본질적으로 분리되어 있을 것이다. 때로 사람들은 관계가 일종의 화합이라는 식으로 말하지만, 사실 당신들은 다른 삶, 다른 몸, 다른 과거, 다른 미래를 지닌 별개의 두 사람이다. 당신들은 모두 작지만 분명한 틈을 지닌 완전함 그 자체다.

그럼에도 당신은 어떤 기적의 힘으로 그 분리를 초월할 수 있다. 나란히 삶을 공유하며 함께 여러 해를 보내는 동안 당신은 둘 사이의 공기에 무언가가 형태를 갖추기 시작하는 것을, 제삼의 무언가가 저절로 생겨나는 것을 느낀다. 그것은 두 이미지를 붙인 다음 그것들이 원래 어느 쪽에도 없던 생명력으로 움직이기 시작하는 것처럼 보일 때까지 이리저리 흔드는 것과도 같다. 둘 사이의 상호작용이 너무 느려지면 환상은 깨지고, 둘은 자신들이 원래 분리된 존재라는 사실을 떠올리게 된다. 당신이 할 수 있는 최선은 그것이 계속되게 애쓰면서, 모든 사소한 일상의 몸짓과 대화의 리듬, 일상의 '상호 연주'를 계속 유지하면서 모든 게 다 잘 풀리길 바라는 것뿐이다.

우리 사이에는 늘 어떤 거리감이 존재할 것이다. 어쩌면 견유학파의 말이 맞는지도, 사랑은 그저 환상에 불과한지도 모른다. 하지만 어쩌면 그것은 성스러운 종류의 환상인지도, 아이들을 인도하기 위해 나타나는 파랗게 빛나는 신들 같은 것인지도 모른다. 우리가 그렇다고 믿기만 한다면, 그것은 힘을 지닌다. 그리고 그거면 충분하다. 필요한 것은 우리가 계속 모습을 드러내는 것, 그리고 서로에게 "무슨 생각해?" 하고 묻기를 절대 멈추지 않는 것뿐이다.

중요한 것은 질문에 대한 답을 얻는 게 아니다. 중요한 것은 신비를 헤쳐 나가며 던지는 질문이라는 행위, 틈을 건너가려는 노력의 행위다—그것이야말로 매달릴 가치가 있는 것이다. 그것이야말로 계속 살아 있게 해야 할 감정이다. 설령 우리가 그 감정을 표현할 적확한 말을 절대 찾아내지 못한다 하더라도.

어원 에릭 사티의 피아노곡 제목에서 차용. '그노시엔느'의 어원은 밝혀지지 않았지만 아마도 그리스어 gnosis(지식) 혹은 미노타우로스와 미궁의 신화적 배경인 Knossos(크노소스) 에서 왔을 것이다.

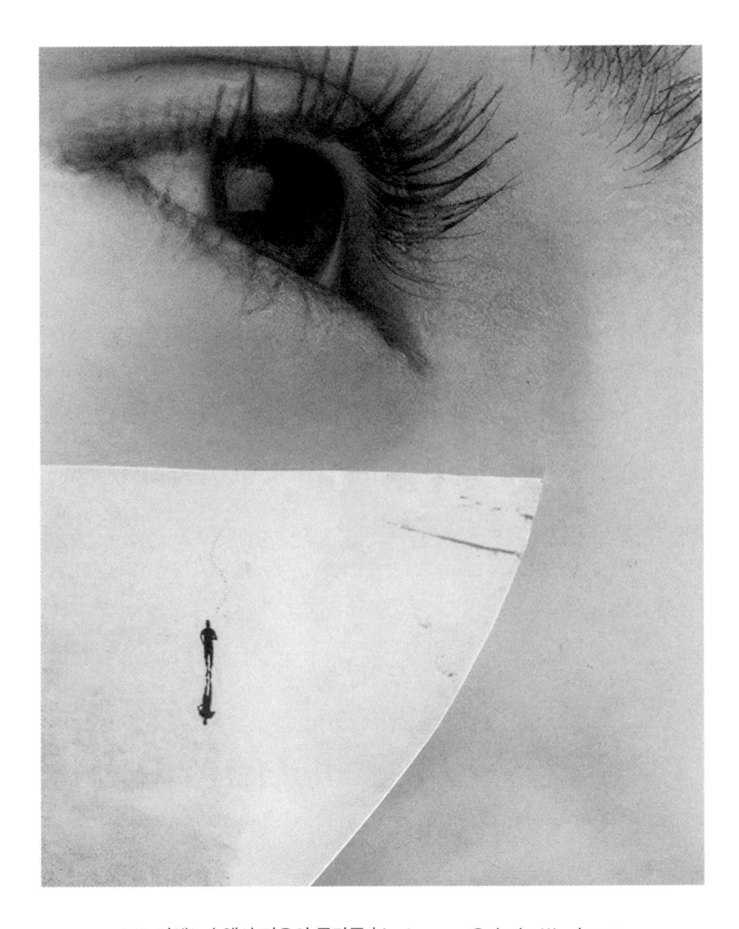

그노시엔느 | 엘사 리온의 콜라주 | Instagram @elsabottingleone

돌곤
dorgone

(형용사) 어떤 행사나 단체 대화에서 아무에게도 들키지 않고 빠져 나갈 수 있을지 궁금해하는.

어원 고대 스칸디나비아어 dár(감각을 잃은) + forgone(이미 떠난; 이미 불참한).

안티어포비아
antiophobia

(명사) 사랑하는 사람과 작별할 때 가끔 느끼는 두려움. 이번을 마지막으로 상대를 못 보게 되진 않을지, 상대에게 아무렇게나 건네는 작별 인사가 마지막 인사가 되진 않을지 생각하게 된다.

어원 그리스어 αντίο antío(작별) + -φοβία -phobía(두려움).

드리손
drisson

(명사) 친구에게 끌리며 느끼는 뜻밖의 찌릿함; 딱히 느끼고 싶지 않은, 갑자기 해결해야 할 문제가 되기 전까지는 상상도 할 수 없었던 들뜬 욕망.

어원 frisson(흥분에 의한 전율) + dribber(부정확한 궁수).

행커 소어
hanker sore

(형용사) 어떤 사람이 너무나도 매력적인 나머지 실제로 화가 날 지경인.

어원 hanker(무언가를 갈망하다) + 의식하면 할수록 더욱더 악화되는 canker sore(구내염).

스랩트
thrapt

(형용사) 누군가가 자신의 삶에 끼친 영향에 경외심이 드는. 자신의 작품의 대필 작가로 활약했음에도 자신의 이름에 가려진 누군가가 자신의 정체성 형성에 얼마나 큰 도움을 주었는지를 생각하며 두려움을 느끼게 된다.

어원 thrapped(항해용 밧줄 등으로 팽팽히 당긴) + rapt(넋이 나간).

하트웜
heartworm

(명사) 연기만 나지만 여전히 산불을 낼 수 있는 불씨가 남은 버려진 야영지처럼, 오래전에 희미해졌다고 생각했는데 왠지 아직도 끝나지 않고 살아 있는, 머릿속에서 지워지지 않는 관계나 우정.

어원 heart(마음) + earworm(자꾸 귓전에 맴도는 매력적인 음악).

세머폴리즘
semaphorism

(명사) 어떤 문제에 대해 개인적으로 할 말이 있지만 더는 말하지 않겠다는—단호한 끄덕임, 말하다 만 개인적 진술, '나도 그 기분 안다'는 불가사의한 신호 같은—대화에서의 암시. 땅을 파는 사람에게 지하에 묻힌 무언가—불발탄, 성스러운 매장지, 집에 은밀히 동력을 공급하는 고압 케이블—에 대해 경고해주고자 대화 가운데 작은 깃발처럼 집어넣는 무엇이다.

어원 바다의 선원들이 갑판에 서서 특정한 방식으로 깃발을 흔들어 간단한 메시지를 전달하는 소통 방식인 'semaphore(수기 신호)'.

시터레스
sitheless

(형용사) 한때 삶을 함께했던 사람의 곁을 스쳐지나며 애석함을 느끼는. 누군가의 팔에 닿는 똑같은 손길과 똑같은 미소를 보고 한때 열렬히 좋아했던 똑같은 웃음소리를 들으며, 그것이 더는 자신을 위한 것이 아니고 더는 한때 지녔던 의미를 지니지 못함을 불현듯 깨닫게 된다.

어원 고대 영어 sithen(그때 이후로) + natheless(그렇기는 하지만).

휴버런스

hubilance

(명사) 자부심과 두려움과 사랑과 겸손이 뒤섞인—아기를 품에 안고 있거나 밤중에 잠든 가족들에 둘러싸인 채 운전을 하며 그들이 암암리에 목숨을 자신에게 맡기고 있음을 알고 느끼는—가만히 가슴을 아리게 하는 누군가에 대한 책임감. 논의되거나 부과된 적이 없는, 두말없이 자신의 몫으로 여겨지는 책임감이다.

어원 hub(무게를 지탱하는 바퀴의 중심) + jubilance(환희).

HOUSE TO VOTE
DRAFT

4

군중 속의 얼굴들

멀리서 인류를
힐끗 쳐다보기

로빈 레디시의 콜라주
| Instagram @stolenpainting

우리 모두는 약간의 유아론적 망상과, 완전한 단일성에 대해
무서운 직감을 지니고 있다. 얼음 틀을 채울 사람은, 깨끗한
식기 세척기에서 식기를 꺼낼 사람은, 샤워 도중에 가끔 오줌을
누는 사람은, 첫 데이트 때 눈썹을 씰룩거리는 사람은 집안에
우리뿐이라는. 우연한 일을 지독하게 심각한 일로 여기는 건
우리뿐이라는. 간청을 정중한 행위로 바꾸는 건 우리뿐이라는.
개의 하품에서 불평하는 파토스를, 밀봉된 병이 열리는
데서 영원한 한숨 소리를, 구워지는 계란에서 여기저기 튀는
웃음소리를, 진공청소기의 비명에서 D단조의 비가를 듣는 건
우리뿐이라는. 해 질 녘이면 엄마가 뒤로 물러났을 때 유치원
신입생이 느낄 법한 극심한 공포를 느끼는 건 우리뿐이라는.
유일한 존재로서의 우리를 사랑하는 건 우리뿐이라는. 유일한
존재로서의 우리를 필요로 하는 건 우리뿐이라는. 유아론은
우리를 하나로 묶어준다. (…) 우리가 군중 속에서 외로움을
느끼게끔. 군중을 생겨나게 한 것에 대해 계속 곱씹게끔.
우리가 늘 군중 속의 얼굴들이게끔.

데이비드 포스터 월리스, 『희한한 머리카락을 가진 소녀』

산더

SONDER

모두가 자신만의 이야기를 지니고 있다는 깨달음

당신은 주요 인물이다. 주인공. 당신 자신의 이야기가 펼쳐지는 가운데 그 중심에 자리한 스타. 당신은 조연들에 둘러싸여 있다. 바로 옆 궤도를 돌고 있는 친구들과 가족. 약간 더 떨어진 곳에는 여러 해 동안 연락이 되었다가 안 되었다가 하는 지인들의 네트워크가 산재해 있다.

하지만 희미하고 초점이 맞지 않는 배경에는 엑스트라들이 있다. 익명의 행인들. 각자가 당신 자신의 삶만큼이나 생생하고 복잡한 삶을 살아가는. 그들은 당신 주변에서 보이지 않게 살아간다. 자신만의 야망, 우정, 일상, 실수, 걱정, 업적, 물려받은 광기의 축적된 무게를 짊어진 채.

당신의 삶이 다음 장면으로 넘어갈 때 그들의 삶도 제자리에서 깜박거린다. 배경이 되는 이야기와 자기들끼리만 아는 농담과 인물들의 구름에 둘러싸인 채. 그 모두는 당신은 절대 보지 못할 셀 수 없이 많은 다른 이야기들과 결합되어 있다. 당신은 그 존재를 절대 알지 못할 이야기들과. 그 이야기에서 당신은 딱 한 번만 등장할지도 모른다. 배경에서 커피를 홀짝이는 엑스트라로. 고속도로를 지나는 차량의 흐릿한 형체로. 황혼 녘의 불 켜진 창문으로.

어원 프랑스어 sonder(깊이를 재다). 'wonder(놀라움, 놀라다)'라는 단어와 마찬가지로 명사나 동사로 사용할 수 있다.

산더 | 존 케닉의 콜라주 | dictionaryofobscuresorrows.com

헤일바운드
hailbound

(형용사) 시골길, 산길, 외딴 바다에서 지나가는 낯선 이에게 이상하게도 꼭 손을 흔들게 되는.

어원 hail(맞이하다) + bound(의무가 있는).

모너콥시스
monachopsis

(명사) 자신이 그 자리에 어울리지 않는다는 미묘하고도 끈질긴 위화감. 마치 어설프게 느릿느릿 움직이는, 다른 부적응자들과 함께 옹송그리고 모인 채 부드럽고 멋지고 편안하게 있을 수 있는 천연 서식지를 꿈꾸는 해변의 물개처럼 부적합한 환경에 놓인 듯한 기분을 느끼게 한다.

어원 고대 그리스어 μοναχός monakhós(홀로 있는) + ὄψις ópsis(시야).

락하티드니스
lockheartedness

(명사) 사람들이 어떤 장소—멈춘 엘리베이터, 폭풍 대피소, 기차의 침대칸—에 갇혔을 때 서로 동지애를 느끼는 분위기. 달리 갈 곳이 없고 다른 존재가 될 수도 없기에 어쩔 수 없이 남들과 함께 있게 된다.

어원 locked up(갇힌) + fullheartedness(열정에 넘침).

케너웨이
kenaway

(명사) 다른 사람들이 남들이 없는 데서 어떻게 사는지 보고 싶은 열망; 자신의 삶과 비교할 수 있는 무언가를 통해 자신이 기이할 만큼 평범한지 평범할 만큼 기이한지 알 수 있게끔 또 다른 인간 존재의 어지럽고 고독한—양치를 하면서 제자리에서 몸을 흔들고, 신발을 어디 둘지에 대한 문제로 말다툼하고, 홀로 통근하는 와중에 자신의 문제를 지껄이는—날것의 삶을 열렬히 알고 싶어 하는 마음.

어원 ken(지식의 범위) + keep-away(둘이서 서로 주고받는 공을 다른 한 명이 사이에서 가로채는 놀이).

루디오시스
ludiosis

(명사) 누군가가 왜 그러는 거냐고 물었을 때 설득력 있는 설명을 떠올리지 못하고 진행 상황에 따라 그저 되는 대로 꾸며내고 있다는 느낌.

어원 즉흥극의 예술을 낳은 고대 로마의 Ludi Osci(오스칸 게임).

라웃워시

routwash

(명사) 여러 해 동안의 노력을 되돌아보고는 적은 성과만을 확인하고서, 즉 줄곧 기술과 인맥과 경험을 모았음에도 결국에는 그중 대부분이 거의 무가치한 것, 소액 현금의 가치밖에는 되지 않는 것, 이력서에 쓸 한 줄, 약간의 칭찬, 한 줌의 작두콩에 불과하다는 사실을 깨닫고서 공포를 느끼는 순간.

어원 rout(패주) + wash(근소한 투자 수익률) + outwash(녹은 빙하에서 흘러내린 자갈투성이의 퇴적물).

아이셔

eisce

(명사) 자신이 스스로가 속한 사회의 형성에 아주 작은 역할—없어져도 모를 만큼 사소한 동시에 어쩐지 위협적이기도 한 역할—을 하고 있다는, 낯선 이를 향해 미소를 지어주거나 단어를 어떤 식으로 발음하거나 어떤 농담에 웃어주거나 살짝 더 반짝이는 사과를 고를 때마다 자신도 모르는 사이에 자신이 사는 세상의 구축을 돕고 있다는 걸 알고 느끼는 깨달음. 자신이 곧 차라는 사실을 알기에 그만큼 더 교통 체증에 대해 불평하기 어렵게 만든다.

어원 아일랜드어 eisceach(예외).

쿠에비코

kuebiko

(명사) 무분별한 비극과 폭력적 행위로 인한 탈진 상태. 속이 꽉 차 있으면서도 무엇을 하기에는 무력한 채 그저 서서 지켜볼 뿐인 오래된 허수아비처럼 자신을 지탱하려 애쓰며, 세상에서 일어날 수 있는 일에 대한 자신의 기대를 문득 수정하게 된다.

어원 일본 신화에서, kuebiko(쿠에비코)는 하루 종일 서서 세상이 돌아가는 것을 지켜보기에 아주 현명하지만 움직일 수는 없는 허수아비 신의 이름이다.

루무스

LUMUS

화려한 사회 이면의
가슴 아픈 인간성

당신의 문화는 절대 당신을 떠나는 법이 없다. 그것의 리듬은 당신의 심장 박동에 암호화되어 있고, 그것의 음악은 당신의 목소리에 내장되어 있다. 그것의 이미지는 당신의 가장 터무니없는 꿈, 당신의 가장 깊은 두려움, 심지어 당신이 그것에 대항하려는 시도의 원천을 이루고 있다. 그러니 그것의 온갖 화려함에 휩쓸리지 않기란 어려운 일이다. 그것의 이야기와 가치와 상징을 받아들이다가 결국 그것의 중요성에 더는 의문을 갖지 않게 되고 마는 것이다. 마치 늘 당신 주변을 빙빙 도는 서커스단이 있는데, 너무나도 압도적인 나머지 그것이 거기 있다는 사실을 계속 잊게 되는 것처럼.

하지만 그럼에도 서커스단의 팡파르를 무시하게 되는 순간들이 있다. 자연, 고독, 혹은 완전히 다른 어떤 문화 속에서 시간을 보내는 순간들, 충분히 오랫동안 떨어져 있어서 다시 평범한 삶으로 돌아왔을 때 새로워진 눈으로 주변을 바라보며 실은 그것이 얼마나 평범하지 않은지 깨닫게 되는 순간들이.

당신은 주변에서 벌어지는 모든 풍경과 여흥을 눈여겨본다. 그것은 더 이상 현실처럼 느껴지지 않고, 오히려 판타지 소설의 세계관에 가깝게 느껴진다. 당신은 누가 그것을 생각해냈는지 전혀 알 수 없지만, 심지어 더없이 일상적인 디테일에조차 살을 붙이려는 그들의 지칠 줄 모르는 헌신에 감명받지 않을 수 없다. 각각이 그것만의 규칙과 기준과 관례로 지탱되고, 모두가 아주 진지하게 받아들이는 듯한 수많은 대화의 메아리로 넘쳐나는, 정치와 경제와 종교와 예술의 과시적인 대리석 복도들. 지위와 패션의 의례, 시장의 신화, 대중 문화 칼럼, 겹겹이 밀려드는 뉴스 속보. 이 모든 전형적인 인물과 그들의 모든 작은 드라마와 토론을 따르며, 당신은 자신이 어쩌면 그렇게 많은 것에 둘러싸일 수 있는지 생각한다. 누가 누구한테 뭐라고 말했지? 그게 다 무슨 의미일까? 다음에는 무슨 일이 벌어질까?

당신은 그 모든 게 그토록 임의적이고 일시적으로 느껴진다는 사실에 놀란다. 비록 그것은 현실의 모든 무게를 지니고 있지만, 당신은 그것이 분명 다른 무언가가 될 수도 있었다는 걸 안다. 당신은 우리의 모든 원대한 생각들과 신성한 제도들이 평범한 인간들, 즉 추우면 떨고 오줌이 마려우면 방방 뛰고 무력감을 느끼면 남을 비난하는, 뱃살이 부드러운 포유동물에 의해 계획되고 만들어졌다는 사실을 깨닫는다. 우리의 문화 대부분이 존재하는 이유는, 누군가가 한때 굶주렸거나 지루해했거나 두려워했거나, 누군가가 짝에게 깊은 인상을 심어주거나 누군가가 틀렸다는 것을 증명하거나 아이들에게 더 나은 삶을 남겨주고 싶어 했기 때문이다.

서커스는 너무 크고 환하고 시끄러워서, 그것이 진짜 세상이며 당신은 그것의 바깥 어딘가에 살고 있다고 믿기 쉽다. 하지만 이 모든 구성된 가공의 것들 이면에는 전체 상황을 작동시키는 정상 상태의 어두운 마음, 미천한 인간성이 있다. 우리 모두는 그저 사람일 뿐이다. 우리는 일하러 가서 최대한 열심히 우리의 역할을 수행하며 우리의 이야기를 풀어나가고 우리의 마술을 선보이다가도 다시 화장을 지우고 집으로 돌아와 우리의 진짜 삶을 이어나간다. 무슨 일이 벌어지고 있는지, 우리가 뭘 하고 있는지, 우리가 어디로, 왜 가고 있는지 정말로 아는 사람은 우리 중 아무도 없다. 그럼에도 우리는 계속 나아가며 삶을 살아나가기 위해 할 수 있는 일을 한다. 심지어 도시의 울부짖음도 때로는 도움을 요청하는 외침처럼 들리곤 한다.

당신은 불가피하게도 며칠 내에, 혹은 기껏해야 몇 주 내에 다시 커다란 쇼로 휩쓸려 돌아온 자신을 발견한다. 비록 그것이 모두 연극일 뿐이라는 걸 알고 있으면서도 말이다. 어쩌면 그것이 사회의 가장 놀라운 점인지도 모르겠다. 그것을 완전히 믿는 사람은 우리 중 아무도 없음에도 우리는 모두 함께 모여 믿는 척을 하며 텐트를 떠받치기 위해 자신이 맡은 역할을 다하려 한다. 그리하여 우리가 어둠을 아주 잠시라도 몰아내고, 서로에게 호사스러운 생각을 제공해 사소한 것들이 커다란 의미를 지닐 수 있게 할 수만 있다면 말이다.

우리는 그 모든 일들이 정말로 어리석고 무의미하다는 것을 알고 있지만, 그럼에도 우리는 여전히 여기서 함께 숨을 죽인 채 다음에 무슨 일이 벌어질지를 기다리고 있다. 그리고 내일이면 우리는 그곳에 나가서 그 모든 일을 반복할 것이다. 쇼는 계속되어야만 한다.

어원 라틴어 lumen(빛, 밝음) + humus(부엽토; 유기물이 부패해서 만들어진 특히 기름지고 진한 흙).

카톱트릭 트리스테스

catoptric tristesse

명사 다른 사람이 자신을 어떻게 생각할지, 착하게 생각할지 나쁘게 생각할지, 혹은 어떤 식으로든 생각하기나 할지—비록 여기저기서 몇몇 힌트를 모으고, 심지어 주변 사람들에게 솔직한 의견을 물어볼 수도 있지만, 그중 어떤 의견이 아첨하느라 누그러뜨려진 것이고, 어떤 의견이 악의로 날카로워진 것이며, 어떤 의견이 그저 적절하지 않다는 이유로 말해지지 않은 것인지—절대 알 수 없으리라는 슬픔.

어원 고대 로마에서, 거울 상자catoptric cistula는 거울로 안감을 댄 일종의 상자로 그 내부가 무한한 숲이나 도서관, 보물 창고로 확대되는 것처럼 보였다.

팍스 라트리나

pax latrina

명사 욕실에 혼자 있으면서 느끼는, 자신만의 작은 방음실防音室에 격리되어 요란한 공적 생활의 무대 뒤에서 잠시 즐기는 명상적인 분위기.

어원 라틴어 pax(평화의 시기) + latrina(화장실). 팍스 로마나Pax Romana나 팍스 아메리카나Pax Americana와 비교해볼 것. 때때로 샤워실이 주는 위안은 제국의 보호를 받는 느낌만큼이나 엄청나게 느껴질 수도 있다.

와이타이

wytai

명사 불현듯 불합리하고 터무니없이 여겨지는—반려동물과 우유 마시기에서부터 장기이식, 생명보험, 소설에 이르는—현대 문명의 특성. 우리의 선조들이 끈끈한 점액에서 처음으로 빠져나왔지만 무슨 이유로 깨어났는지는 도무지 기억하지 못하던 순간까지 쭉 거슬러 올라가는 불합리성의 풍요로운 유산의 일부로서 현대 문명이 지닌 특성이다.

어원 'When You Think About It(생각해보면)'의 두문자어.

번 어폰 리엔트리

burn upon reentry

(명사) 몇 시간 동안 연락이 두절된 상태였지만 그동안 그 어떤 새로운 메시지도 도착하지 않았음을 알고 느끼는 쓰라린 실망감. 마치 자신이 사라졌었다는 사실을 세상이 거의 알아차리지도 못한 것 같다는 기분이 들게 한다.

어원 우주를 여행하는 물체가 대기권에 재진입하면서 뜨거워지는heat up upon reentering 경향.

파로

pâro

(명사) 자신이 하는 모든 일이 왠지 늘 잘못된 것 같다는—자신이 먹는 모든 게 실은 건강에 좋지 않고, 자신이 하는 모든 말이 문제를 일으키며, 자신의 양육법이 분명 아이들에게 정신적 외상을 남기고 말 거라는—느낌. 모두가 아는데 자신만 모르는 어떤 명백한 성공의 길이 있어서, 다들 의자에 기대어 앉은 채 도움을 주려고 "더 차갑게…… 더 차갑게…… 더 차갑게……" 하고 외치고 있는 것은 아닌지 생각하게 한다.

어원 골프장에서 이론상으로만 존재하는, 이미 늦어버린—아무리 공을 잘 쳐도 이미 뒤처져 있게 되는—홀인 파0par zero. â 위에 붙은 곡절 악센트는 무언가를 얻으려고 애쓰다가 물러나버리는 누군가의 작은 상징이다. 정지 혹은 동결을 뜻하는 스페인어 파로paro와 비교해볼 것.

제노

xeno

(명사) 보통 지나가는 낯선 사람끼리 주고받는 인간적 유대감—어떤 기이한 우연에 대한 따스한 미소, 동정적인 끄덕임, 공유하는 웃음처럼 순간적이고 무작위적이지만 여전히 고독함의 증상을 완화할 수 있는 강력한 감정적 영양분을 지닌 순간들—의 최소 측정 단위.

어원 고대 그리스어 ξένοςxénos(이방인, 외국인).

아뮤즈-두쉬

amuse-douche

(명사) 오토바이 타기, 책 읽기, 사진 찍기, 요리하기처럼 어렸을 때부터 동경해왔지만 그것의 광신도들이 그 기술에 맹렬히 집착하는 것을 접하고는 흥미를 잃게 되는 활동.

어원 amuse-bouche(아뮤즈-부쉬: 입맛을 돋우기 위한 한입 크기의 애피타이저) + douche(얼간이).

어넥도키

anecdoche

(명사) 모두가 말을 하지만 듣는 사람은 아무도 없는 대화. 대신에 스크래블 게임[I]처럼 단어들을 내려놓으면서, 각 참가자가 다른 참가자들의 일화를 조금씩 빌려와 자신만의 일화를 만들어내다가 결국 다들 할 말이 없어지는 순간에 이르고 만다.

어원 anecdote(일화; 실제로 일어난 사건에 기반한 짧고 흥미로운 이야기) + synecdoche(제유법; 일부로써 전체를 나타내는 비유적 표현법).

아드로니티스

adronitis

(명사) 누군가를 알게 되는 데 너무 오랜 시간이 걸린다는—처음 몇 주 동안 상대방의 심리적인 통로에서 수다를 떨다가 이어지는 대화를 통해 다른 대기실로 들어가며 조금씩 집의 중앙으로 다가가야 한다는—생각에 드는 좌절감. 차라리 집의 중앙에서부터 시작해 밖으로 빠져나오면서 가벼운 대화로 들어가기 전에 우선 서로의 가장 내밀한 비밀부터 나누다가, 여러 해 동안 충분한 수수께끼가 쌓이면 그제야 서로의 고향과 직업을 묻고 싶게 만든다.

어원 고대 로마 건축양식에서, 아드로니티스andronitis는 집의 앞부분을 복잡한 안마당과 연결해주는 복도를 뜻한다. 로마식 집들의 한 가지 특이한 점은, 앞쪽에 있는 모든 방은 그리스어 이름이 붙어 있는 반면, 뒤쪽에 있는 모든 방은 라틴어 이름이 붙어 있다는 사실이다. 마치 우리의 외적 자아와 내적 자아가 완전히 다른 언어로 말하기라도 한다는 듯이.

I 철자가 적힌 플라스틱 조각들로 글자 만들기를 하는 보드게임의 일종.

소카

SOCHA

타인들의 숨겨진 연약함

심지어 트릭을 알고 있더라도 속아 넘어가기 쉬운 착시 현상이 있다. 다른 사람들에게서 더 멀리 떨어져 있을수록 그들이 더 연약하지 않은 존재로 보이는 현상 말이다.

당신은 당신을 있는 그대로 보며, 당신의 실패를 당신의 성공만큼이나 분명히 인지한다. 하지만 당신은 다른 사람 대부분을 그들의 방식대로 본다. 그들이 당신에게 보이고 싶어 하는, 높은 받침대에 놓인 조각상처럼 금욕적이고 자신감 있는 면만 보는 것이다. 언뜻 보기에 그들은 모든 것을 계산해낸 것처럼, 모든 특성을 의도한 그대로 확정지은 것처럼 보인다. 그들은 그들의 사회에 단단히 고정된 것처럼, 그들이 사랑하는 이들에 단단히 둘러싸인 것처럼 보인다. 그들의 삶은 완성된 예술 작품처럼 완전해 보인다.

하지만 그것은 단지 시각적 속임수에 불과한데, 왜냐하면 너무 먼 곳에서는 균열이 보이지 않기 때문이다. 그들의 기반이 얼마나 불안정할지, 그들이 실제로는 얼마나 잘 변할지 당신은 알 길이 없다. 그들의 모습을 용인할 수 있는 무언가로 빚어내기 위해 얼마나 오랜 세월 동안 노력해야 했을지. 단지 평범한 하루를 살아가고 그것이 산산조각 나지 않게 하기 위해 얼마나 많은 손이 필요했을지.

우리 각자는 영원히 만들어지고 있는 작품일 뿐이다. 우리 모두는 어떻게 고쳐야 할지 확신할 수 없는 나약함을 지니고 있다. 그런데도 우리가 다른 사람의 나약함을 언뜻 보게 된다고 해서 그렇게 놀라는 것은 왜일까? 왜 우리는 그렇게 많은 시간 동안 거기서 벗어나려 애쓰면서도 똑같은 낡은 속임수에 빠지고 마는 것일까? 우리가 왜 그런 공적 신뢰감과 동시에 그런 개인적 의심을 품고 있는지 과연 누가 알고 있을까?

어쩌면 우리는 다른 이들을 조각상으로, 우리 자신을 연약하고 작은 점토 덩어리로 생각해야 하는지도 모른다. 어쩌면 그런 모순이 우리를 계속 움직이게 하는지도, 우리가 지금보다 더 나은 존재가 되길 바라게 하는지도 모른다. 어쩌면 그것은 우리가 거리를 지키도록, 우리가 서로를 스치고 지나며 얼마나 많은 피해를 끼칠 수 있는지 무시하려 애쓰는 동안 너무 많은 마찰을 일으키는 것을 피하도록 도와주는지도 모른다.

혹은 어쩌면 우리의 은밀한 나약함은 우리를 한데 모아주는지도 모른다. 그것은 우리 각자에게 오직 친구—당신이 자연스럽게 행동할 수 있을 만큼 충분히 신뢰하는, 필요하면 당신을 지지해주거나 지금 있는 그대로의 당신 모습에 아무런 문제가 없다는 사실을 상기시켜줄 누군가—만이 충족시켜줄 수 있을 근본적인 욕구를 부여해준다. 그리고 설령 지금 있는 그대로의 당신 모습에 문제가 있어도 괜찮다. 확정된 것은 아무것도 없다.

어원 체코어 socha(조각상).

소카 | 알렉스 에크먼론의 콜라주 | alexeckmanlawn.com

틸리드

tillid

(형용사) 자신이 종종 얼마나 선뜻 자신의 삶을 임의의 낯선 이들의 손에 내맡기는지—레스토랑이 식품의 유효기간을 확인할 거라 믿고, 건설 현장의 노동자들이 싸구려 건축 자재를 사용하지 않을 거라 믿고, 수많은 다른 운전자들이 자기 차선을 벗어나지 않을 거라 믿는지—알고서 겸허해진. 그 낯선 이들은 우리가 절대 만날 리 없는 사람들이지만, 우리는 그 사실을 알든 모르든 그들의 복지에 깊이 관여하고 있다.

어원 덴마크어 tillid(신뢰).

모모포비아

momophobia

(명사) 즉흥적으로 말하거나 진심으로 말해버릴 거라는 두려움; 말실수를 하는 바람에 누군가가 자신을 생각했던 것과 다른 사람으로 보면서 미소를 거두는 모습을 보게 될 거라는 두려움.

어원 고대 그리스어 μῶμος momos(결점, 불명예) + -φοβία -phobía(두려움). 모무스 Momus는 고대 그리스에서 조롱과 비난의 신이었다.

시소

siso

(명사) 다른 누군가와 함께 나누었으면 좋았을—로맨틱한 분위기에서 저녁 식사를 하고, 고된 등반 끝에 산의 정상에 오르고, 정신 나간 낯선 사람과 누구도 믿지 않을 언쟁을 벌인—혼자만의 경험.

그것이 실제로 일어난 일임을 확인하고 싶은 마음에 주위를 둘러 보게 된다.

어원 웨일스어 si-so(시소). 시소는 여러 사람이 있을 때만 즐길 수 있는 놀이기구로, 혼자서 사용할 경우에는 기우뚱한 벤치에 지나지 않는다.

아네코시스
anechosis

(명사) 자신을 이용하려 드는 장사꾼이나 자신의 기분을 상하게 할까 봐 두려워하는 지인에게서 계속해서 듣고 싶은 말만 들어서 지쳐버린 상태; 누군가가 용기를 내서 마침내 자신의 헛소리를 큰 소리로 지적해주고, 자신의 오랜 추정에 이의를 제기해서 자신이 더 나은 사람이 될 수 있게 다그쳐주길—그럼으로써 자신의 삶의 방식을 존중해주려 애쓰는 것보다 훨씬 더 큰 친절을 베풀어주길—바라는 마음.

어원 an-(…에 맞서) + echoes(메아리).

코베일런트 본드
covalent bond

(명사) 낯선 이의 사생활에 갑자기 관여하게 되는—이를테면 싸움을 말리기 위해 달려들거나 유아차를 끄느라 낑낑대며 눈물을 글썽이는 부모를 돕거나 심하게 넘어진 누군가의 오토바이를 세워주는—순간. 흔히 사람들이 있는 곳에서 우리를 둘러싼, 모르는 척하는 게 편하고 왠지 우리의 말문을 막아버리는 듯한 보이지 않는 유리 상자를 박살내버린다.

어원 문자 그대로 '공유하는 힘'을 뜻하는 covalence(공유원자가). 화학에서, 공유 결합 covalent bond은 자유로운 바깥 껍질 전자쌍을 공유하는 두 원자를 한데 묶어두는 힘을 말한다.

아너페이지아
anaphasia

명사 자신이 속한 사회가 서로 공통점이 전혀 없는—각자가 자신만의 가치관을 옹호하고, 자신만의 숭배 대상을 언급하고, 번역할 수 없는 자신만의 언어로 말하는—파벌들로 쪼개지고 있다는 두려움.

어원 anaphase(핵분열의 후기; 세포분열에서 자매염색분체들이 세포의 반대편으로 갈라지는 단계) + aphasia(실어증; 뇌 기능 장애로 언어를 이해하거나 표현하지 못하는 병적 증상).

널니스
nullness

명사 자신이 속한 사회가 자신을 대신해서 너무 많은 선택을 할 때—모든 위험을 배제하고, 모든 도덕적 딜레마를 성문화하고, 자신의 성패 여부를 미리 결정할 때—본능적으로 불안해지는 상태. 마치 자신의 의식을 외부 제공자에게 위탁해버려서 더는 즉석에서 사용할 일이 없을 것만 같은 기분이 들게 한다.

어원 null(가치의 공집합).

레드섬
ledsome

(형용사) 군중 속에서 외로움을 느끼는; 익명의 얼굴들로 넘쳐나는 바다를 표류하면서 그중 누구와도 마음을 터놓고 대화를 나누지 못하는.

어원 중세 영어 leed(시골 남자, 동포) + lonesome(외로운).

아이겐샤웅
Eigenschauung

(명사) 자신이 모든 낯선 이들을 수다쟁이로 여기는 엄청난 미인이든, 세상이 영원한 전쟁 상태에 있다고 생각하는 골목대장이든, 인공 구름 같은 존경의 분위기 속을 걸어 다니며 몸을 떠는 풀잎이든, 그런 자신이 그곳에 존재한다는 바로 그 사실에 의해 자신의 세계관이 왜곡되는 정도; 비록 자신은 세상을 명백하고 객관적으로 파악한다고 여기고 싶어 하지만, 그럼에도 자신이 존재하지 않는 공간의 분위기는 절대 느껴본 적이 없다는 깨달음.

어원 독일어 eigen(내재하는) + Anschauung(견해). Weltanschauung(세계관)과 비교해볼 것. 당신의 Weltanschauung은 당신이 세상을 보는 방식이고, 당신의 Eigenschauung은 세상이 당신을 보는 방식의 반영이다.

홀리엣
holiette

(명사) 자신을 제외한 모든 사람에게 엄청난 의미를 지닌 듯한—다른 종교의 성스러운 사원, 꽃으로 장식된 임의의 울타리 기둥, 한 번도 들어본 적이 없는 팀을 응원하는 사람들 같은—장소. 혹여나 딸깍이는 소리가 나지 않을까 싶은 마음에 집 열쇠를 아무 자물쇠에나 넣어보듯, 어쨌든 무언가를 느껴보려고 자신을 구슬리게 된다.

어원 holy(성스러운; 종교적으로 존경받는) + -ette(실제 물건의 모조품을 뜻하는 접미사).

얼러피
allope

(명사) 어떤 장소에서 느끼는 신비한 외로움의 기운; 자신의 집과 아파트에 숨어서 벽에 깜박이는 푸른 빛만 드리우고 있는—그중 대다수가 그저 대화할 누군가를 원하거나 그저 누군가가 자신을 필요로 해주길 원하고 있고, 어떻게든 이어지기만 한다면 서로 그런 존재가 되어줄—모든 외로운 사람의 생생한 무게감.

어원 비틀스의 노래 〈엘리너 릭비Eleanor Rigby〉의 가사 "All the lonely people(모든 외로운 사람)"의 줄임말.

실리언스

SILIENCE

당신 주변에 온통 숨어 있는 뛰어난 재능

당신이 가장 좋아하는 음악가들이 이제 막 활동을 시작하던 때를 떠올려보면 재미있다. 아무도 그들을 모르던 시절에 거리의 모퉁이에서 공연을 준비하던 그들의 모습을 떠올려보면. 그러면 자연히 이런 궁금증이 생긴다. 만일 내가 거기 있었다면, 그들이 초기 걸작을 연주하는 동안 길을 걸어가고 있었다면 그들을 주목할 수 있었을까? 발걸음을 멈추고 그들의 음악에 귀를 기울였을까?

예술처럼 아주 강렬한 무언가가 그처럼 거의 눈에 띄지 않을 수도 있다니 얼마나 이상한 일인가. 우리가 고개를 들어 건축물을 올려다보거나 정성스레 요리한 음식을 한 입 먹을 때마다 음미하거나 뒤에서 들려오는 주목받을 자격이 충분한 음악에 주목하려고 걸음을 멈추는 일이 그토록 드물다니 얼마나 이상한 일인가. 당신이 마침내 그 음악에 귀를 기울이게 되는 것은 누군가가 그것을 알려주었을 때뿐이다.

그것은 당신 주변에 뛰어난 재능을 지닌 이들이 널려 있을지도 모른다는, 그들이 잘 보이는 곳에 숨어서 그저 당신이 알아봐주길 기다리고 있을지도 모른다는 생각을 하게 한다. 당신이 바삐 일하느라 얼마나 많은 반 고흐를 그냥 지나치고 있을지, 그게 그들이 유명해지기 불과 몇 년 전의 일일지 누가 알겠나? 어쩌면 또 다른 에밀리 디킨슨이 바로 길 아래쪽에 살면서 미발표된 걸작을 깔고 앉아 있는지도 모른다. 어쩌면 그녀는 우리만큼이나 그 사실을 전혀 눈치채지 못하고 있는지도 모른다.

우리는 만일 작품이 조금이라도 좋다면 당연히 관중이 있을 거라고 여긴다. 하지만 어쩌면 그것은 대체로 운에 달린 일인지도 모른다. 그들이 벌써 유명해지지 않은 것은 운이 따르지 않아서인지도 모른다. 혹은 적임자가 누군가를 우연히 쳐다보게 되는 것은 운이 따라서인지도 모른다. 사랑이 그러하듯 예술에서는, 두 사람이 어떻게 서로를 발견하게 될지, 애초에 만나게 되기나 할지 아무도 모른다.

기타 케이스를 자갈길 위에 내려놓고선 지나가는 누군가가 반응해주길 바라며 처음으로 연주를 시작하려면 얼마나 큰 용기가 필요할지 한번 상상해보라. 설령 누구도 들어주지 않더라도 계속 당신의 마음을 무언가에 쏟아부으려면. 그저 사람들의 관심을 허락하려 애쓰며 무관심한 얼굴들 속에서 계속 손을 뻗으려면.

무관심하기란 쉬운 일이다. 하지만 그것에 맞서 싸우는 일은 커다란 용기를 필요로 한다. 그러니 어쩌면 우리는 걸음을 멈추고 우리가 행운아라고 믿어야 하는지도 모른다. 이 세상 어딘가에는 여전히 고귀한 싸움을 하고 있는 누군가가 있으니 말이다.

어원 silent(조용한) + brilliance(뛰어남). 2007년에 바이올린 명연주자인 조슈아 벨은 자신의 아주 귀중한 스트라디바리우스로 지하철역에서 거의 한 시간 동안 버스킹을 하는 실험을 했다. 수많은 행인 중 발걸음을 멈추고 귀를 기울인 사람은 결국 일곱 명이 전부였다. 박수 소리는 한 번도 들리지 않았다. 그가 벌어들인 돈은 고작 32달러가 전부였다. 하지만 《워싱턴포스트》의 진 와인갈튼이 목격한 바에 따르면, "지나가던 아이들은 모두 발걸음을 멈추고 공연을 보려고 했다. 그런데 그때마다 부모가 아이를 서둘러 데려가버렸다."

안티 엘리어싱

anti-aliasing

(명사) 인터넷 아이디 뒤에 가려진 진짜 인간에 대한 호기심. 그 이색적이고 독특한 이름들은 우리의 부모님이 우리가 인터넷에서 어떤 모습을 하고 있을지에 대한 단서를 찾기 위해 우리의 이름 없는 얼굴들을 살펴봤을 때 미스터 쿠키페이스Mr. Cookieface, 유니콘펀처Unicornpuncher, 더치스 폰 왓에버Dutchess Von Whatever, 우키가즘Wookiegasm 같은 이름들을 고려했어야 하는 게 아닌지 생각하게 만든다.

어원 컴퓨터 그래픽에서, 엘리어싱 제거anti-aliasing는 저해상도 이미지의 들쭉날쭉한 픽셀을 부드럽게 하는 기술을 말한다.

킨치

kinchy

(형용사) 먼 곳의 대재앙보다 자신의 사소한 문제에—내전보다 가족 간의 말다툼에, 기후변화보다 사흘 동안 앓아야 하는 열병에—훨씬 더 신경을 쓴다는 사실에 죄책감을 느끼는.

어원 일본어 近視kinshi(근시). 연대감kinship에서 딱 한 글자가 부족한 단어다.

미미오미아

mimeomia

(명사) 자신이 의도조차 하지 않았음에도 어떤 특정한 고정관념을 얼마나 정확히 구현하는지 알고서 느끼는 좌절감; 마치 다들 "당신은 누구십니까?"라는 질문에 답하기 지친 나머지 몇 안 되는 종류의 기성복을 입은 채 단체로 핼러윈 놀이라도 하듯, 우리 모두가 상대방이 기대하는 것에 가까운 모습을 보이며 어떤 비유를 따르기라도 하는 것처럼 보일 만큼 당혹스러운 느낌.

어원 고대 그리스어 μῖμος mîmos(모방자, 배우) + μῖσος mîsos(혐오).

스크로그

scrough

(자동사) 실은 누구의 소유도 아닌 관료 집단의 요구에 따라, 실은 누구도 원하지 않는 결과를 위해 누구도 알아차리지 못할 따분한 업무를 아무 생각 없이 행하다.

어원 scrow(열심히 일하다) + scroff(쓸모없는 남은 부분) + cog(톱니바퀴의 이; 복잡한 기계의 아주 작고 전혀 특별할 것 없는 요소).

헤메이시스

hemeisis

(명사) 자신의 문화적 규범이 자신의 정신에 얼마나 깊이 뿌리 내리고 있는지—부끄러운 것과 존경스러운 것, 개인적인 것과 공동체적인 것, 매력적인 것과 혐오스러운 것, 공정한 것과 불공정한 것의 규정이 얼마나 임의적인지—알고서 느끼는 불쾌감. 자신이

스스로 통제할 수 없는, 약간 다른 코드를 지닌 누군가와 우연히 마주치기 전까지는 심지어 인지할 수도 없는 방식으로 프로그래밍되어 있다는 느낌을 들게 한다.

어원 고대 그리스어 ἡμεῖς hēmeîs[(청자를 제외한) 우리].

애프터글룸

aftergloom

(명사) 강렬한 사교 행사가 있은 다음 날, 목소리와 웃음소리의 빛이 조용한 어둠으로 가라앉을 때 문득 느끼는 격렬한 외로움.

어원 afterglow(잔광) + gloom(우울).

합스맥트

hobsmacked

(형용사) 자신이 속한 사교계가 실은 얼마나 좁은지 문득 깨달은; 비록 자신과 가장 가까운 주위 환경이 사회의 축소판처럼 느껴지긴 하지만, 사실 그것은 가까이서 보면 깜짝 놀랄 만큼 수많은 흐릿한 하위문화로 넘쳐나는 거대한 아쿠아리움의 수면에 떠 있는 외래종 물고기들의 작은 모임일 뿐이라는 사실을 문득 깨달은.

어원 hobnob(친하게 어울리다) + gobsmacked(깜짝 놀란).

안트로디니아

anthrodynia

명사 사람이 얼마나 잔인해질 수 있는지, 옹졸하고 불필요해 보이는 방식으로 서로를 얼마나 자유롭게 쓰러뜨릴 수 있는지 알고서 지친 상태. 때때로 친절하고 진지하고 너그럽고 뻔뻔할 만큼 커다란 기쁨을 가져다주는 것들에 대한 고마움을 불러일으키는 반작용 효과를 낳기도 한다.

어원 고대 그리스어 ἄνθρωπος ánthrōpos(인간) + ὀδύνη odúnē(슬픔, 괴로움, 고통).

파이고포비아

fygophobia

명사 나이가 많아질수록 사람들과의 관계가 계속 줄어들 거라는 두려움; 다들 회전목마에서 차례로 떨어져 완전히 다른 방향으로 날아가버릴 거라는, 다양한 계급과 직업과 관심사를 거치다가 결국 아주 먼 동네에 착륙해서 가족과 일 년에 몇 번 안 보는 몇 안 되는 친구들과 함께 쪼그리고 앉은 채 "계속 연락하고 지내자"라는 말로 서로를 끊임없이 안심시키는 처지가 될 거라는 두려움.

어원 그리스어 φύγω fýgo(나는 떠난다) + -φοβία -phobía(두려움). 그리스어 φυγόκεντρος-fygókentros(원심 분리기)와 비교해볼 것.

이오케

IOCHE

개인으로 존재한다는 사실에 대한 불안감

당신 혼자서 이 세상에 오는 데 얼마나 큰 용기가 필요했을지 상상해보라. 그것은 배 밖으로 던져지는 것이나 마찬가지다. 당신은 당신이 유일한 집으로 알았던 곳의 일정한 리듬에 안심한 채 공생하는 상태로 아홉 달을 보냈다. 그러다 갑자기 탄생한 순간, 당신은 어떤 안정적인 것도 붙들지 못한 채 숨을 돌리려 안간힘을 쓰며 망망대해에서 표류하는 자신을 발견한다. 당신은 또 다른 몸에서 아주 멀리 떨어진 적이 한 번도 없었지만, 이제 그것은 언제든 왔다 가버릴 수 있는 '또 다른 몸'이 되어버렸다. 생애 최초로 자신이 혼자라는 깨달음이 찾아온다.

당신은 개인으로 존재한다는 느낌에 결코 익숙해지지 못한다. 혼자 태어나서 혼자 죽는다니 얼마나 이상한 일인가. 자신의 몸과 자신의 이름을 혼자서 지탱해야만 한다니. 다른 그 누구도 당신이 느끼는 고통을 느낄 수 없고, 당신의 귀에 울리는 소리를 들을 수 없으며, 잊지 못할 꿈을 공유할 수 없을 것이다. 당신은 혼자서 이 특정한 기억의 창고를 관리해나가며, 어떤 것들을 기억하거나 잊어버리는 일은 오로지 당신 자신의 몫이다.

당신의 삶이 이런 특정한 인물들이 등장하는 유일한 삶이라니 얼마나 이상한 일인가. 당신 자신이 수많은 사람들로 소용돌이치는 바다에 떠 있으면서 그중 오직 몇 명만 알거나 믿게 될 거라니 얼마나 이상한 일인가. 그런 상황에서 당신은 영원한 긴장 상태에 놓여 있을 수밖에 없다. 당신은 한동안 사람들을 따라갈 수 있겠지만, 혹시 그들이 갑자기 진로를 바꾸거나 고의적인 집단행동을 하게 될 경우를 예의 주시하느라 결코 안심하진 못할 것이다. 당신은 혼자 자유로이 빠져나올 수 있지만 절대 그만큼 자유로움을 느끼지 못할 것이다. 유일한 보호자이자 항해사로서, 당신은 영원히 어깨 너머를 바라보며 다른 사람들이 이 특정한 길을 가지 않은 충분한 이유가 있는지 궁금해하는 자신을 발견하게 될 것이다. 당신의 삶은 정말 예측 가능한 것이지만, 그럼에도 그동안 그 삶을 살아본 사람은 아무도 없다니 얼마나 이상한 일인가. 당신의 걱정거리가 오직 당신만의 것이라고 생각하면 정말 이상한 기분이 든다.

하지만 그중 가장 이상한 것은 당신이 자신의 단독적 성격을 거의 초월해서 다른 인간과 교감한다고 느끼는 순간들이다. 성가대에 휩쓸린 채 어떤 화음의 진동에 녹아나며 다른 수많은 목소리와 조화되는 순간. 친구와 밤새 앉아서 자유롭고 솔직하게 이야기를 나누며 상대방이 자신의 말을 듣고 있다는 사실을 조금이라도 의심하거나 상대방이 자신을 오해하고 있다고 조금이라도 의심할 필요가 없는 순간. 공유하는 환상의 물결에 빠져드는, 다른 사람의 기쁨에 거의 가슴 저밀 만큼 기쁨을 느끼는 순간.

물론 결국 노래는 끝나고 해는 떠오르며, 우리는 모두 각자의 삶을 이어나갈 것이다. 그리고 그런 순간이 끝날 무렵, 당신은 그만큼 더 큰 단절감을 느끼게 될지도 모른다. 그것이 바로 개인으로 존재한다는 것의 저주다.

당신은 혼자서 사는 삶에 절대 편안함을 느끼지 못할 것이다.

어쩌면 당신은 자신이 존재한다는 최초의 충격을 이겨내지 못할지도 모르고, 여전히 숨을 고르고 마지막까지 몸을 바로 세우려 애쓰며 여생을 영원한 신참으로 살아갈지도 모른다. 하지만 최소한 당신이 좋은 사람들과 함께 있다는 사실만은 알고 있으라. 우리 중 누구에게라도 물으면, 우리는 당신에게 이렇게 말해줄 것이다. "당신은 혼자가 아니에요."

어원 이탈리아어 io che(…인 나).

이오케 | 존 케닉의 콜라주 | dictionaryofobscuresorrows.com

라티고
latigo

명사 순전히 현대사회의 규모, 즉 너무 거대해서 개인은 거의 중요하지 않아 보이고 만일 모두가 한 번에 사라져버리면 도시는 한숨을 내쉰 후 계속 일을 이어갈 듯한 시스템에 대해—공급망과 규정과 계약과 알고리즘의 미로를 충족시키는, 분명 몇 년마다 계속 수리하고 교체했을 길고 긴 도로와 전선과 수도관을 지녔으며 아주 거대하고 복잡해서 거의 지도화할 수 없는 도시를 내다보고서—느끼는 아찔한 경외감.

어원 labyrinth(길고 복잡한 미로) + vertigo(현기증; 아주 높은 곳에서 아래를 내려다보며 느끼는 어지러움). 스페인어 látigo(채찍)과 비교해볼 것.

이니티
innity

명사 자신의 것이면서도 결코 자신의 것이 아닌, 삭막하면서도 집처럼 편안한, 영원하면서도 일시적인, 사람이 없는 방과 사람이 있는 방 사이 어딘가에 머물러 있는 장소인 호텔 방에서 늦은 밤에 느끼는 복잡한 고독감.

어원 inn(여행자를 위한 여관 혹은 주막) + inanity(어리석음; 의미나 생각의 완전한 부재).

웬베인

wenbane

(형용사) 아스팔트와 네온사인의 상업적인 부산함에 휩쓸리고, 머리 위 높은 곳에서 흐릿하게 보이는 불가해한 고층 빌딩에 위축되고, 일상 업무를 이어가는 차량의 리듬에 무시당한 채, 자신이 아닌 다른 사람만 꼬드기려 하는 지하철 벽의 포스터 말고는 누구도 자신과 눈을 마주치려 하지 않는 낯선 도시의 거리를 걸으며 초라하고 외로운 기분을 느끼는.

어원 wen(대도시; 종기처럼 부풀어 거대하게 충혈된 도시) + bane(골칫거리, 독).

말 드 쿠쿠

mal de coucou

(명사) 활발히 사회생활을 하는데도 친한 친구—믿을 수 있고, 본모습을 보일 수 있고, 시간이 흐르며 쌓이게 마련인 기이한 심리적 독소를 없애줄 수 있는 이—는 아주 적은 상태. 결국 뷔페를 모두 먹어 치우듯 수다를 잔뜩 떨더라도 여전히 심한 공복감을 느끼는 극심한 사회적 영양실조 상태로 발전할 수 있다.

어원 프랑스어 mal(고통) + de coucou(뻐꾸기의). coucou는 "어이!"를 뜻하는 구어적 표현이기도 하다. 'mal de coucou'는 'rabbit starvation(단백질 중독)'으로도 알려진 'mal de caribou'의 변주다. 'rabbit starvation'은 단백질을 과다 섭취하고 지방은 충분히 섭취하지 못한 상태에서 토끼나 카리부[2]처럼 기름기가 없는 짐승의 고기를 무제한으로 먹더라도 굶어 죽을 수 있는 상태를 말한다.

---

2 북미산 순록.

언샤프 마스크

the unsharp mask

(명사) 누군가의 날것의 모습을 신통치 못한 디지털 형식으로 압축해버린 결과, 자신이 아는 사람의 뜻밖의 특성을 과장해서 보여주는 소셜 네트워크의 경향. 그들의 외적 선명함을 임의로 더 밝게 만들고, 그들의 희극적 면모를 더 선명하게 만들며, 그들의 그림자를 더 어둡게 만들거나 정지된 모습에 모션 블러 효과를 더해버린다.

어원 디지털 사진 처리 작업에서, 'unsharp mask(언샤프 마스크)' 필터는 오리지널 네거티브와 흐릿한 포지티브 이미지를 합성하는 기능이다. 결과 이미지는 더 선명해 보이겠지만 실은 피사체를 덜 정확하게 재현한 것이다.

하트무어

heartmoor

(명사) 돌아갈 고향 마을, 혹시 존재했더라도 더는 존재하지 않게 된 장소에 대한 원초적인 갈망; 어두워지기 전에 집으로 돌아가고, 비가 오기 전에 가축을 안으로 들이려고 서두르는 상상; 뒤얽힌 나무의 가장자리에서 빛나는 등불의 무리를 떠올리고, 공동의 불로 음식을 요리하는 떠들썩한 소리를 듣고, 점토를 붙인 이엉으로 만든 복잡한 전통 가옥에서 자신의 자리를 찾아가고, 그곳에 앉은 채 네 세대에 걸쳐 하나의 규범을 이룬 사람들의 목소리를 듣고, 사람들이 그저 홀로 떠돌아다니지 않고 여전히 집단적 인격을 이루며 살던 시절의 이야기를 들려주는 상상.

어원 heart(마음) + moor(계류하다; 배를 닻에 묶다).

루탈리카

LUTALICA

당신이 자신이 속한 사회적 범주
이상의 존재라는 느낌

당신은 자신이 누구인지를 수없이 다양한 방식으로 세상에 알린다. 때로는 미묘하게, 때로는 그렇지 않게. 목소리의 비음 섞인 억양, 어깨의 문신, 발걸음의 활기, 신발의 구멍으로. 하지만 어쩐지 그건 아무래도 상관없는 듯하다. 이 세상은 당신을 이미 분류해놓았으니까.

당신은 태어나자마자 아무렇게나 라벨을 붙인 작은 상자에 넣어졌다. 그것에는 개인적인 감정이 전혀 개입되지 않았는데, 어찌 보면 바로 그게 핵심이었다. 그것은 사람들이 한눈에 당신을 평가할 수 있고 안에 무엇이 있는지 생각할 필요가 없도록 모든 것을 체계화하는 손쉬운 방법이었다. 다른 사람의 기대에 따라 처신하며 그 기대를 저버리거나 부풀리면서, 당신은 점차 스스로 편안해지는 법을 배워나갔다. 당신은 다양한 조합으로 자신의 정체성을 포장하고 재포장하려 애썼고, 결국 자신이 그곳에 속했다고 느끼며 자신에게 붙은 라벨을 자랑스러워하기에 이르렀다.

하지만 한편으로 당신은 자신이 결코 집을 찾지 못했다고, 자신에게 전혀 걸맞지 않은 범주들에 갇혀 버둥거리고 있다고 느낀다. 당신은 다른 사람들을 둘러보면서 그들이 얼마나 느슨하게 자신의 삶에 끼워 맞춰져 있는지 판단하려 애쓰며 이름표 뒤에 숨겨진 뒤엉킨 혼란을 감지한다. 그리고 당신은 우리가 다른 사람이 무슨 말을 할지 이미 알고 있음에도 여전히 서로에게 낯선 사람일 뿐이라는 사실을 깨닫는다. 마치 누가 어느 범주에 속해 있으며 어떤 라벨이 옳고 그른지에 대한 것 말고는 이야기할 게 남아 있지 않다는 듯이.

왜 우리가 우리 자신을 범주로 분류하는지에 대한 답은 정해져 있지 않다. 어쩌면 그것은 낯선 사람들로 가득한 사회에서 정신을 똑바로 차릴 수 있는 유일한 방법인지도 모른다. 그리하여 단지 식료품값을 지불하기 위해 복잡한 개인들 사이를 간신히 지나가지 않아도 되게끔 말이다. 우리는 하루를 살아가기 위해, 서로 교감하기 위해, 혹은 우리가 무언가의 일부라고 느끼기 위해 사람들을 상자에 집어넣는데, 그것은 우리가 우리를 담을 것이 아무것도 없을까 봐, 우리가 녹아서 허공 속으로 사라져버릴까 봐 두려워하기 때문이다.

당신은 만일 이 상자들이 다 망가지면 무슨 일이 벌어질지 궁금해하지 않을 수 없다. 만일 우리 각자가 시간을 들여서 우리의 정체성을 직접 손으로 쓰며 우리 자신의 언어로 오직 우리 자신만을 대변한다면. 탁 트인 곳에서 서로를 있는 그대로의 모습으로, 이상함을 감추지 않은 온전한 모습으로 만나는 모험을 해본다면. 우리가 실은 답을 알고 있지 않다는 사실을 과감히 인정하며, 마침내 용기를 내어 "당신처럼 산다는 건 어떤 기분이죠?" 하고 물어본다면.

어쩌면 그것은 우리가 마침내 어딘가에 도착해서 집에 있는 것처럼 편안히 지내기 위해 상자를 푼다는 의미일지도 모른다. 어쩌면 언젠가 우리의 손주들은 우리가 과거에 서로를 어떻게 대했는지에 대한 이야기를 듣고는 애초에 그런 일이 벌어졌다는 사실 자체를 믿기 어려워할지도 모른다. 우리가 한집에서 그렇게 오래 살았으면서 자기소개를 한 번도 하지 않았다는 사실을 어떻게 믿을 수 있겠나?

어원 세르보크로아티아어 lútalica(방랑자, 길 잃은 동물).

스타스턱

star-stuck

(형용사) 끝없는 리뷰와 전해 들은 인상에 지친; 무턱대고 세상 속으로 걸어 들어가 실수를 저지르고 싶은 마음에, 전혀 아무런 기대도 없이 한 번도 들어본 적 없는 식당, 공연, 영화를 시도하며 돌아다니고 싶어 몸이 근질거리는.

어원 star(리뷰의 별점) + stuck(…에 갇힌).

포글드

poggled

(형용사) 매일 보는 무언가를 다시 봤다가 전에는 한 번도 알아차리지 못한 명백한 디테일—연인의 무릎에 있는 오래된 상처, 보아하니 늘 보라색이었던 것 같은 집의 벽, 하룻밤 새 세워진 것 같은 동네의 돋보이는 건물—을 알아보고는 충격을 받은. 자신이 그곳에 있으나 마나 한 상태로 세상의 얼마나 많은 부분을 놓치고 있을지 생각하게 한다.

어원 마케도니아어 поглед pogled(잠깐 봄).

가우디아 치비스

gaudia civis

(명사) 시민으로 행동하며—배심원이 되고, 투표소에서 줄을 서고, 주민 회의의 토론에 참여하며—느끼는 사소한 만족감. 민주주의에 실제로 관여했기 때문에 그것의 기어가 정말 아주 조금씩 움직이고 있다는 사실을 실감하게 된다.

어원 라틴어 gaudia(기쁨) + civis(시민).

닉터스

nyctous

(형용사) 한밤중에 혼자만 깨어 있다는—차 한 잔과 노트북을 벗삼아 혼자 앉아 있거나 아무도 없는 거리의 한가운데를 따라 천천히 걷고 있다는—사실에 은근히 커다란 기쁨을 느끼는. 세상을 다 뜯어내서 단순히 검은 상자만 남은, 원하는 무엇이든 될 수 있는, 아직 공연 전인 텅 빈 극장처럼 받아들이게 된다.

어원 Nyctocereus(밤에만 꽃을 피우는 선인장의 한 종류).

5

물결을 거스르는 배들

밀려드는
순간 속에서
버티기

존 케닉의 콜라주
| dictionaryofobscuresorrows.com

무한하고 고요하며 절대 쉬지 않는 '시간'이라 불리는 것이
모든 것을 아우르는 바닷물처럼 재빠르고 고요히 밀려오고,
우리와 온 우주는 그 위에서 '존재했다가' 다시 '존재하지 않는'
수증기나 유령처럼 헤엄치는데, 이것은 말 그대로 영원한
기적이고, 우리의 말문을 막아버리는 것이다 — 왜냐하면
우리는 그것을 표현할 말을 알지 못하기에.

토머스 칼리일[I], 『영웅 숭배론』

I 영국의 사상가 · 역사가.

제노시네

ZENOSYNE

시간이 점점 빨라지고 있다는 느낌

사실 당신의 삶은 당신이 태어난 직후부터 당신 눈앞을 스쳐지나간다. 처음 몇 달 동안 영겁의 시간이 흘러간다. 처음에 시간은 오직 대리적으로, 다른 사람에게만 일어나는 어떤 일로 느껴진다. 차의 좌석에 앉아서 세상을 내다보는 동안 세상이 지나가는 것을 바라보는 일 말고는 아무것도 하지 못한 채 당신은 자신이 세상과 불가분의 관계라고 느낀다. 당신은 순간을 살아가는 데 익숙해지는데, 왜냐하면 달리 갈 곳이 없기 때문이다.

머지않아 삶은 움직이기 시작하고, 당신은 삶과 함께 움직이는 법을 배운다. 당신은 자신이 매년 다른 몸과 다른 미래로 업그레이드된 다른 사람이라는 사실을 당연한 일로 여긴다. 당신은 아주 빨리 돌아다니고, 당신 주변의 세상은 가만히 정지한 듯 보인다. 여름방학은 무한정 계속될 것만 같다.

우리는 '젊음은 젊은 시절에 낭비된다'는 말이 실은 틀린 게 아닌지 고려해봐야 한다. 일단 젊은이 특유의 과장에 적응하고 나면, 그들의 고양된 감정은 완전히 이해 가능한 현상이 아닌가 하고 말이다. 청소년기를 지나는 누군가에게 삶은 장대하고 비극적으로 느껴지는데, 왜냐하면 실제로 그들의 삶이 그러하기 때문이다. 그들이 살아가는 하루하루의 모든 뒤틀림은 그들의 이야기를 쉽게 왜곡시킬 수 있다.

오래지 않아 삶에 말뚝이 박히기 시작한다. 시간의 리듬을 배워 나가고 매해 생일을 맞이하며, 당신은 시간이 앞으로 나아가고 있다고 느낀다. 매번 한 바퀴를 돌 때마다, 태양 주위의 똑같은 지점을 지날 때마다, 그리고 "오래오래 행복하세요Many happy returns"라는 말을 들을 때마다. 하지만 당신은 이미 세상의 속도가 변한 것을 느끼고, 매해의 가치가 작년보다 조금씩 덜해진다고 느낀다. 마치 당신의 생일이 해마다 조금씩 빨리 찾아오기라도 하는 것처럼.

이십 대에서 삼십 대로 어지러이 넘어가면서, 당신은 원이 더 조여지기 시작한다고 느끼고, 그 원이 실은 나선형이라는 사실을, 당신이 벌써 반쯤 지나왔다는 사실을 문득 깨닫는다. 당신은 그저 당신이 가진 것을 지키는 데만—친구들과 꾸준히 연락하고, 의무를 지키고, 재산을 유지하고, 머리를 비우는 데만—얼마나 큰 노력이 요구되는지 알아차리기 시작한다. 하루하루가 더 반복될수록 당신은 계속해서 속도를 늦추며 당신에게 중요한 일에 집중하려 애쓴다. 당신은 새로운 경험의 가능성을 열어두려 애쓰지만 당신을 무게중심으로 끌어당기는 힘에 저항하는 일에 점점 더 어려움을 느낀다. 당신이 붙들고 있는 기억의 바닥짐이 점점 더 당신의 주의를 끄는 것이다.

그러다 결국 당신은 모든 게 자신만의 관성에 따라 움직이는 것처럼 보이는 순간에 이르게 된다. 그리하여 가만히 있을 때조차, 긴 하루가 끝나서 침대에 몸을 눕힐 때조차 어딘가로 달려가고 있다는 기분이 든다. 그리고 비록 내일 조금 더 빨리 뛰게 되더라도, 팔을 조금 더 멀리 뻗게 되더라도, 당신은 부유하며 모퉁이를 돌면서 여전히 시간이 흘러가버리고 있다고 느낄 것이다.

삶은 짧다—그리고 삶은 길다. 물론 순서는 반대다.

어원 철학에서, 만일 누군가가 한 지점에서 다른 지점으로 걸어가기 위해 우선 무한한 듯 보이는 중간 지점을 지나야만 한다면 발걸음이 계속 모자라게 될 것이므로 결국 이동은 불가능할 것이라는 '제논의 역설'+ Mnemosyne(므네모시네; 고대 그리스 신화에 등장하는 기억의 여신).

제노시네 | 존 케닉의 콜라주 | dictionaryofobscuresorrows.com

벨리코르
vellichor

(명사) 왠지 시간의 흐름이 담겨 있을 것만 같은 헌책방들에게서 느껴지는 이상한 아쉬움. 헌책방들은 절대 읽을 시간이 없을 수천 권의 헌책들로 가득 차 있는데, 책 각각은 그 자체로 그것만의 시대에 갇혀 있고, 작가가 오래전에 떠나버린 옛 방이나, 생각이 처음 떠오른 날에도 그랬듯이 남겨진 생각들로 어지러운 숨겨진 별관처럼, 제본된 후 구식이 되어 종이가 덧씌워져 있다.

어원 vellum(양피지) + ichor(이코르; 고대 그리스 신들의 혈관 속에 흐르는 영액).

어스티스
austice

(명사) 가을이 오는 조짐—그늘에서 느껴지는 미묘한 서늘함, 보도에 떨어진 낙엽이 바스락거리는 소리, 혹은 시계의 초침처럼 머리 위를 길게 미끄러지듯 날아가는 거위 떼—을 처음으로 알아차리고는 생각에 잠기게 되는 일.

어원 autumn(가을) + auspice(전조; 새가 나는 방식을 보고 치는 점).

키르
keir

(명사) 한때 집처럼 느껴졌던 장소로 돌아가 수년 전의 사랑스러운 기억을 재현해보려 하지만 어린 시절의 밀랍 인형 박물관을 걷기라도 하듯 기묘한 기분만을 안겨줄 뿐인 불운한 시도.

어원 네덜란드어 kier(길게 갈리진 틈; 모래시계의 가운데 부분처럼 좁은 입구).

백마스킹
backmasking

(명사) 누군가를 그들의 어린 시절에 알았던 모습으로 보려는 본능적 경향. 저당 잡힌 게 있고 자식도 있는 어른에게 풀물이 든 무릎, 낙서가 적힌 배낭, 몇 움큼의 생일 케이크 같은 변색된 이미지를 덧씌우게 된다.

어원 음향 녹음에서, backmasking(백마스킹)은 소리를 고의로 거꾸로 녹음하는 기술로, 그렇게 녹음된 소리는 거꾸로 재생해야만 알아들을 수 있다.

케타
keta

(명사) 별 의미는 없지만 왠지 계속해서 물결을 거스르고 머릿속에서 이리저리 헤엄치며 계속 자라나는, 갑자기 관심의 영역으로 뛰어든 먼 과거의 임의적 이미지.

어원 연어의 한 종인 'Oncorhynchus keta(케타 연어)'에서. 케타 연어는 매해 산란을 위해 자신이 태어난 상류로 '뛰어' 올라간다. 그것들은 상업적으로 값어치가 크지 않지만 케타 연어들은 그 사실을 모른다. 우리가 우리의 삶을 돌이켜볼 때, 중요한 것은 우리가 기억하는 순간들, 커다란 몸짓과 음식이 제공되는 의식, 우리가 찍은 사진 속에서 침착하게 미소 짓고 있는 세상이 아니다. 중요한 것은 사소한 것들—극히 작은 것들—평범한 시간의 싸구려 원자재 같은 것들이다.

올래시
aulasy

(명사) 그때 그 자리에 없던 사람에게는 그 강렬한 기억을 전할 방법이 없다는 슬픔. 차로 자신이 어린 시절에 살던 집 앞을 지나며 그것을 친구에게 보여주거나 사별한 연인의 사진을 손으로 가리켜보지만, 상대방에게 그것은 그저 또 다른 집이고 또 다른 얼굴에 불과하다는 사실을 깨달을 뿐이다.

어원 '그리운 옛날'을 뜻하는 스코틀랜드어 'auld lang syne(올드 랭 사인)'의 축약형. 그 흔적이 여전히 aulasy에 남아 있지만 그 의미는 사라져버렸다.

엔터후드
enterhood

(명사) 자신의 유아기 때부터, 자신이 스스로가 누군지 알기도 전부터 자신을 쭉 알아온 한 무리의 살아 있는 사람들; 나이를 먹는 동안 그 수가 천천히 줄어드는 한 무리의 사람들. 서로 인생의 중반 어디선가 만났기 때문에, 가장 가까운 친구들조차 서로의 인생의 축약판밖에는 알지 못하게 된다.

어원 enter(들어가다) + entire(전체) + hood(…한 사람들의 집단).

키프레임

keyframe

명사 당시에는 무해하게 느껴졌지만 결국 자신의 인생을 기이한 새 시대로 접어들게 한—여러 해 동안 돌이켜 생각하게 되는 우연한 만남, 계속되는 불화를 촉발시킨 무해한 언급, 자신의 커리어 전체를 규정짓게 된 쓸데없는 생각 같은—어느 순간; 평범한 하루하루 사이의 감지할 수 없는 아주 작은 차이들 속에 은밀히 숨겨진 기념비적인 변화.

어원 동영상 압축에서, 'key frame(키 프레임)'은 장면의 주요한 변화를 뜻한다. 압축된 동영상에서 대부분의 프레임은 중간치로서 미묘하게 증가하는 변화들을 나타내지만, 키 프레임은 완전히 새로운 장면을 만들어낸다. 이 기술은 되감는 일을 어렵게 만들지언정 버퍼링 때문에 멈추는 일 없이 장면을 앞으로 나아가게 한다.

아네모이아

ANEMOIA

한 번도 경험해보지 못한 시절에 대한 향수

옛날 사진들을 보며 일종의 방랑벽을 느끼지 않기란 어렵다. 당신이 한 번도 살아보지 못한 시대에 대한 가슴 아린 향수. 프레임 너머 흑백 세상 속으로 걸어 들어가서 도로 한쪽에 앉아 지나다니는 현지인을 구경하고픈 갈망.

그들은 우리가 이곳에 오기 전에 살다 죽은 자들이다. 우리가 잠을 자는 바로 그 집들 중 몇몇 집에서 잠을 자고, 우리가 보는 달과 똑같은 달을 올려다본 사람들. 우리와 똑같은 공기를 마시고, 혈관에 흐르는 똑같은 피를 느낀—그러면서도 완전히 다른 세상을 살다 간—사람들.

그곳은 여전히 국경에서 날아온 먼지로 뒤덮인 세상이다. 맨손으로 문제를 해결하는 삶을 사는 어른들의 세상. 현관 베란다가 있고, 저녁을 밝히기 위해 불을 피우고, 울타리 너머로 대화를 주고받는 세상. 당신은 추잡한 농담을 하기 위해 모여든, 뉴스 보도를 기다리거나 마구잡이로 십자 놀이를 하다가 지나가는 말을 간신히 피한 군중으로 붐비는 대로의 활기를 느낄 것이다. 당신은 유일한 가족사진을 찍기 위해 아이들을 부르는 궁핍한 이주자들의 목소리를 들을 것이다. 혹은 화려하게 장식된 석회석의 균열이 다시 유령 같은 연무 속으로 사라진, 후텁지근한 여름의 열기를 피하려 애쓰며 창가에 느긋이 앉아 있는 사람들이 여기저기 보이는 옛 도시의 건축물을 둘러볼 것이다.

당신은 그들이 아주 중요해 보이는 자신들의 삶을 살아가는 모습을 지켜볼 것이다. 그들의 표정을 살피려, 다른 어딘가에 시선이 고정된 아주 날카롭고 공상적인 그들의 눈을 바라보려 애쓰며. 자신들의 이야기가 이미 다 쓰였다는 것을 그들은 알 길이 없다. 만일 그들이 당신처럼 주위를 둘러볼 수만 있다면 곧장 긴장을 풀고 순간의 분위기 속에 빠져들 것이다.

물론 그들에게 세상은 온통 침묵으로 반짝이는 오돌토돌한 흑백 사진이 아니었다. 그들은 입체적으로 밀려오는 선명한 색상을 봤고, 귀를 먹먹하게 하는 스테레오로 들려오는 목소리를 들었으며, 피할 수 없는 냄새를 정면으로 맡았다. 그들에게 단순한 것은 아무것도 없었다. 그 시대가 어떤 의미인지, 혹은 애초에 그것이 한 시대이기나 한지 정확히 아는 사람은 아무도 없었다. 그 당시에 그들의 세계는 현실이었다. 어떤 것도 끝나지 않았고, 어떤 것도 보장되어 있지 않았다.

그 세상은 이제 사라졌다. 만일 과거가 외국이라면, 우리는 관광객일 뿐이다. 우리는 현지인을 이해하거나 그들의 행동 방식을 이해하길 기대할 수 없다. 우리는 그저 그들에게 가만히 있어 달라고 부탁해서 집으로 가져갈 한 장의 사진을 찍을 수 있을 뿐이다. 그래서 그들이 어떤 존재였고, 그 시대에 산다는 것이 어떤 느낌이었는지 조금이나마 알게 된 척할 수 있게.

그 사진 자체는 결국 별 의미가 없다. 어쩌면 우리가 원한 것은 프레임이 전부였는지도 모른다. 그리하여 밀려드는 시간으로부터 우리를 지켜주는 깔끔한 가장자리가 있는 흑백 세상 속에 몇 분이라도 앉아 있을 수 있게. 파도가 닿지 않는 거리에 있는—거기 비친 당신의 모습을 볼 수 있을 만큼 정말 깨끗하고 잔잔한—바위 사이의 작은 웅덩이 같은 세상 속에.

어원 고대 그리스어 ἄνεμος^ánemos^(바람) + νόος^nóos^(정신). 나무가 강한 바람에 휘어서 바람 속으로 몸을 젖힌 것처럼 보이는 현상인 anemosis와 비교해볼 것.

스윗
thwit

(명사) 난데없이 떠오른 청소년기의 당황스러운 기억으로 인한 극심한 수치심. 애초에 그런 일이 일어났다는 사실을 아무도 기억하지 못한다고 해도 왠지 괴로움은 전혀 줄어들지 않는다.

어원 'The Hell Was I Thinking(내가 대체 무슨 생각이었던 거지)?'의 두문자어.

아프리에스
appriesse

(명사) 어떤 사람을 그의 생전에 한 번도 만나보지 못했다는 사실에서 오는 상실감. 어쨌거나 그에 대해 알아보려 애쓰면서 그의 대략적인 인물화를 그리고자 짤막한 정보와 이야기를 수집하고 그를 소설 속 인물처럼 공부하게 되며, 비록 건너뛰어서 소설의 마지막 장을 이미 읽어버렸음에도 그를 그만큼 더 살아 있는 존재로 느끼게 된다.

어원 라틴어 appretiare(평가하다) + ad pressum(…을 따라서).

블링크백
blinkback

(명사) 젊은 시절에 즐긴 대중문화의 시금석을 다시 접했다가 그것이 전혀 곱게 늙지 않았음을 알고서—그것의 오글거리는 대화, 손가락으로 조종하는 인형 수준의 인물 묘사, 전혀 그럴듯하지 않은 플롯과 맞닥뜨리고서—느끼는 환멸. 자신의 마음속 냉장고에

있는 것 중에서 유효기간이 지난 게 또 뭐가 있을지 궁금해하게 된다.

어원 애팔래치아 영어 방언 blinked(쉰 우유) + back(과거에).

피덜드
pithered

(형용사) 혀끝에서 뱅뱅 돌기만 하고 기억은 나지 않는 무언가로 인해 좌절감을 느끼는. 머릿속의 기록 보관 담당자들에게 무작위로 이런저런 단서를 던져줘서 여러 시간 동안 꼼꼼히 뒤져 답을 찾게 하다가 잠이 드느니 차라리 자신이 직접 기록을 뒤지고 싶게 만든다.

어원 pither(얕게 파다).

펠체이서
fellchaser

(명사) 여러 해 전에 던졌는데 이제야 되돌아온 부메랑처럼, 오래전에 잊혔지만 언제든 다시 떠올라 삶을 갈가리 찢어버릴 수 있는 과거의 실수. 뭔지 알 수 없기 때문에 어떻게 대처해야 할지도 알 수 없다.

어원 fell(일격을 가해 쓰러뜨리다) + molechaser(부메랑을 낮게 휙 던지는 일).

요리

yeorie

(명사) 살충제의 매캐한 악취, 젖은 아스팔트에 떨어진 낙엽의 다정한 흙냄새, 여름의 열기 속에 풍기는 자동차 매연의 반항적인 냄새처럼, 순식간에 어린 시절로 되돌아가게 하는 힘을 지닌 어떤 냄새.

어원 yewthor(톡 쏘는 듯한 냄새) + yewre(물지게꾼).

클렉소스

KLEXOS

과거를 곱씹는 기술

당신의 삶은 지워지지 않는 잉크로 쓰여 있다. 돌아가서 과거를 지우거나 실수를 수정하거나 놓친 기회를 다시 붙잡기란 불가능하다. 순간이 끝나자마자 당신의 운명은 결정된다. 하지만 자세히 들여다보면 당신의 경험을 기록한 잉크는 사실 말라 있지 않다. 당신의 경험은 들여다보는 시간이 길어질수록 그 의미가 변한다.

흔히들 과거를 돌이켜봐서 얻을 건 없다고 말하곤 한다. 하지만 과거를 생각하는 게 그저 향수나 후회와 관련되는 것만은 아니다. 그것은 오랜 시간에 걸쳐 새로운 맥락을 천천히 받아들이는, 바로 눈앞에 있는 잉크 무늬 그림 같은 것의 빈칸을 채우는 일종의 질문이 될 수도 있다.

영웅이 아주 괴로워하는 누군가로 움츠러드는 모습을 지켜보면서, 한편으로는 악당이 완전히 공감되는 인물로 보이기 시작할 수도 있다. 몇몇 주변적인 인물들이 실은 당신의 이야기에서 쭉 중요한 인물이었던 것으로 밝혀질 수도 있다. 한때 완벽하다고 생각했던 관계의 결점이 드러나면서, 황금기의 어두운 면모가 엿보일 수도 있다. 허비한 세월이 당신의 궁극적인 성공에 필수적인 약삭빠른 투자였던 것으로 밝혀질 수도 있다. 세상의 끝이 더 나은 무언가로 넘어가는 기점으로 바뀔 수도 있다. 그리고 오래전에 스치듯 생긴 상처가 속으로는 여전히 아물지 않은 채 당신을 아프게 하며 당신의 전 생애에 여러모로 영향을 끼치고 있을지도 모른다.

시간은 당신 자신의 이미지조차 바꾸어 놓을 수 있다. 당신은 저주받았다고 생각했지만 실은 운이 좋았을 수도 있고, 쿨한 모습을 보였다고 생각했지만 실은 민망한 모습을 보였을 수도 있으며, 기발했다고 생각했지만 모자랐을 수도 있고, 혼자라고 생각했지만 보살핌을 받고 있었을 수도 있다.

그것이 당신을 진실에 더 가까이 다가가게 해주는 한, 과거를 곱씹는 일은 그리 나쁜 게 아닐지도 모른다. 적어도 그것은 시간의 지나친 단순화에 맞서는 한 방법이 될 수 있다. 기억이 계속 살아 있도록, 기억의 캐리커처 이상의 무엇이 되도록 애쓰는 방법이.

어쩌면 우리는 기억 자체를, 물감이 캔버스에 닿자마자 진짜 작품이 시작되는 하나의 예술 장르로 생각해야 하는지도 모른다. 그리고 예술 작품은 절대 완성되지 않는다. 오직 버려질 뿐.

어원 잉크 무늬로 이미지를 만드는 기술인 klecksography(클렉소그래피). 환자가 애매한 잉크 무늬를 해석하는 것을 보고 환자의 잠재의식을 파악하는 로르샤흐테스트에 사용되는 것으로 유명하다.

클렉소스 | 리처드 베르제의 콜라주 | Instagram @dickvergez

앵커리지

anchorage

(명사) 어른들이 하류에서 으르렁거리는 급류 너머로 "그냥 놓아버려, 괜찮아, 놓아버려" 하고 외치는 동안 강 한가운데에서 가슴에 부딪히는 물살의 무게를 느끼며 바위를 계속 붙들고 있으려 애쓰는 것처럼, 흘러가는 시간을 붙들고 싶어 하는 욕망.

어원 anchorage(정박지; 배가 정박하는 항구).

디게레오로그

daguerreologue

(명사) 자신의 옛날 사진과 나누는 상상의 대화. 그들에게—걱정하지 말라고, 그냥 모든 걸 만끽하라고, 혹은 너무 늦기 전에 더 열심히 노력하라고—조언을 해줄 수도 있고, 혹은 그들이 자신을 위해 마련해준 삶을 자신이 제대로 살아왔다고 생각하는지 그들에게 질문할 수도 있다.

어원 daguerreotype(디게레오타이프; 인물 사진의 초기 형태인 은판 사진법) + dialogue(대화).

케르아일

kerisl

(명사) 역사에서 영원히 사라진 풍부한 지식을 상상하며—에트루리아인의 언어, 바다 민족이 전쟁터에서 지르는 함성, 네안데르탈인의 장례식 기도문을 절대 들을 수 없으리라는 사실을 알고서—느끼는 슬픔; 윌리엄 블레이크, 사포, 아리스토텔레스, 예수의 작

품의 파편밖에는 읽지 못하리라는, 혹은 그중 어느 것이라도 정전의 초석이 되었을 것이고 우리가 외워서 인용했을 것이며 그것 없는 삶은 상상도 할 수 없었을, 그토록 많은 불에 탄 도서관과 잊힌 구전과 녹음되지 않은 노래의 엄청난 소중함을 절대 즐기지 못하리라는 사실을 알고서 느끼는 슬픔.

어원 'Kergeulen Islands(케르겔렌 제도)'의 축약형. 케르겔렌 제도는 호주, 남극 대륙, 마다가스카르에서 거의 등거리에 있는 제도로, 약 이천만 년 전에 가라앉은 케르겔렌 미소 대륙에서 남은 유일한 부분이다. 크기가 일본의 세 배였던 그곳은 한때 빽빽한 침엽수림으로 뒤덮여 있었고, 봉우리들은 해발 이천 미터에 달했으며, 모든 흔적이 바다 아래로 사라져버리기 전에는 그곳을 집이라 불렀을 기이하고 이름 없는 동물상으로 가득했다.

미더니스

mithenness

(명사) 자신이 없는 곳에서도 세상은 기꺼이 계속 흘러간다는, 비록 모든 게 변동 사항을 다시 확인하러 들렀을 때만 변하는 듯해도 실은 자신을 기다려주길 바라지 않으며 자신이 등을 돌리고 있는 동안 엄청난 변화를 일으킨다는—어머니가 늙어가고, 오랜 친구가 다른 사람으로 변해가고, 고향이 그곳을 고향답게 만들어주던 몇몇 특징을 잃어간다는—불안한 깨달음.

어원 중세 영어 mithen(감추어지다).

모리이

MORII

순식간에 지나가는 경험을 붙잡으려는 욕망

무언가 놀라운 것을 보면 카메라에 손이 가는 본능은 이상할 정도로 강력하다. 마치 자신이 본 것에 신빙성이라도 부여하려는 듯이. 그것이 실재한다는 사실을, '내가 이곳에 있었다'는 사실을 증명이라도 하려는 듯이.

우리는 순간을 살아간다. 희귀한 경험과 마주했을 때, 우리는 발걸음을 멈춘 채 눈길을 주며 그것을 가져가려 한다. 그것들을 한데 이을 수 있길 바라며, 이야기를 만들어내려 애쓰며. 하지만 심지어 그 순간에도 당신은 그것이 벌써 사라지기 시작하는 것을 느낀다. 그래서 당신은 그것을 포착해서 눈 깜짝할 순간보다 더 오래가는 무언가로 바꾸어 놓으려 애쓴다.

사진은 피사체보다 더 진짜처럼 느껴질 수 있다. 그것은 당신이 가져갈 수 없는 세상의 다른 판본을 만들어준다. 납작해지고 단순해진 세상. 변하지 않는—프레임에 딱 들어맞는—세상. 모든 게 통제되는, 좀 더 환하고 다채로운 세상.

당신은 추억을 찾아 지구를 여행하면서도 여전히 카메라 뒤에서 있는, 세상이 가만히 있어주길 기다리는 자신을 발견하게 될 수도 있다. 셔터를 한 번씩 누를 때마다 당신은 당신 삶의 '정지' 버튼을 누르려 애쓴다. 그리하여 '재생'밖에 없는 세상을 살아가며 조금이라도 더 편안히 앞으로 나아간다고 느낄 수만 있다면.

당신은 내심 그것을 가져갈 수 없다는 사실을 알고 있다. 하지만 그래도 노력을 멈추진 못한다. 당신은 이런 생각을 멈추지 못한다. '내가 조금만 더 오래 머물 수 있다면?' 혹은 '우리가 가지 않아도 된다면?' 우리는 마치 그것들이 달아날까 봐 두려워하기라도 하듯 순간들을 포착하려 애쓴다. 하지만 그것들은 결국 달아나버릴 것이다.

그러니 어서 가라. 마지막으로 한 번 더 바라보고, 사진을 한 장 더 찍어라. 그리하여 지금으로부터 여러 해가 지난 후 사진을 훽훽 넘겨보며 그것을 전부 다시 체험할 수 있게. 하지만 어쩌면 그때도 당신은 이렇게 생각할 것이다. '아, 맞아. 너도 거기 있었어야 했는데.'

어원 memento mori(메멘토 모리; 죽음을 상기시키는 작은 사물이나 상징) + torii(토리이; 성과 속을 가르는 문지방을 표시하는 일본의 전통 기둥문).

티러시

tirosy

명사 자신보다 어린 사람—활기로 반짝이는 눈, 가능성이 넘치는 미래, 갓 개봉한 땅콩버터 병처럼 매끈하고 온전한 자신감—에 대한 질투와 동경이 섞인 복잡한 감정. 그 땅콩버터 병을 영원히 보존하고 싶으면서도 동시에 흔쾌히 헐값에 팔아버리고 싶게 만든다.

어원 라틴어 tiros(초보자; 신참) + jealousy(질투).

랩 이어

lap year

명사 부모님이 자신을 낳았을 때의 나이보다 한 살을 더 먹은 해. 부모님이 인생의 산과 씨름하는 동안 그들의 후류後流에서 편히 움직이며 세월을 보냈고, 그로 인해 힘과 활기를 얻었으며, 그들이 입은 야단스러운 '옐로우 저지'에 심한 굴욕감을 느끼기도 한 자신의 경기가 이미 시작되었다는 신호탄 역할을 한다.

어원 lap(경주에서 트랙의 한 바퀴) + gap year(갭이어; 인생의 인접한 단계들 사이에서 심기일전하며 가지는 휴식). 투르 드 프랑스에서, 가장 짧은 시간을 기록한 사이클리스트는 공식 '옐로우 저지'를 받고 다음 스테이지를 시작할 권리를 얻는다.

에테르라트

etterath

(명사) 길고 고된 과정을 마침내 끝낸 후—학교를 졸업한 후, 수술을 받고 회복한 후, 자신의 결혼식을 마치고 귀가한 후—찾아오는 공허감. 끝났다는 사실에 안도감을 느끼면서도 자신의 삶에 임무를 부여해준 스트레스를 그리워하게 된다.

어원 노르웨이어 etter(다음) + råtne(부패).

아브누아
AVENOIR

자신의 기억을 미리 보고 싶은 욕망

우리는 삶이 앞으로 나아가는 것을 당연하게 여긴다. 당신은 기억을 쌓아가고, 가속도를 쌓아간다. 하지만 당신은 뱃사공이 움직이는 대로 움직인다. 뒤를 향한 채. 당신은 지금껏 갔던 곳은 볼 수 있지만 지금 가고 있는 곳은 보지 못한다. 그리고 당신의 배를 조종하고 있는 사람은 젊은 당신이다. 당신은 삶이 거꾸로 흘러간다면 어떤 일이 벌어질지 궁금해하지 않을 수 없다.

만일 당신의 삶이 거꾸로 흘러간다면, 모든 것은 일종의 질서를 갖추면서 시간이 흐름에 따라 아름답고 단순하게 자리를 잡을 것이다. 당신은 당신의 기억이 다가오는 모습을 오랫동안 쳐다볼 것이고, 그것이 천천히 현실이 되는 모습을 지켜볼 것이다. 당신은 어떤 우정이 지속될지, 어떤 날이 중요할지 미리 알 것이고, 곧 일어날 실수에 미리 대비할 수도 있을 것이다. 당신은 사람들과 함께할 시간이 얼마나 남았는지, 혹은 그들의 삶이 결국 어떻게 될 것인지 궁금해하지 않아도 될 것이다.

당신의 삶은 서사극으로 확장될 것이다. 색상은 더 선명해질 것이고, 세상은 더 크게 느껴질 것이다. 당신은 옛 친구들과 차례차례 화해하며 마지막 대화를 나누고는 만나고 헤어질 것이다. 당신의 가족은 함께 천천히 떠가다가 다시 서로를 발견할 것이다. 당신은 오래된 습관에서 벗어나 마침내 자신이 거의 무엇이든 될 수 있다고 상상하게 될 것이다. 당신은 학교에 입학하기 전에 졸업부터 할 것이고, 사소한 것들부터 시작해서 중요한 것들을 점차 잊어갈 것이며, 알 필요가 없었던 모든 것들을 점차 떨쳐낼 것이다. 당신은 그저 당신 자신이 되어 자신의 기이함을 한껏 즐길 것이다.

그러고서 마침내 세상은 당신의 신뢰를 얻을 것이고, 그리하여 당신은 아무렇지도 않게 세상 속으로, 다른 사람들의 품 안으로 자유로이 뛰어들게 될 것이다. 당신은 집에 있다는 게 어떤 느낌이었는지 기억하고는 그곳으로 이사 와서 영원히 살아야겠다고 결심할 것이다. 마치 떠나기 전에 모든 걸 나누어주려고 애쓰기라도 하듯, 당신은 세월이 흐르는 동안 점점 작아질 것이다. 당신은 모든 걸 마지막으로 한 번 더 시도할 것이고, 그러다 모든 게 다시 새롭게 느껴지기에 이를 것이다. 그러고서 당신은 매해 여름이 작년 여름보다 더 길게 느껴진다는 것을 알아차리기 시작할 것이고, 그러다가 유년기의 길고 수월한 은퇴 시기에 이를 것이다.

당신은 너그러워져서 모든 걸 되돌려줄 것이다. 이내 당신은 줄 것이, 할 말이, 볼 것이 없어질 것이다. 그때쯤이면 당신은 완벽한 누군가를 찾았을 것이고, 그들은 당신의 세상이 되어 있을 것이다. 그리고 당신은 이 세상을 발견했을 때와 마찬가지로 이 세상을 떠나 있을 것이다. 기억할 것도, 후회할 것도 남아 있지 않을 것이다. 당신의 전 생애가 눈앞에 펼쳐진 동시에 저 뒤에 남겨져 있을 뿐.

어원 avenir(미래) + avoir(가지다).

아브누아 | 마르코스 구이노자의 콜라주 | Instagram @marcosguinoza
| 구름 배Boat Cloud | 2020

에크테시아

echthesia

(명사) 자신의 내적인 시간 감각이 달력의 시간과 맞지 않는 듯해서—분명 칠 년 전에 일어난 일이 '방금 일어난' 것처럼 느껴져서, 혹은 겨우 일 년 반의 시간 동안 왠지 십 년 치 기억을 쌓은 것처럼 느껴져서—혼란스러운 상태.

어원 그리스어 εχθές[echthés](어제) + αΐσθησις[aísthēsis](감각).

왈러웨이

walloway

(명사) 너무 오랫동안 곰곰이 생각해서—옛 노래를 지겹도록 다시 듣고, 좋아하는 시트콤을 너무 많이 보고, 옛 동네에서 너무 많은 시간을 보내서, 향수의 원천을 무심코 새로운 함의들로 희석시켜서—감정이 완전히 고갈되어버린 감각 기억.

어원 wallow(어떤 것에 탐닉하다) + away(사라져).

에모리스

emorries

(명사) 오랫동안 머릿속에 담고 다니다가 어느 날 그것을 아주 다르게 기억하는 누군가에 의해 문득 반박당하는 어떤 경험—기본적인 시간 순서가 수정되고, 잘못 이해한 제스처가 바로잡히고, 절대 몰랐던 맥락이 추가되는 경험—에 대한 선명한 기억. 그동안 어떤 디테일이 어둠 속에 숨어 있었거나 자신의 순진함 때문에 유

실되었을지 궁금해하며, 자신의 세계관을 이루기 위해 사용해온 모든 이미지들을 다시 들여다보고 싶게 만든다.

어원 다큐멘터리 감독 에롤 모리스Errol Morris의 이름에서. 그의 작품은 종종 기억의 부정확성과 사진의 현실 포착 불가능성의 문제를 다룬다. 메모리스memories에서 한 글자가 빠진 단어이기도 하다.

나우링스
nowlings

(명사) 신생아가 태어나거나 최고령자가 죽거나 한 세기가 끝날 때마다 조금씩 뒤로 밀려나는, 어느 시점에 생존해 있는 모든 사람들의 집합; 누가 지금 어떤 문제에 직면해 있든 그것은 동시에 모두의 문제인 까닭에 서로 기이한 유대감을 느끼는, 수많은 익명의 동시대인들의 집합.

어원 now(지금) + -lings(…에 속하는 사람들).

케놉시아

KENOPSIA

뒤에 남겨진 장소들의 으스스함

당신은 집 밖으로 나오며—한 장소가 얼마나 공허하게 느껴질 수 있는지 알아차리며—그것을 느낄 수 있다. 저녁의 학교 복도, 주말의 불 꺼진 사무실, 혹은 비수기의 박람회장을 지나며. 그곳들은 보통 생명으로 북적거리지만 지금은 버려진 채 조용하다.

당신의 기억 대부분이 여전히 주위에 있는 장소들에서 생겨났다는 사실은 잊히기 쉽다. 그 장소들은 벽도 거의 변하지 않았고 당신이 없는 동안에도 계속 존재해왔다. 하지만 당신이 한때 알았던 세상, 당신이 여전히 기억하는 사람들은 다 떠나고서 이 문들을 통과해온 아주 많은 다른 사람들로 대체된 지 오래다.

아직 그 공간에 있는 동안에, 사람들이 곧 사라질 것이고 불과 음악이 꺼질 것임을 관념적으로만 알고 있는 상태에서 그 사실을 상상하기란 거의 불가능하다. 한 공간에서 충분히 오랜 시간을 보내면 방 구석구석에 특정한 기억들이 스며들어 그곳에 어떤 의미가 생겨난다. 그곳이 그와 다른 의미를 지니게 될 거라고는 상상하기 어렵다.

하지만 이내 짐을 싸서 집을 마지막으로 걸어 나와야 할 날이 올 것이다. 방을 천천히 둘러보며 그곳에서 일어난 모든 일을 돌이켜보면서. 그러면 그저 공허함이 아니라 이루 말할 수 없는 공허함이 느껴진다. 부정적인 마음의 두드러진 공허함이 네온사인처럼 빛날 만큼.

그리고 당신이 떠난 지 하루도 지나지 않아 그곳은 다른 누군가의 새집이 될 것이다. 그들은 텅 빈 캔버스를 자신들만의 기억으로 채우며 당신이 만든 삶을 새 물감으로 덮어버리고, 한때 그곳에 있었던 것의 흔적만을 남겨놓을 것이다.

어쩌면 우리가 유령을 믿고 싶어 하는 것은 바로 그 때문인지도 모른다. 어쩌면 그것은 그저 환상일 뿐인지도 모른다. 우리의 기억이 정말 강력해서 다른 누군가에게 어떤 의미가 되고 덧칠할 수도 없는 흔적을 남기리라는 환상. 우리는 그저 이곳에 우리가 살아간 시간의 흔적을 남겨서 방이 계속 차 있고 기억이 살아 있길 바랄 뿐이다.

만일 우리의 집에 유령이 나타나는 것처럼 느껴진다면, 그것은 우리 자신이 그 집을 계속 떠올리며 한때 알았던 모든 장소를 다시 찾아가려 애쓰기 때문일 것이다. 마치 그곳에 여전히 우리를 위한 무언가가, 우리가 잊고 온 무언가가 있기라도 한 것처럼. 마치 그곳에 '미처 처리하지 못한 일' 같은 게 있기라도 한 것처럼.

어원 고대 그리스어 κενό^kenó^(공허) + -οψία^-opsía^(봄).

하프와이즈

halfwise

(형용사) 마치 누군가가 자신의 정신적 모래시계를 밤새 뒤집어서 힘차게 쏟아지는 놀라운 즐거움을 작은 마지막 환호성으로 바꿔 놓기라고 한 듯, 방학이나 한 학기 등의 즐거운 경험이 절반 이상 끝났다는, 시작했을 때보다 눈에 띄게 끝에 가까워졌다는 갑작스러운 깨달음.

어원 노르웨이 공용어 중 하나인 부크몰 halvveis(중간에).

클록와이즈

clockwise

(형용사) 우연히 서로의 수명이 같더라도 서로의 시간대는 절대 나란히 겹칠 수 없기에, 사랑하는 사람들과의 관계에서 자신이 특정 나이대로만 머물 것이며 그들을 몇십 년에 걸쳐 임의의 시점에서밖에 보지 못할 거라는—어머니의 반항적인 젊은 시절을 절대 알지 못하고, 손자를 아이로밖에 보지 못할 거라는—깨달음.

어원 clock(시계) + wise(예리하게 알고 있는).

라스크

rasque

(명사) 돌아올 수 없는 강을 건넌 직후—무심결에 고백해버리고, 모욕적인 말을 퍼붓고, 몇 달 동안 미적거리다가 마침내 결정을 내린 직후—두려움에 떨며 당장 되돌아가고 싶다고, 시간을 한

걸음만 돌이켜서 바로 조금 전의 평온했던 시절로 모든 걸 되돌리고 싶다고 느끼는 순간.

어원 rue(후회하다) + bourrasque(태풍).

안티셔스
anticious

(형용사) 우리의 선조들이 이 모든 것을 어떻게 생각할지 궁금해하는; 모든 세부 사항을 구체화하려 애쓰며 평생을 보냈지만 그것이 결국 어떻게 되었는지는 보지 못한—현재를 불가능한 꿈, 놓쳐버린 기회, 혹은 자신들이 알던 세상의 종말로 생각할지도 모를—죽은 자들에 의해 우리의 세상이 만들어졌다는 깨달음에 시달리는.

어원 antecedent(전임자, 선조) + anxious(불안해하는).

컬러웨이스
cullaways

(명사) 어떤 일이 일어났다는 사실을 전혀 알지 못하게 자신의 뇌가 하나씩 지워버리며 언제든 적극적으로 망각해버리는 산재한 기억들. 아침에 일어나면 자신의 과거가 알아챌 수도 없이 변해버려서, 지난주에 먹은 것, 십 년 전에 참석한 파티, 혹은 할아버지와 처음으로 나눈 진짜 대화의 기억은 흔적도 없이 사라져 있을 것이다.

어원 cull(도태시키다; 선별적으로 어떤 동물들을 죽여서 무리의 규모를 조절하다) + away(사라져).

미드서머

midsummer

(명사) 이십 대 중반에 자신의 젊음이 당연하다는 듯이 끝나버려서, 비록 여전히 과거의 일로 마음이 어지럽거나 미래를 계획 중인 상황임에도 인생의 현재 단계에 책임을 져야 하는 순간. 어쩐지 시간 자체가 이전보다 더 급하게 흘러가는 것처럼 느껴져서, 심지어 봄날에 휘날리는 꽃가루조차 다가오는 겨울의 눈을 떠올리게 한다.

어원 하지의 전통 축제에서. 하지 이후로는 낮이 짧아진다.

알파 익스포저

alpha exposure

(명사) 친구의 어린 시절 기록을 보며—아주 익숙하면서도 아주 낯선, 언젠가는 알게 될 작은 제스처를 발견하고, 두 눈에서 그의 지금 모습의 흔적을 찾으며—느끼는 초자연적인 기운.

어원 alpha(알파 버전; 여전히 시험 중인 불안정한 초기 소프트웨어) + exposure(사진 필름에서의 노출 시간).

틱록

TICHLOCH

자신에게 주어진 시간이 얼마나 남았는지
절대 알 수 없다는 불안감

시간은 이상한 돈이다. 어떻게 쓰거나 낭비하든 그것은 당신의 자유지만, 남은 인생을 아무리 알뜰히 사용하려 해도 그것은 정말 적은 소액 결제로, 동전 하나씩, 심장 박동 한 번씩, 째깍째깍 빠져나갈 뿐이다.

이는 당신에게 주어진 시간이 얼마나 남았는지 알 길이 없음을 의미한다. 어쩌면 당신은 곧 마지막 동전을 사용하게 될지도 모른다. 혹은 당신은 아직 살날이 많이 남은 채 거금을 깔고 앉아 있는지도 모른다. 하지만 그렇다고 하더라도 너무 늦기 전까지는, 마침내 주위를 둘러보고는 자신이 그동안 쭉 부자였다고 결론을 내리기 전까지는 그 사실을 알 길이 없을 것이다.

그런데 남은 잔고를 확인하는 게, 앞으로 사는 동안 심장이 몇 번 뛸지 정확히 아는 게 가능하다고 한번 가정해보자. 대부분의 인간은 심장이 이십억 번 정도 뛸 것이고, 행실이 바른 사람은 그보다 더 뛸 것이다. 자신의 삶이 일련의 숫자들로 정제되어서 조용히 째깍거리며 흘러가는 것을 보면 겸허한 마음이 들까? 아니면 이상하게 편안한 마음이 들까? 어쨌든, 만일 자신에게 주어진 시간이 짧다는 것을 안다면, 당신은 매일매일을 인생의 마지막 날처럼 살지 않을 이유가 없을 것이다. 그것이 올바른 일에 가깝다는 것을 알고서 말이다. 그리고 만일 살날이 아직 엄청나게 많이 남았다면, 당신은 긴 은퇴 생활을 기대할 수 있을 것이다. 억만장자 같은 기분으로 긴장을 풀고 좀 쉬면서 말이다.

처음에는 그럴 것이다. 그러다가 어느샌가 당신은, 몇 달간 무시해냈지만 결국 '째깍째깍'하며 침묵을 강조할 뿐인 시계처럼 귀에 울려대는 어떤 리듬을 알아차리기 시작할 것이다. 자려고 누울 때마다 당신은, 우리에 갇혀 들썩거리고 리듬에 맞춰 쿵쾅거리는, 생각하면 생각할수록 더 빨라지기만 하는 듯한 심장의 느낌을 무시하기 어려워질 것이다. 심장이 한 번 뛸 때마다 돈이 조금씩 빠져나간다고, 안정적으로 예금된 동전들이 짤랑거리며 깊은 금속 트레이 안으로 굴러떨어진다고 느낄 것이다.

시간이 얼마나 흘러야 당신은 시간을 비축하기 시작하며 마음속으로 모든 순간을 곰곰이 따져보고 가격표를 찾아보게 되는 걸까? 신발끈을 잘못 묶으면 심장 박동 스무 번이 낭비되고, 인터넷에 댓글 하나를 달면 심장 박동 삼백 번이 낭비된다는 걸, 그 모든 심장 박동은 다른 더 나은 곳에 사용될 수도 있었다는 걸 깨닫고서, 당신은 자신이 얼마나 많은 삶을 얼마 안 되는 봉급과 줄곧 바꾸어왔는지 너무나도 잘 알게 될 것이다. 당신은 나쁜 영화의 끝부분에 이르러 약간 다급한 목소리로 자신에게 이렇게 속삭일 것이다. "내 인생의 이 두 시간은 절대 돌려받지 못할 시간이야."

아아. 당신은 그것을 조금도 돌려받지 못할 것이다. 그것은 영업비용이다. 그리고 당신이 그것을 초 단위까지 뜯어보더라도 그것의 가치가 더 명확해지진 않을 것이다. 시간은 그 어떤 내재적 가치도 지니지 않는다. 시간이 돈이라도 그것은 일종의 명목화폐여서, 당신은 그것을 그냥 현금으로 바꿔서 견고한 무언가를 살 수 없다. 시간의 가치를 무엇으로 교환할지 결정하는 것은 오로지 당신의 몫이라는 말이다.

주어진 시간이 얼마나 남았는지 절대 모르는 것은 축복일지도 모른다. 왜냐하면 당신은 어쩔 수 없이 심장 소리에 귀 기울이며 그 리듬에 빠져들게 되고, 그리하여 삶을 가치 있게 만드는 것들에 집중할 수 있게 되기 때문이다. 그러니 어서 나아가라. 매 순간을 소중히 쓰거나 낭비하라. 기회를 잡거나 여유로운 시간을 보내라. 당신이 가진 것은 지금 이 순간뿐이다. 그것만으로도 축복이다. 당신에게는 시간이 별로 남아 있지 않은 동시에 세상의 모든 시간이 주어져 있다.

어원 'The Insatiable Crocodile Hunts (What's) Left of Captain Hook[만족할 줄 모르는 악어가 후크 선장에게 남은 (것을) 사냥하다]'의 두문자어.

틱록 | 에린 아이언사이드의 콜라주 | errinironside.com

에큐리

ecury

명사 마치 시간이 전혀 지나지 않았다는 듯 무심히 생각을 늘어놓고 그 모든 생각을 톡 쏘는 시간의 곤죽으로 효과적으로 압착하는 참가자들에 의해 계속 활성화되는, 아주 오랫동안 이어지는 대화. 이를테면 여러 해 동안 댓글이 이어지는 인터넷 게시판의 스레드, 대대로 수정되는 헌법, 혹은 똑같은 버려진 목탄을 사용했을지도 모를 예술가들에 의해 만 년을 사이에 두고 그려진 동굴벽화 같은 것.

어원 바스크어 ekurrikatz(드로잉을 위해 사용하는 한 조각의 목탄).

아키모니

archimony

명사 그 일이 벌어지고 오랜 시간이 지나 다른 모두가 다른 곳으로 가버린 후에야 깨닫게 된 부당함에 대한 분노. 엔진이 꺼지고 한참 뒤에도 여전히 돌아가는 플라이휠처럼, 어떻게 해야 좋을지 모를 꼴사납고 낡아빠진 정의감으로 속을 썩이게 된다.

어원 archi-(초기의, 원시적인 단계의) + acrimony(신랄함, 반감).

지시아

zysia

명사 현실이 얼마나 조잡하고 낙후된 것인지 너무나도 잘 알고서, 자신이 너무 이른 시대에 태어났다고 느끼는 감정. 그냥 뒤로 넘어가서 다음에 무슨 일이 벌어질지 알고 싶을 뿐임에도 끝까지 자리를 지키며 너무나도 투박한 설명과 더디게 타오르는 서스펜스를 견뎌야 하는 일에 피로를 느끼게 된다.

어원 사전의 가장 마지막 단어일 것 같다는 생각으로 애를 태우지만 실제로는 그렇지 않은 단어.

애프터섬
aftersome

(형용사) 마치 여러 해 동안 플링코 게임 보드 아래로 굴러떨어지며 그중 어떤 것이라도 모든 상황을 바꾸어 놓을 수 있었을 수많은 무해한 결정의 순간들을 지나오기라도 한 것처럼, 자신을 오늘이 자리에 있게 한 기이한 일련의 사건들을 돌이켜보고서 깜짝 놀란. 자신이 걸어온 길고 구불구불한 길이 처음부터 운명이었다고 느끼면서도 그것이 사실상 불가능에 가까운 일이라고 의심하게 된다.

어원 스웨덴어 eftersom(왜냐하면).

하트 오브 에이시스
heart of aces

(명사) 어떤 경험이 자신에게는 전혀 특별하지 않게 다가오지만 주변의 다른 사람에게는 평생 날날이 기억될 만큼 지대한 영향을 끼칠 수도 있다는—공포증, 집착, 평생의 관계, 평생의 커리어를 낳을 수도 있다는—깨달음.

어원 포커와 블랙잭에서, 에이스 카드의 가치는 낮을 수도 있고 높을 수도 있다. 그것은 플레이어에게 달렸다. 플레이어가 누구이며 그의 손에 다른 어떤 카드가 들려 있는지에 따라, 한 장의 에이스 카드와도 같은 매일매일은 가치 있거나 무가치한, 쉽게 잊히거나 절대 잊히지 않을 날이 된다.

얼파인

o'erpine

(자동사) 마치 죽은 자를 관찰하기라도 하듯 묘비를 대충 훑어보고, 그들이 봤을 모든 것과 그들이 살았을 삶을 상상하고, 화강암에 새겨진 몇 개 안 되는 단어와 날짜, 상상도 할 수 없이 방대한 그들의 경험을 겨우 대시 하나로 축약한 것에서 그들의 전 생애를 떠올려보려 애쓰며 묘지 안을 이리저리 걸어 다니다.

어원 over(끝난) + pine(무언가를 갈망하다, 무언가로 비통해하다). 종종 햇살이 비치는 묘지의 탁 트인 지역에서 발견되는, 꽃을 피운 다년성 식물 '꿩의비름orpine'과 비교해 볼 것. '꿩의비름'은 '가을의 기쁨autumn joy'이나 '영원한 삶live-forever'으로 불리기도 한다.

데뷔

DÈS VU

이 순간이 기억이 될 거라는 깨달음

당신은 달리는 기차에서 태어났다. 비록 당신은 움직이지 않는다고 느끼겠지만, 시간은 당신이 앉아 있는 바로 그 자리에서 당신을 스쳐지나가고 있다. 하지만 당신은 이따금 고개를 들고는 무력감을 느끼기 시작한다. 지금 이 순간이 여전히 현재진행형인 동안에도 이미 기억으로 바뀌고 있다는 걸 알아차리며. 왠지 모르겠지만 당신은 자신이 오늘을 앞으로 몇 년간 기억하게 되리라는 사실을 미리 안다.

당신은 이 순간을 돌이켜보며 거의 당신의 미래 자체의 존재를 느낄 수 있다. 물론 그때쯤이면 그것은 아주 다른 무언가를 의미하게 될 것이다. 어쩌면 당신은 돌아가기를 간절히 바라며 민망한 웃음을 터뜨리거나 커다란 자부심을 느끼게 될지도 모른다. 아니면 당신은 그곳 풍경의 어떤 숨은 디테일—최초로 등장했거나 조심스레 최후의 인사를 고하고 있는 미래의 랜드마크—에 집중하게 될지도 모른다.

그리하여 당신은 그곳 풍경을 둘러보며 이 순간이 어떤 의미를 지니게 될지 미리 알려고 애쓴다. 그것은 당신이 여전히 현재진행형인 기억 속을 거닐면서도 모든 세상을 시간 여행자처럼 느끼는 것이나 마찬가지다.

당신은 그 모든 게 얼마나 이상해 보이는지를 알아차린다. 그 모든 진기한 작은 장치와 유행과 전혀 말이 되지 않는 속어들. 이 세상이 이미 자신의 손에서 벗어났다는 사실을 모른 채 그날의 걱정으로 초조해하는, 여전히 젊고 활기찬 주위의 모든 얼굴들. 이 모든 게 곧 완전히 사라져서 다른 무언가로 대체될 것이라는 사실을 모르는. 그럼에도 주위를 자세히 둘러보거나 한때 존재했던 세상의 향수에 젖기 위해 걸음을 멈추는 이는 아무도 없다. 그들에게, 그리고 당신에게, 그것은 아직 좀 시기상조의 일이다.

어떤 의미에서 당신은 머뭇거리며 미래 속으로 조금씩 뛰어드는 진짜 시간 여행자이기도 하다. 어떤 면에서 당신은 지도도 없이 이상한 나라에 갇힌 아이와도 같다. 그 순간에 흠뻑 빠진 나머지 나아가기 전에 마지막으로 딱 한 번 뒤돌아볼 뿐인 아이. 하지만 또 어떤 면에서 당신은 이미 노인이기도 해서, 자신을 방문하러 오는 손녀를 문 앞에서 기다리며 과거를 돌이켜보고 있기도 하다.

당신은 시간의 바다로 나뉜 두 사람이다. 당신의 일부는 자신이 본 것을 이야기해주고 싶어 안달이고, 또 다른 일부는 당신에게 그게 전부 어떤 의미인지 말해주길 애타게 바라고 있다.

어원 프랑스어 dès vu(지금 본), 혹은 sera vu(앞으로 보일). 'déjà vu(데자뷔)'의 감정과 유사하지만, 어떤 것을 경험하는 와중에 이미 기억한다는 점에서 그와는 순서가 거꾸로다.

스피닝 플레이백 헤드

spinning playback head

(명사) 옛 친구를 다시 만난 후 자신들이 여러 면에서 다른 사람이 되었다는—상대가 바로 눈앞에 서 있음에도 한때 알았던 친구는 더 이상 존재하지 않는다는—사실을 깨닫고 느끼는 혼란스러운 감정.

어원 VCR에서 비디오테이프의 신호를 읽는 부분의 명칭에서.

인에라타

inerrata

(명사) 되돌릴 수 있어도 되돌리지 않을 실수; 되돌리고 싶지 않은 어그러진 관계나 고통스러운 경험. 그 일은 이미 자신의 일부가 되었기에 그것을 되돌린다는 것은 굳이 또 다른 삶을 살려고 애써야 함을 의미한다.

어원 라틴어 in-(…이 아닌) + errata(출판물의 오자).

프레즌트 텐스
present-tense

(형용사) 자신이 지금 바로 이 순간에 존재한다는—스쳐 지나가는 아주 짧은 순간 속에 살아간다는, 필사적으로 균형을 잡으려 하지만 몸을 앞으로 숙여야 할지 뒤로 젖혀야 할지 확신하지 못한 채 망망대해에서 물마루를 타는 서퍼 같은 신세라는—사실을 깨닫고 겁을 내는.

어원 present(현재) + tense(긴장 상태).

아포가티아
affogatia

(명사) 자신의 시대를 사로잡으려고 아주 열심히 애쓰다 보니 우연히 그 시대에 간직된 케케묵은 유행과 밈과 '원 히트 원더[1]'를 보며 느끼는 기이한 외로움.

어원 이탈리아어 affogato(익사한).

에피스트릭스
epistrix

(명사) 모두 한꺼번에 벌어지는 듯한 당황스러운 결말들; 무작위로 벌어지는 시작과 종결과 단절과 시리즈의 대단원과 유명 인사의 죽음. 자신의 이야기의 저자가 느슨한 결말을 너무 많이 만들어내

1 한 곡만 히트하고 사라진 가수, 혹은 그런 가수의 유일한 히트곡.

고 있다는 불안감을 안겨준다.

어원 고대 그리스어 ἐπὶ-epi-(…의 위에) + ὕστριξ hystrix(호저). 호저 위에 앉는 것은 너무 많은 결말의 고통을 모두 한순간에 느끼는 것이다.

솔라, 솔라, 솔라

solla, solla, solla

(명사) 사랑했던 무엇이나 누군가의 상실을 기념하고자 자신에게 몰래 속삭이는 주문. 상실의 대상을 자신의 인생 초반부에 묻고 가기로 의식적으로 결심하는, 거의 의도적인 저버림처럼 느껴진다.

어원 라틴어 solla(전체의) + 세소토어 fasolla(분리하다) + 에스토니아어 las olla(순리에 맡겨라).

올레카

OLĒKA

기억할 만한 날들이 얼마나 적은지에 대한 깨달음

당신의 삶은 하이라이트 모음이다. 당신은 모든 순간이 잠재력을 지녔다고, 주위에 온통 초월적인 무언가가 숨겨져 있다고 생각하고 싶어 한다. 멈춰서 기회를 포착하기만 하면 그것을 붙들어서 가져갈 수 있다고 말이다. 하지만 사실 삶의 대부분은 즉시, 거의 벌어지는 순간 잊히고 만다. 심지어 오늘 같은 날도 손가락 사이로 빠져나가서 망각 속으로 사라져버릴, 물결에 깨끗이 휩쓸려 가버릴 가능성이 크다.

또 다른 하루, 또 다른 한 주, 또 다른 한 해. 그것이 평범한 시간의 리듬이다. 우리가 멋진 부분에 이르기 위해 건너뛰는 경향이 있는 길고 특색 없는 구간들로 가득 채워진 리듬. 당신은 매일 수많은 보수 작업을 해야만 한다. 몸을 계속 움직이며 그 전날보다 짧아지지 않은 똑같은 길이의 길을 이리저리 오가야 하는 고된 일. 당신은 계속 숨을 들이쉬고 내쉰다. 무언가가 와장창 무너져내리면 당신은 어지럽혀진 자리를 치운다. 그리고 그것들은 밤이면 모두 씻겨 내려갔다가 다음 날 아침이면 다시 쌓여 있다. 오늘 일어난 어떤 일을 기억하길 바라며, 당신은 한 주를 계속 벽에 던지며 무엇이 달라붙는지 본다. 그게 뭐가 됐든.

자신이 삶을 살아가는 방식에 의문을 갖기 시작하며, 당신은 자신이 삶을 낭비하고 있는 것은 아닌지 생각한다. 그저 자신의 작은 배를 떠 있게 하기 위해 물살을 거스르느라 너무 많은 힘을 들이고 있는 것은 아닌지. 마침내 "'유레카!' 발견했다!" 하고 말할 수 있는, 모든 걸 가치 있게 만들어줄 그 굉장한 순간들을 기다리고 있는 것은 아닌지.

하지만 남은 삶은 어쨌든 계속 흘러가고 있다. 당신이 그것을 기억하든 기억하지 못하든. 그러니 당신은 "'올레카!' 잃어버렸다!" 하고 말하는 편이 나을지도 모른다. 마치 모래시계 아래로 잇따라 쏟아져버린 시간의 흐름을 표시하기라도 하듯. 적어도 당장은 미천한 노동으로 당신에게 당신이 가진 모든 것을 안겨준, 영원히 잊히는 날들을 위한 마지막 건배처럼.

이런 노래 가사도 있지 않은가. "만조여 영원하라, 간조여 영원하라, 하지만 무엇보다도, 차이여 영원하라."

어원 그리스어 ἀπολώλεκα^apol-leka^(나는 잃어버렸다). 마지막 부분의 가사는 나다 서프의 노래 〈Là Pour Ça〉에서 가져온 것이다. 프랑스어 가사는 다음과 같다. "Vive la marée haute et vive la basse, / Mais surtout vive la difféence."

올레카 | 캐롤라이나 초크론의 콜라주 | Instagram @carolina_chocron

리솔리아
lisolia

(명사) 시간이 흐름에 따라 마모되는 것들—망가진 야구 글러브, 행운을 가져다주는 청동 돼지의 반짝이는 주둥이, 혹은 승려들이 여러 대에 걸쳐 무릎을 꿇으면서 발자국이 깊게 팬 마루널판—이 주는 만족감.

어원 이탈리아어 liso(마모된, 올이 다 드러난) + oliato(기름을 바른).

하크
harke

(명사) 늘 두려워했다고 생각했지만 막상 돌이켜보면 뜻밖의 즐거움을 주는 고통스러운 기억; 그것을 견뎌냈다는 자랑스러움, 그것을 함께한 이들과 공유하는 동지애, 혹은 좋은 이야깃거리가 생겼다는 만족감으로 번복된 고난의 경험.

어원 hark back(상기시키다; 사냥개들에게 발자취를 더듬어 사라진 흔적을 찾으라고 하는 명령).

에누망
énouement

(명사) 미래에 이곳에 도착해 결국 모든 일이 어떻게 되었는지 알게 될 것임에도 그것을 과거의 자신에게는 알려줄 수 없다는 사실로 인해 느끼는 달곰씁쓸함.

어원 프랑스어 énouer(옷감에서 결함이 있는 부분을 뜯어내다) + dénouement(대단원; 플롯의 실타래가 모두 풀리고 모든 게 설명되는 이야기의 마지막 부분).

아멘탈리오

amentalio

(명사) 떠난 이에 대한 감각적 기억을 이미 잊어가고 있다는—그들의 목소리를 기억하려고, 그들의 정확한 눈동자 색깔을 떠올리려고, 한때 전부 외우던 별나고 사소한 제스처를 기억해내려고 벌써부터 애쓰고 있다는—사실을 깨닫고 느끼는 슬픔.

어원 그리스어 αμήν amḗn(아멘) + μενταλιό mentalió(로켓[2]).

---

2 사진 등을 넣어 목걸이에 다는 작은 갑.

유이

YU YI

무언가를 다시 강렬히 느껴보고픈 열망

첫 음이 늘 가장 큰 소리를 낸다. 지휘자가 지휘봉을 홱 움직이고, 현악기 연주자들이 활을 긋고, 교향악단이 웅웅거리는 소리로 잦아들기 전에 힘찬 천둥소리를 낸다.

모든 새로운 경험 또한 마찬가지다. 모든 감정은 당신이 기대치를 다시 측정하자마자 아주 빨리 사그라들기 시작한다.

어쩌면 그게 바로 당신의 어린 시절이 그토록 강렬하게 느껴졌던 이유인지도 모른다. 그 시절에 당신은 계속 뜨거운 첫 경험만 해나갔으니까.

경험을 반복하면 반복할수록 그 충격은 덜해진다. 마치 당신의 머리가 세상을 점점 무시하기라도 하는 것처럼.

그러다 때로 당신은 아무것도 느끼지 못하는, 그저 귀에 웅웅거리는 소리만 들려오는 지경에 이르기도 한다—베토벤처럼 발아래의 땅을 울리려 애쓰며 인생의 건반을 쿵쿵 두들기고 있는 자신을 발견하게 될 때까지.

그러면 당신은 새로운 눈으로 주위를 둘러볼 수 있게 되길, 처음 세상을 느꼈을 때 그랬던 것처럼 세상을 강렬히 느낄 수 있게 되길 바라게 된다.

아이였을 때 당신은 세상일에 여전히 '들뜰' 수 있었다. 당신은 학교 마지막 날에, 생일날 아침에, 조부모님 댁으로 가는 길의 모퉁이를 마지막으로 돌 때 좀이 쑤시는 듯한 기분을 느낄 수 있었다. 당신은 주머니에 동전이 있거나 누가 껌 하나만 줘도 부자가 된 기분을 느낄 수 있었다. 당신은 세상이 예전에는 정말 컸던 것을, 옆 동네로 가는 게 외국에 발을 들이는 일처럼 느껴졌던 것을 기억한다.

어른들은 당신을 거인처럼 압도했었다. 모든 규칙은 칙령이었고, 선고된 모든 형은 종신형이었다.

시간이 움직이기나 했는지 모르겠지만, 어쨌든 그때 시간은 다르게 움직였다. 시간은 커다랗고 학구적인 덩어리째 찾아왔고, 매번 '중요하게' 느껴졌다.

새로운 선생님, 새로운 기술, 새로운 정체성을 배정받을 준비를 마친 채, 당신은 새 학기를 마치 증인 보호 프로그램처럼 시작했었다.

여름이면 당신은 오후를 거의 한 주만큼이나 오랫동안 즐길 수 있었다. 친구들과 함께 자전거를 타거나 물이 흙 사이로 졸졸 흘러가는 것을 바라보면서. 주머니에서 울려대는 휴대폰도, 스케줄도, 호르몬도, 정신을 산만하게 하는 것도 없었다.

아니면 모든 게 정신을 산만하게 하는 것이었는지도 모른다. 그게 뭐가 됐든 당신은 그것을 최대한 오래 지속시키려고 애썼다. 심지어 저녁이 되어 가로등이 켜지고 어둠 속에서 벌써 당신을 집으로 부르는 목소리가 들려올 때조차도.

당신의 감정의 만화경은 하루 종일 격렬히 회전했고, 그 이미지들은 모조리 다 강렬했다. 당신은 얼간이처럼 울부짖거나 울거나 히죽거리며 걸어 다닐 수 있었다. 누군가를 사랑할 때면 그 사람을 솔직하고 속없이 사랑할 수 있었고 있는 힘껏 세게 껴안을 수 있었다.

뭔가 재미난 걸 발견할 때면 횡격막이 쑤시고 두 뺨이 눈물에 젖고 관자놀이가 두근거릴 만큼 아주 크게 웃을 수 있었다. 책 속으로 뛰어들었다가 헐떡거리며 빠져나올 수 있었고, 영화 속에서 비틀거리며 빠져나와 사람들의 얼굴과 색깔들을 다르게 바라볼 수 있었으며, 같은 노래를 몇 주 동안 계속 들으면서도 매번 그것에 멱살을 잡히는 기분을 느낄 수 있었다.

그리고 당신은 '놀' 줄 알았고, 장난감을 눈앞에서 살아 움직이게 할 줄 알았으며, 그것의 작고 기이한 목소리를 들을 줄 알았다.

하지만 심지어 그때도 당신은 왠지 그 강렬함이 영원히 지속되진 않으리란 걸 알았다.

어린 시절 후반에는 거의 '길티 플레저'처럼 예전에 좋아했던 장난감과 다시 놀려고 애써봤으나 더는 그럴 수 없다는 사실만을 깨닫게 된 순간들도 있었다. 당신이 손에 쥐고 이리저리 돌려보는 그것들은 예전과 똑같은 모습이었다. 하지만 갑자기 그것들은 더는 할 말이 남아 있지 않은 천 조각과 주조된 플라스틱처럼 느껴졌다.

당신은 한때 느꼈던 것과 똑같은 평화로움, 차 뒷좌석에서 잠들었다가 깨어나 보니 자기 침대로 순간 이동해 있던 시절의 평화로움을 절대 다시 느끼지 못할 것이다. 당신은 당신의 관심을 독차지하는 우정, 몇 달 동안 매일 함께 지내서 심지어 아주 작은 배신감으로도 마음이 쓰라리는 그런 우정을 절대 다시 나누지 못할 것이다.

당신은 중학교 시절의 골목대장을 두려워하며 느끼는 굴욕감이나 강렬한 짝사랑으로 가슴이 찢어질 듯한 고통을 절대 다시 느끼지 못할 것이다. 당신은 인생이 절대 예전처럼 당신의 복부를 강타하지 않기나 바랄 뿐이다.

그럼에도 이따금 당신은 열여섯 살 때 당신의 마음을 아프게 했던 바보 같은 노래를 흥얼거리는 자신을 발견하며 다시 그 느낌을 돌이켜보려 애쓴다.

한때 그것은 당신의 삶의 전부였다. 세상이 그것을 알아차리고 소리를 줄여버리는 것은 그저 시간문제일 뿐이었다.

소리가 들리진 않더라도, 그러나 그 음악은 여전히 거기 어딘가에 있다. 게다가 그 메아리에는 어떤 아름다움마저 아직 남아 있다. 당신이 연주할 파트가 있고, 콘서트에서 당신의 주변 사람들과 함께 그 파트를 잘 연주해야 한다는 사실을 아는 것에는 아름다움이 남아 있다.

그리고 살다 보면 당신이 스스로를 놓아주게 되는, 눈을 감은 채 당신의 몸을 오케스트라와 함께 움직이게 되는 드문 순간들도 찾아온다. 폭풍에 이리저리 흔들리는 옛 나무들이 그랬던 것처럼 함께 움직이게 되는 순간이.

당신은 그렇게 눈을 감은 채 당신이 무엇을 놓치고 있는지 궁금해해야만 한다. 그것이 무엇인지는 중요치 않다.

계속 연주하라.

최대한 잘 연주해서 다른 영혼들도 잠시 넋을 잃게 만들라. 베토벤처럼 건반에서 눈을 떼고 "Ist es nicht schön?" 하고 자문하게 될 때까지.

계속 연주하라.

"아름답지 아니한가?"

어원 고대 중국어 余忆yú yì(나는 기억한다). 만다린어 玉衣yù yī(옥의)와 비교해볼 것. 한 왕조에서는 왕족들의 시체를 매장하기 전에 옥jade—방부 효과가 있다고 믿어진 돌—으로 만든 예복을 입혔다. 심지어 수천 년 전에도 사람들은 '옥으로 몸을 두름jaded[3]'으로써 자신을 시간의 파괴로부터 보호하려 애썼던 것이다.

---

3 원래 '싫증난'을 뜻하는 말이다.

Sodium
ogen alpha

6

주사위를 던져라

훤히 트인
우주의
점들을 잇기

코너 '핍' 데인티의 콜라주
| 무제

우리는 우리가 뭘 원하는지 절대 알 수 없다. 왜냐하면 우리는 한 번밖에 살지 못하기에 현생을 전생과 비교할 수 없고 그것을 후생에서 완벽하게 만들 수도 없기 때문이다. (…) 우리는 모든 것을 있는 그대로, 경고도 없이 살아낸다. 갑자기 연기를 해야 하는 배우처럼. 그런데 만일 인생의 첫 번째 리허설이 인생 그 자체라면 인생에는 어떤 가치가 있을까? 그래서 인생은 늘 스케치와도 같은 것이다. 아니, 사실 '스케치'라는 말은 정확하지 않은데, 왜냐하면 스케치는 무언가의 초벌 그림, 완성작의 준비 작업인 반면, 우리의 인생이라는 스케치는 그저 무용한 스케치, 완성작이 되지 않는 초벌 그림이기 때문이다.

—밀란 쿤데라, 『참을 수 없는 존재의 가벼움』

대체, 대체 내가 이 인생을 어쩌면 좋단 말인가?

—궨덜린 브룩스, 『모드 마사』

갤러가그

galagog

(명사) 우주의 광대함에 황홀해진 동시에 불안해진 상태. 가장 큰 걱정거리를 웃음이 날 만큼 별스러우면서도 곧 사라질 만큼 희귀한 것으로 느끼게 만든다.

어원 galaxy(은하계; 중력에 구속된 수많은 별들의 집단) + agog(두려워진).

일립시즘

ellipsism

(명사) 역사가 어떻게 풀릴지 절대 모를 거라는, 그것의 핵심이 되는 부분은 알지도 못한 채 인생이라는 농담—어차피 자신의 유머 감각에는 맞지도 않고 아마 '전구를 갈려면 얼마나 많은 사람이 필요할까' 정도의 수준일 농담—을 계속 충실히 전할 거라는 사실에서 느끼는 슬픔.

어원 ellipsis(생략 부호; 계속되지만 우리는 보지 못하는 순간을 표시하는 부호).

부어런스

boorance

(명사) 결국 지난 시대의 기이한 유물처럼 보이게 될 일상생활의 표나지 않는 특징. 누군가가 재채기하면 신의 가호를 빌어주고, 손으로 운전하고, 염소 처리한 수영장에서 수영하고, 동물들을 동물원에 가두고, 겨우 휴지만 사용하고도 청결한 기분을 느끼는 걸 정상으로 여기는 시절이 있었다는—'그 시절'에는 다들 그렇게 살

았기 때문에 의문을 품을 생각도 못했다는—사실을 떠올리고는 충격을 받게 한다.

어원 boor(무례한 사람) + hence(지금부터).

수에르자

suerza

(명사) 자신이 존재한다는 사실에 대해 느끼는 조용한 놀라움; 애초에 자신이 태어났다는 사실에, 모든 역경에도 불구하고 생명의 시작까지 쭉 거슬러 올라가는 줄기찬 번식의 복권에 당첨되어 어떻게든 살아 숨 쉬며 이 세상에 나왔다는 사실에 감사하는 마음.

어원 스페인어 suerte(운) + fuerza(힘).

퓨처 텐스

future-tense

(형용사) 스스로 어깨 너머로 쳐다보며—이제 곧 모험적인 행동을 취하려는 순간에 자신이 충분히 검토한 계획을 보면서 킬킬거리거나 실제보다 더 놀라는 척을 하며—자신의 미래에 대한 평가를 예측해보는. 비록 자신이 그것을 즉시 실행에 옮길 것임을 알면서도 살짝 조심하는 태도를 취하게 한다.

어원 future(미래형; 문법의 시제) + tense(긴장한).

엘러시
elosy

(명사) 심지어 여러 해 동안 고대해온 것까지 포함해서, 삶의 큰 변화에 대해 느끼는 두려움; 자신이 알던 환하고 평범한 세상을 뒤로 한 채 삶의 다음 단계를 시작하기 전, 대도시에서 서로 붙어 있는 자동차들 사이의 어둡고 떨리는 틈새와도 같은 그 경계 공간으로 걸어나갈 때 느끼는 두려움.

어원 마다가스카르어 lelosy(달팽이). 달팽이는 어딜 가든 많은 우여곡절을 겪으며 그로부터 달아나려고 헛수고하는 동물이다.

헴조드
hem-jawed

(형용사) 어떤 단어들을 짓누르는 무게를 떨쳐내고자 애써보지만 그것의 해묵은 구조와 선율에서 빠져나오지 못한 채 자신만의 언어 안에 갇혀 있다고 느끼는. 언어의 팔레트에 분산된 물감이 자신의 머릿속에 있는 색깔을 절대 구현해내지 못할 거라는 사실에 좌절감을 느끼게 한다.

어원 hem(헛기침) + jaw(욕지거리).

노두스 톨렌스

NODUS TOLLENS

당신의 삶이 이야기에
들어맞지 않는다는 느낌

당신의 삶은 한 편의 이야기다. 당신에게 무작위로 밀려들어 중첩되는 순간들의 급류. 하루하루가 휙휙 넘어가는 동안 그 모든 일들—무작위로 일어나는 듯한 수많은 사건들—은 받아들일 수 없을 만큼 너무 빨리 벌어진다. 이따금 당신은 뒤를 돌아보며 중요하거나 메인 플롯에서 전환점이 되는 어떤 기억들에 하이라이트 표시를 한다. 당신은 이야기의 모든 줄기를 그 근원까지 추적해나가는 내내 여기저기 흩어진 징조와 아이러니를 발견한다. 그 모든 게 필연적으로 느껴지고 당신의 삶이 이해된다고 느껴질 때까지.

하지만 고개를 들고는 인생의 플롯이 더는 이해되지 않는다는 사실을 깨달을 때도 있다. 당신은 이야기의 테두리를 따라간다고 생각했지만 계속해서 이해되지 않는 구간에 빠지는 자신을 발견한다. 모든 게 중요해 보이거나 그 어떤 것도 중요해 보이지 않는 구간에. 그것은 그저 당신이 어떤 것에 하이라이트 표시를 하느냐에 따라 계속해서 변하는, 엉망으로 뒤얽힌 순간들일 뿐이다.

당신은 주위를 둘러보며 의아해한다. '이게 대체 무슨 이야기지?' 부모님이 들려주셨던 것에서 이름만 슬쩍 바뀐, 그저 또 다른 성장담인 걸까? 당신의 일상은 어떤 웅장한 원작 이야기의 일부인 걸까? 당신은 다른 사람의 관용 덕분에 살아가면서 자신의 운을 자신의 성공으로 착각하고 있을 뿐인 걸까? 당신은 모험담, 비극, 여행기, 혹은 그저 또 다른 교훈극 속 인물인 걸까?

여러 해를 휙휙 넘겨보며, 당신은 아마도 이 이야기가 어디로 흘러가는지 전혀 갈피를 잡을 수 없을 것이다. 당신이 아는 유일한 사실은 이야기가 더 남아 있다는 것뿐. 그리고 당신이 흥미로운 부분에 이르기 위해 대충 읽고 건너뛰었던 모든 장章을 다시 거꾸로 읽어나가며 오늘로 돌아와 앞으로 일어날 사건의 단서를 찾으리라는 것뿐. 그러면서 당신이 알게 되는 것이라고는 당신이 그동안 쭉 스스로의 모험을 선택했어야 했다는 사실뿐일 것이다.

어원 라틴어 nodus tollens(노두스 톨렌스). 문자 그대로 '부정으로 부정하는 매듭'을 뜻한다. 명제논리학에서, ('nodus tollens'에서 'n'을 'm'으로 바꾼) modus tollens(모두스 톨렌스; 후건 부정)는 다음과 같은 추론 규칙이다. "만약 P라면 Q다. 그런데 Q가 아니다. 따라서 P가 아니다." '일이 예상대로 풀리지 않을 때 앞으로 돌아가서 첫 번째 가정에 의문을 제기해보는 일'로 알려져 있기도 하다.

루키시
rookish

(형용사) 어떤 제왕이 높고 먼 성에서 우리를 내려다봐주길, 그리하여 도시 생활의 혼란스러운 언쟁을 진정시켜주고 자신이 고심해야만 하는 선택과 문제의 범위를 크게 좁혀줘서, 마침내 영원히 머리에 걸려 있는 아주 작은 왕관의 무게를 견디는 일에서 자유롭게 해주길 어렴풋이 바라는.

어원 왕을 지키기 위해 룩rook을 돌진시켜 왕과 자리를 바꿔버리는 체스의 수인 캐슬링.

커도
kadot

(명사) 언젠가 사라져버릴 가능성에 대한 두려움. 준비되어 있지 않은 변화의 끝에 서 있는, 곧 대학을 졸업할 학생 같은 기분이 들게 한다.

어원 핀란드어 kadotus(파멸). 한때는 '상실'을 의미했지만 지금은 '영원한 저주'를 의미한다.

오우요이아
aoyaoia

(명사) 듣는 사람을 울부짖는 살쾡이처럼 눈을 가늘게 뜬 채 으르렁거리며 등뼈를 구부리게 하는 전자 기타 솔로 연주의 음악적 특징.

어원 전자 기타의 울부짖음을 흉내 낸 의성어.

디스토리아
dystoria

(명사) 자신이 역사의 거대한 힘과 아무런 관계도 맺지 못한다는 기분; 자신의 삶이 그 어떤 위대한 사명과도 무관하고, 세대의 고난도 알지 못하며, 심지어 상대할 적조차 가지고 있지 않다는 느낌. 손쉽게 높은 파도의 일부가 될 수도 있었지만 지금은 그저 창문을 타고 흘러내리고 있을 뿐인 작은 물방울처럼 무해한 기분을 느끼게 한다.

어원 라틴어 dys-(나쁜) + historia(역사).

크락시스
craxis

(명사) 자신의 상황이 얼마나 빨리 변해버릴지 수 있는지 알고서—자신이 아무리 삶을 조심스레 원하는 방향으로 이끌어가도 그저 단 한마디 말, 단 한걸음, 난데없이 걸려 온 전화로 모든 게 한순간에 변해버릴 수 있고, 다음 주말쯤이면 오늘 아침을 마치 백만 년 전처럼, 평범한 삶에서 했던 마지막 절박한 노력처럼 돌이키고 있을지도 모른다는 것을 알고서—느끼는 불안감.

어원 라틴어 crāstinō diē(내일) + praxis(응용; 이론을 현실로 바꾸는 과정).

에머노미아

aimonomia

(명사) 어떤 것—새, 별자리, 매력적인 이방인—의 이름을 알면 어쩐지 그것의 가치가 훼손되어버릴까 봐, 행운의 발견을 무심코 유리 상자 안에 고정된 관념적인 걸껍데기로 바꾸어버림으로써 우주의 비밀이 하나 더 사라져버릴까 봐 두려워하는 마음.

어원 프랑스어 aimer(사랑하다) + nom(이름). aimonomia는 회문[I]이다.

I 앞에서부터 읽으나 뒤에서부터 읽으나 같은 말이 되는 어구.

위더윌

WITHERWILL

책임감에서 벗어나길 간절히 바라는 마음

자유로이 마음대로 할 수 있다는 사실을 아는 것보다 자신에게 더 큰 권한을 부여해주는 것은 분명 없다. 그럼에도 그것은 어쩐지 마음을 살짝 불안하게 만든다. 고귀하고 자유롭게 느껴져야 마땅할 그 생각에는 중압감이 따른다. 왜냐하면 당신이 당신 자신의 운명을 통제하는 게 사실이라면, '그것을 통제하는 사람은 당신 혼자'라는 것 또한 사실일 것이기 때문이다. 당신에게 어떤 운명이 닥치든 거기에는 온통 당신의 이름이 쓰여 있을 것이다. 그것은 당신을 당신 자신 말고는 아무도 탓할 사람이 없다는 영원한 책임감에 시달리게 할 것이다.

물론 우리 중 누구도 자신의 삶을 완전히 통제하진 못한다. 당신이 만나는 모든 사람은 누구든 일종의 전투를 치르고 있다. 당신은 얼마나 많은 자신의 결정이 자신의 통제를 벗어난 힘에 의해 은밀히 운명 지어지거나 배제되었을지 궁금해할 수 있을 뿐이다. 보통 하루가 끝날 때면 당신은 '그건 내 잘못이 아니야' 하고 자신을 안심시키며 그날의 불행의 무게를 완전히 떨쳐버릴 수 있다. 하지만 오래지 않아 당신은 '그럼 이제 어쩌지?' 하고 궁금해하기 시작한다. 그러고는 어깨에 놓인 내일의 짐의 무게를 느끼기 시작한다.

그것이 바로 어른으로 존재하는 것의 축복이자 저주다. 삶은 분명 아이였을 때보다 풍요롭고, 자신이 그 누구에게도 신세 지고 있지 않다는 사실을 알면 엄청난 기분이 든다. 하지만 삶은 한때 그랬던 것처럼 재미있지 않은데, 그것의 일부 원인은 이제 당신이 삶에 묶여 있기 때문이다. 이때쯤이면 당신은 자신이 하는 모든 바보 같고 사소한 일들이 대가를 요구한다는 사실을 너무나도 잘 알고 있다. 비록 그 대가가 정확히 무엇인지 미리 알 수 있을 때는 드물지만 말이다. 그것은 가격표가 없는 상점에서 쇼핑하는 것이나 마찬가지다. 당신은 자신이 물건값을 아주 잘 안다고 생각하지만, 그러면서도 잘못 생각한 것은 아닌지, 자신도 모르게 오랫동안 갚아야 하는 빚을 진 것은 아닌지 궁금해하기 시작한다. 왠지 모르겠지만 그건 아무래도 좋다. 당신은 어쨌든 그 문제를 처리하게 될 테니까. 선택하고, 돈을 걸고, 다음에 무슨 일이 벌어질지 모른다는 사실을 편안히 받아들이는 것 말고 당신이 또 뭘 할 수 있겠나.

그럼에도 당신은 내심 자유의 무게를 짊어지지 않은 채 자유로이 마음대로 하길 간절히 바란다. 하루를 살아나가며 당신은 머리를 열심히 굴려본다. 변명거리를 떠올려보고, 자신의 삶의 소유권 문제를 매듭지어보려고 애쓰며. 그게 바로 당신이 자신을 그냥 봐주게 되는 어떤 상황에 이상하게도 마음이 이끌리는 이유다. 어쩌면 당신은 마지막 순간에 힘을 짜내기 위해 마감 일에 의지하거나 자신의 욕망보다 다른 모두의 욕망을 우선시할지도 모른다. 어쩌면 당신은 피해의식이나 자가 진단으로 스스로를 정의하고픈 유혹을 느낄 수도 있다. 마치 당신의 모든 결점이 단지 자신의 통제를 벗어난 어떤 거대한 조직적 문제의 증상이라도 되는 것처럼. 어쩌면 당신은 일이나 놀이나 술에 푹 빠지거나 제멋대로인 기분의 명령에 굴복할지도 모른다. 어쩌면 당신은 마치 세속적인 일은 별로 중요하지 않다는 듯 서사시적 이야기와 우주적 힘을 꿈꾸는 습관을 들일지도 모른다. 혹은 그저 가능한 한 적게 선택하려 애쓰면서 그게 선택하는 것보다 더 안전하다고 생각해버릴지도 모른다. 당신이 왜 한 번도 진정으로 자신만의 선택을 하지 못했으며 당신의 실수가 왜 엄밀히 말해서 실수가 아닌지에 대한 변명거리는 수없이 많을 수 있다. 하지만 그 빚은 조만간 갚아야만 한다.

밤에 잠들 때가 되어서야 당신은 마침내 어깨에 놓인 짐의 무게를 느낄 수 있다. 꿈은 즉흥적으로 왔다 간다. 당신의 잠든 정신은 스스로를 소유하거나 용서하거나 잊는 것 말고는 다른 선택지가 없다. 그럼에도 당신의 몸은 자신의 판단을 신뢰하지 못한 채 당신의 팔다리를 계속 제자리에 꽁꽁 묶어둔다. 그러니 당신이 자유로이 마음대로 할 수 있을 때조차 당신을 제지하는 유일한 존재는 바로 당신 자신인 것이다.

어디까지가 스스로의 책임일까? 살다 보면 늘 이런 질문이 사라지지 않고 머릿속을 맴돌며 당신에게 계속 답을 요구한다. 확실한 정답은 분명 환상 속에나 존재할 것이다. 그러니 당신은 수수께끼와 함께 살아가는 법을 배우는 편이 나을 것이다. 스스로를 용서하든 스스로에게 책임을 묻든. 자신답게 행동하려 애쓰든 더 나은 자신이 되려 애쓰든. 그냥 놓아버리든 놓아버리지 않든. 밤에 잠들 수 있게 도와주는 것이라면 무엇이든.

어원 wither(시들다; 약해져서 쪼글쪼글해지다) + whither(어디로) + will(의지; 선택할 수 있는 능력).

위더윌 | 존 케닉의 콜라주 | dictionaryofobscuresorrows.com

위너와우

winnewaw

(명사) 갑자기 밀어닥친 운에는 곧장 불운이 따르기 마련이라는 생각에 회의적으로 받아들일 수밖에 없는 뜻밖의 여러 희소식. 정말 좋았던 하루의 끝에 불안감을 느끼며 그저 결정적인 순간을 기다리게 한다.

어원 중세 영어 winne(기쁨) + wawe(비애). 산에서 바다로 부는 갑작스러운 돌풍인 williwaw(윌리워)와 비교해볼 것.

아이언식

ironsick

(형용사) 마치 자신도 모르는 사이에 혼돈에 대한 심리적 과민증이 생기기라도 한 듯, 너무 빠르고 자극적이어서 다른 모든 걸 상대적으로 재미없고 칙칙하게 만들어버리는 현대 기술에 과도하게 노출된 나머지 공허함을 느끼는. 삶이 늘 그랬듯 평화롭고 뻔하게 흘러가는 와중에도 혼미하고 외롭고 망연자실한 기분이 들게 한다.

어원 iron sick(목조선의 선체에 박은 못이 썩어 있는). 낡은 배의 쇠못이 녹슬어서 목재로 된 선체로 바닷물이 스미는 현상을 일컫는 항해 용어.

니머시아

nemotia

(명사) 세상의 처치 곤란한 수많은 문제들—사방팔방으로 퍼져가는 슬럼가, 매일 헤드라인을 장식하는 끊이지 않는 내전, 스카이라인을 가득 뒤덮은 공기 오염 물질—을 무력하게 바라보며, 자신

에게 주변 세상을 바꿀 수 있는 힘이 전혀 없다는 생각에 드는 두려움. 자신의 삶을 살기 위해 노력하는 행위를 마치 목을 길게 빼고 세상을 구경하는 것처럼 우스꽝스럽고 방종하게 느껴지게 만든다.

어원 슬로베니아어 nemočen(무력한).

왈라
wollah

(명사) 발음이 이상한 익숙한 단어, 자신이 생각했던 것과 반대의 의미를 지닌 유명한 격언, 자신이 모르는 사이에 벌써 틀렸음이 입증된 흥밋거리 정보처럼, 알아차리지 못한 채 오랫동안 오해해온 무엇. 자신의 기초 현실 이해력의 내력耐力 시험을 해보고 싶게 만든다.

어원 프랑스어 voilà(보라!)의 틀린 발음.

그레이시프트
grayshift

(명사) 미래의 목표와 기준점이 처음에는 대단해 보이다가 그것에 도달하는 순간 시시해져버리는 경향. 마침내 사다리 꼭대기에 이르러봤자 결국 모든 게 쳇바퀴처럼 돌고 돌 뿐임을 깨닫게 된다.

어원 redshift(적색 이동)과 blueshift(청색 이동)의 변주. 적색 이동과 청색 이동은, 관측자에게 다가오는 물체는 실제보다 더 푸르게 보이고 관측자에게서 멀어지는 물체는 실제보다 더 붉게 보이는 천문학적 현상이다.

어키니아
achenia

명사 세상이 이해하려는 시도조차 해보지 못할 만큼 복잡하다는, 심지어 가장 하찮은 문제에 답하려 할 때마다 곧장 복잡하게 뒤얽혀버리고 미묘한 모래로 흘러내려버린다는 사실에 미쳐버릴 듯한 느낌. 팔다리를 마구 흔들어 무언가 견고한 것을 붙들거나 완전히 백 퍼센트 진실이라고 말할 수 있는 무언가를 떠올리려 애쓰고 싶게 만든다.

어원 종종 그 자체가 씨로 혼동되는, 속에 종자식물의 씨가 든 과일인 achene(수과). 당신이 무언가의 핵심에 도달했다고 생각할 때마다 결국 그 핵심은 다른 더 복잡한 구조 안에 숨겨져 있다는 사실을 알게 될 뿐이다.

모리투리즘
moriturism

명사 자신이 언젠가 죽을 거라는, 침대에 깬 채로 누워서 '아, 그래, 이제 끝이로구나' 하고 스스로에게 속삭일 거라는 살짝 가슴 철렁하는 깨달음; 자신의 삶이 그저 자신이 하고 있는 게임이나 나중에 들려줄 이야기가 아니라 우주가 선사해주는 것을 딱 한 번 쳐다보는 것에 불과한 일임을 불안하게 상기시켜주는 것. 밤에 잠시 네온 빛으로 환히 빛나는 주유소에 세워진 가족용 차의 뒷좌석에서 깨어나 잠시 주위를 둘러보다가 다시 차 안으로 돌아가 긴 도로 여행을 떠나며 길고 긴 어둠 속에서 잠드는 아이 같은 기분을 느끼게 한다.

어원 라틴어 morituri(곧 죽을 우리).

후로샤

furosha

(명사) 잠시 몸을 녹이기 위해 집 출입구로 걸어들어와 얼음이 맺힌 턱수염을 매만지고는 감사의 표시로 고개를 끄덕이고 다시 허공 속으로 돌아가는 부랑자처럼, 머리 위로 보이는 한 조각의 하늘을 빠르게 지나가는 구름의 으스스한 평온함.

어원 일본어 ふ浪者furōsha(부랑자). 갑작스럽게 불어오는 돌풍이 내는 소리의 의성어.

라케시즘

LACHESISM

확실한 재앙에 대한 갈망

우리는 백만 년 동안 하늘을 바라보며 두려움에 몸을 움츠렸다. 가슴 깊은 곳에서 울리는 천둥을 느끼며, 쳐들어올 준비를 하는 군대처럼 지평선에 집결한 먹구름을 올려다보며. 비록 스스로 통제한다는 느낌을 얻기 위해 텔레비전에서 들려오는 기상 경보로 방을 가득 채우려 애쓰더라도 여전히 공기 중에는 혼돈의 기운이 느껴진다.

그럼에도 당신은 마음속 깊은 곳 어디선가 태풍을 응원하며 최악의 경우를 바라고 있는 자신을 발견한다. 마치 자신이 내심 기다리는 데, 세상이 언제 무너져내릴지 궁금해하는 데 지치기라도 한 것처럼. 소원을 들어달라고 거의 신들을 부추기면서. 하지만 당신은 정말로 원하는 모든 걸 바랄 수 있는데, 왜냐하면 인생은 운이 좌우하는 게임이기 때문이다. 흘러가는 모든 하루하루는 동전 던지기 게임이다.

당신은 이 삶을 당연하게 여기지 않을 수 없다. 당신의 눈은 점차 벽의 색깔에 적응하고, 당신의 귀는 재잘거림을 무시한다. 그리고 현재에 안주하려는 유혹을 떨쳐내려 애쓰느라 머리가 멍해지는 와중에도, 당신의 마음은 가만히 있지를 못하고 당신의 본능은 혼돈을 갈망한다. 번개를 맞고 싶어서, 폭포로 뛰어들고 싶어서, 혹은 비행기 추락 사고에서 살아남고 싶어서 안달하며. 트라우마가 왠지 당신을 변화시켜주길, 당신을 단단하게 해주고 불필요한 것을 모두 제거해서 분명한 시력과 분명한 사명만을 남겨주길, 다른 모든 걸 불태워버리는 대신 구할 가치가 있는 하나만을 선택하거나 가장 사랑하는 사람들에게 마지막 메시지를 전해야 하도록 만들어주길 바라며. 다른 모든 게 무너지는 대신 가장 중요한 게 무엇인지 알아낼 수 있도록 사회의 기둥이 하나하나씩 무너지는 걸 바라보길 열망하며.

세상의 종말은 우리가 지닌 가장 오래된 환상 중 하나다. 하지만 그것은 이야기의 끝으로 건너뛰는 문제에 대한 것이 아니다. 그것은 '계시'에 대한 열망, 우리가 이미 알고 있지만 보지는 못하는 사실의 폭로다. 이 세상의 그 어떤 것도 보장되어 있지 않으며 '평범한 삶' 같은 것은 존재하지 않는다는 사실의 폭로. 우리의 문명은 언제든 철회될 수 있는 하나의 합의에 불과하다는 사실의 폭로. 우리의 규칙과 언쟁의 이면을 살펴보면 우리는 무슨 일이든 일어날 수 있는 탁 트인 행성에서 단결하고 있다는, 생존하거나 피난처를 만들거나 폭풍 속에서 서로를 발견하는 것 말고는 달리 선택의 여지가 없다는 사실의 폭로.

결국 태풍은 지나갈 것이고, 하늘은 맑아질 것이며, 우리는 삶을 중단했던 곳에서 이전보다 더 급하지 않게 다시 삶을 이어나갈 것이다. 우리는 한때 피난처에서 발견했던 연대감을 잊은 채 아무래도 상관없다는 듯 햇살에 몸을 말길 것이다.

그래도 괜찮다. 그런 게 인생이니까. 아직 세상은 끝나지 않았으니까.

어원 고대 그리스 신화에서, Lachesis(라케시스)는 운명의 세 여인 중 둘째로, 자막대기로 생명의 실의 길이를 측정해 우리 각자에게 할당된 수명을 결정한다.

엑시스

ecsis

(명사) 어쩌다 현시점에 이곳에 있게 되었는지 궁금하게 하는 어떤 임의의 디테일들—개의 가슴에 보이는 흰 부분, 오래된 창문 안에 갇힌 기포, 언뜻 본 망원경 렌즈 안에서 떨고 있는 토성의 고리—에 스며서 마음을 어지럽히는 신비감; 비록 최종 결과는 '바로 당신 앞에서' 조용히 희미하게 빛나고 있음에도, 사물 자체의 이면에는 천지가 개벽할 무렵 어딘가에 자리한 선사시대의 어둠으로 이어지는 길고 긴 인과의 사슬이 있음을 알기에 느끼는 감정.

어원 인도네시아어 eksis(존재하다).

넬리시

knellish

(형용사) 잠이 죽음과 너무 닮아 있다는 사실을 모를 수 없기에 몸의 긴장을 풀고서—똑바로 누워서 가슴 위로 손을 모으고, 억지로 의식을 놓아버리려 애쓰고, 다시 통제권을 쥐게 될 것임을 거의 확신하지만 그게 정확히 언제일지는 확신하지 못하고서—잠들길 두려워하는.

어원 아르메니아어 քնել k'nel(잠들다) + knell(죽음을 알리는 종소리).

앙고시스
angosis

(명사) 어떤 것을 무한정 이용할 수 있게 되었지만 그로 인해 그것의 가치만 떨어진 듯하여 생기는 불만감. 치트 키는 게임을 망쳐버리고, 무수히 많은 스냅사진이 담긴 카메라에서는 원하는 사진을 찾을 수도 없으며, 엄청나게 긴 자유 시간은 자신의 모든 목적을 소멸시켜버린다.

어원 마오리어 ango(열다) + 라틴어 angō(내가 고통이나 괴로움을 일으키다).

머깅 폴리
mogging folly

(명사) 의미 있는 것은 아무것도 없다는 듯 게으름을 피우고, 소중한 시간을 달아난 연의 줄처럼 풀어버리며 고의로 시간을 허비하는 행동.

어원 mog(조용하고 편하고 안락하게 즐기다) + folly(어리석은 행동).

아로이아
arroia

(명사) 삶의 예행연습dry run을 해봤더라면—한 번은 재빨리 대충대충 살아보고 그다음에는 진짜로 다시 살아봤더라면—좋았을 거라는 바람.

어원 문자 그대로 '마른 흐름dry run'을 뜻하는 스페인어 arroyo(태풍을 기다리는 마른 강바닥).

크토시스

CHTHOSIS

우리가 정말로 아는 게 얼마나 적은지에 대한 깨달음

블랙홀을 생각하면 어쩐지 불안해진다. 넘어가면 돌아올 수 없는 문턱이 있다고, 넘어가는 모든 걸 영원히 가두어버리는 절대 열리지 않은 신비의 보물 상자가 있다고 생각하면. 하지만 인생은 원래 대체로 그런 것이다. 당신은 어디를 가든 사상의 지평선에 둘러싸여 있다. 지하실 계단의 맨 아랫부분에 있는 검은 공동에서, 혹은 앞 유리 너머의 세상을 지워버리는 듯한 유령 같은 안개 속을 운전하는 차 안에서, 혹은 발아래의 깊고 육중한 무無를 느끼며 발헤엄을 치는 바다에서 그것을 감지한다.

심연의 가장자리에 매달린 채 저 너머에 뭐가 있을지 궁금해하는 그런 순간들에는 어떤 짜릿함이 있다. 그 무엇이 바로 눈앞에 몸을 숨긴 채 보이지 않는 강한 힘으로 들끓고 있을지도 모르니까. 하지만 오래지 않아 당신은 원래 알던 편안한 세상으로 돌아간다. 가로등과 도어락, 다른 방에서 켜진 채 달래듯 재잘거리고 있는 텔레비전의 세상으로.

문제는 뭘 모르는지도 모른다는 사실이다. 그러니 심연의 가장자리에서 물러섰다고 생각했을 때조차 실은 몇 걸음 더 가까이 다가갔을 수도 있다. 물론 그 모든 미지의 미지에 대해 생각하지 않은 편이 나을 것이다. 매해 수만 명의 사람이 그저 흔적도 없이 사라져서는 영영 발견되지 않는다. 그런 일은 늘 일어난다. 웨일스의 작은 골동품 상점 주인이 문에 "이 분 후에 돌아옵니다"라는 쪽지를 남기고 사과와 바나나를 사러 거리로 내려가서는 두 번 다시 나타나지 않는다. 오스트레일리아의 총리가 일요일 점심 전에 수영하러 나가고서 얼마 지나지 않아 새로운 선거가 치러지고, 수색대는 완전히 철수한다. 승객으로 가득 찬 여객기가 비행경로로 들어가서는 마치 한 번도 존재하지 않았던 것처럼 레이더에서 사라져버린다.

당신은 단서가 부족해서 풀리지 않는 살인 사건의 비율에 대해, 자물쇠가 얼마나 쉽게 열리고 시스템이 얼마나 쉽게 해킹될 수 있는지에 대해 딱히 알고 싶어 하지 않는다. 발아래에 있는 다리, 머리 위에 있는 지붕, 복용하는 약, 매일 마시는 물의 안전성을 누군가는 시험했을 게 분명하니까. 누군가가 지나가다가 눈더미에 갇힌 당신이 빠져나오는 걸 도와주거나 당신의 보트가 육지에서 보이지 않을 만큼 떠내려가서는 해 질 녘이 되도록 돌아오지 않았다는 사실을 알아차릴 게 분명하니까. 어딘가에 모든 것을 예의 주시하고 있는 어떤 어른이 있을 게 분명하니까.

하지만 만일 우리가 그 어른이어서 우리를 지켜봐줄 다른 사람이 아무도 없다면, 그것은 우리가 이곳에 홀로 아무렇게나 떠 있다는 걸 뜻한다. 그리고 어디를 가든, 얼마나 안전하다고 느끼든, 당신은 자신이 통제할 수 없는 힘에 무방비로 노출된 채 여전히 수심이 깊은 쪽에서 열심히 발헤엄을 치고 있을 것이다. 심지어 지금도 내일의 바다가 당신의 시선 바로 밖에서 어렴풋이 모습을 드러내고 있다.

어쩌면 그 감정에 푹 빠져드는 편이, 가장자리에서 몸을 내밀어 심연을 들여다보고는 우리가 모르는 모든 것의 무게를 스스로 상기시키는 편이 건강에 좋을지도 모른다. 그리하여 우리가 가진 체계들—지하실 계단의 난간, 놀이터 주위의 울타리, 시민사회의 규칙과 규범—을 더 꽉 붙들 수만 있다면. 만일 완전한 확실성이 주는 위안을 포기한다면, 우리는 서로에게 더 좋은 어른이 되어 더 많은 질문을 던지고 우리가 놓친 것이 무엇일지 궁금해하게 될 것이다.

그러면 우리는 대체로 알 수 없는 이 우주에서 좀 더 편안함을 느끼며 그곳의 혼돈과 화해하고 심지어 그곳이 우리에게 주는 책임감을 낙으로 삼을 수 있을지도 모른다. '저 너머에 뭐가 있을까? 아무도 모른다!'

어원 chthonic(땅속에 사는).

크토시스 | 존 케닉의 콜라주 | dictionaryofobscuresorrows.com

나일리스
nilous

(형용사) 아침에 놓친 버스가 나중에 사고가 났거나 육지에 머무른 날에 바다가 살짝 거칠었을 때처럼, 간발의 차이로 참사에서 벗어난 게 몇 번이나 될지 상상해보고 싶어 하는. 마치 끊임없이 동전 던지기를 하는데 계속 윗부분만 나오는 상황에서 언제 운이 다할지 궁금해하기라도 하듯, 자신이 이렇게 오랫동안 살아남은 것은 순전히 어떤 요행 때문이라는 기분이 들게 한다.

어원 고대 영어 nigh(거의) + nihil(공허).

오프타이즈
offtides

(형용사) 마치 우연히 떠올린 '만일 ……라면?'이라는 희미하게 빛나는 말풍선이 꼬리에 꼬리를 물고 이어지기라도 하듯, 자신이 기이한 대체 현실 속에서 살고 있는 것은 아닌지 의심이 들기 시작하는.

어원 off(정상이나 제정신이 아닌 상태) + offsides(오프사이드; 스포츠에서 잘못된 순간에 잘못된 구역에 들어갔을 때 범하는 반칙) + tides(정상적으로 반복되는 시간의 흐름).

스타론

starlorn

(명사) 다른 모든 조난자는 계속해서 물결에 실려 빠져나가는 바다 한가운데에 홀로 버려진—세상에 남은 것이라고는 별들이 수 세기 전에 내던진 한 조각의 빛과 이제야 해안으로 밀려 올라간 병 속의 메시지가 전부인—조난자처럼, 밤하늘을 올려다보며 느끼는 외로움.

어원 star(별; 구름 한 점 없는 하늘에 뜬 빛나는 점) + -lorn(…을 완전히 결여한).

커식

caucic

(형용사) 자신의 여생이 이미 눈앞에 뻔히 펼쳐져 있는 것은 아닌지, 일련의 예측 가능한 중요한 단계들—학교 졸업에서부터 취업과 결혼과 아이와 퇴직과 죽음에 이르는 단계들—을 정신없이 마구마구 통과하고 있는 것은 아닌지 걱정하는. 잠시 길가에 차를 세워 다리를 뻗고 지도를 펼쳐서 자신이 제대로 가고 있기나 한지 재확인하고 싶게 만든다.

어원 중세 영어 cauci(길) + caustic(부식성의; 살아 있는 조직을 부식시킬 수 있는).

이리션

irrition

(명사) 무언가의 암호를 풀고 느끼는 후회. 암호를 잊고 싶게—착시를 안 본 것으로 하고 싶게, 자신이 가장 좋아하는 노래와 쇼 프

로와 영화의 숨은 공식을 잊고 싶게, 실수로 직접 만나버린 롤모델을 원상 복구하고 싶게—만든다.

어원 타히티어 iriti(번역하다) + iriti(경련을 일으키다).

엡트리스
eftless

(형용사) 자신의 추도식에 절대 참가할 수 없을 거라는 사실에 약간 실망한; 평생 동안 어떤 유산을 남기려 애쓰고도 그 유산을 언뜻 볼 기회를 아깝게 놓쳐버릴 수도 있다는 사실에 좌절감을 느끼는.

어원 독일어 Effekt(효과) + less(덜한). 마흔 살의 나이에 죽어가던 프란츠 카프카는 친구 막스 브로트에게 자신이 죽으면 자신의 모든 작품을 태워버리라고 말했다. 하지만 잘 알려져 있다시피 브로트는 그 요청을 거절하고 작품을 출판하여 전 세계적인 찬사를 받게 했다. 그 당시에 막스 브로트는 누구나 아는 사람, 첫 장편소설이 걸작으로 칭송받은 유명한 작가였다. 반면에 카프카는 완전한 무명인으로 프라하 거리를 거닐며 살았고, 자신의 고향이 곧 자신의 이름과 동일시될 거라는 사실은 꿈에도 모른 채 죽었다. 두 작가에 대한 세상의 평가는 명쾌했지만, 후세는 곧 그 판결을 뒤집었다.

비로이터
beloiter

(자동사) 마치 자신에게 주어진 인생이 지금쯤 막바지에 이르렀을 거라고 생각하기라도 했듯, 왠지 모르겠지만 자신의 삶이 '여전히 계속되고 있다는' 사실에 살짝 놀라움을 느끼며, 계속해서 쏟아지는 상금에 끊임없이 놀라면서도 이제 뭘 해야 좋을지 알지 못하는

슬롯머신 도박꾼처럼 가만히 서서 주위를 둘러보다.

어원 to be(존재하다) + to loiter(특별한 용건 없이 어떤 곳을 서성거리다).

카라노이아

karanoia

명사 무한한 가능성과 느슨한 경계로 인해 자유와 동시에 제약을 안겨주는 백지의 공포.

어원 일본어 空の kara-no(텅 빈).

이로스

YRÁTH

쉬운 해답의 시대에 느끼는
수수께끼에 대한 갈망

우리는 삶과 우주와 삼라만상의 의미에 대한 답을 알려주는 컴퓨터를 결코 발명해내지 못할 것이다. 하지만 당신은 언젠가 우리가 그런 경지에 얼마나 가까이 다가가게 될지—얼마나 많은 까다로운 수수께끼가 결국 해결되고, 얼마나 많은 불편함이 시간이 지남에 따라 해소될지—궁금해하지 않을 수 없다.

자율 주행 기술로 세상을 돌아다니며 최고의 속도로 최고의 길을 따라 오직 최고의 목적지만 방문하면 얼마나 만족스러울지 상상하기란 그리 어렵지 않다. 모든 질문에 답을 얻고, 모든 장애물을 피하고, 모든 위험에 실시간으로 보험을 든다면. 실패 확률이 이미 소수점 이하 세 자리까지 계산된 상황에서, 할 일과 진행 상황을 알려주는 조용한 디지털 음성에 귀 기울이며 '나도 알아, 나도 알아, 나도 알아' 하고 혼자 중얼거리는 것 말고는 딱히 할 일이 없다면.

하지만 그런 상황에서조차 결국 상실감만 느끼게 된다면 그게 다 무슨 소용일까? 왜냐하면 당신은 내심 딱히 쉬운 해답을 원하지 않기 때문이다. 스포일러와 단계별 지시에 발끈하고, 마술에 속길 바라고, 휴대폰이 꺼지지 않았더라면 절대 가보지 못했을 동네에서 길을 잃은 자신을 발견하며 활기를 띠기 때문이다. 세상에는 아직 자신을 만물의 수수께끼에 빠져들게 허락하면서 그것의 베일을 천천히 벗기는—딱히 서두르지 않은 채 세상을 조금씩 진정으로 배워나가는—예술이 존재한다.

수수께끼에는 어떤 아름다움이 남아 있다. 바다가 여전히 대부분 미지의 영역이라는, 누구도 보지 못한 생명체들이 사는 곳이며 우리가 본 것이라고는 그들이 고래의 얼굴에 남긴 상처뿐이라는 사실을 아는 것의 아름다움. 우리가 그 존재조차 확신하지 못하는 행성들에 이름을 붙여주었다는 사실의 아름다움. 고대 그리스인들이 올림포스산까지 걸어갈 수 있는 거리에 살면서도 그곳을 한 번도 오를 생각을 하지 않았고, 대신 그들의 신들이 그곳에서 평화로이 영생을 누리도록 해주었다는 사실의 아름다움.

우리는 우리가 역사의 아주 이른 시기—기계가 이제 막 부팅되기 시작한 시기, 아직 밖에 나가 막간의 순간을 즐길 수 있는 시기—에 태어난 것을 행운으로 여겨야만 한다. 아직 이른 아침에 밖으로 나가 호수의 가장자리에서 갈대 사이로 카누를 끌며 낚싯줄을 드리운 채 고요 속에서 입질을 기다릴 수 있는 때에 태어난 것을.

적어도 그 침묵은 세상의 본성에 주목하는 법을 상기시켜준다. 당신의 감각에 눈금을 매기고, 깊은 곳에서 몸을 비트는 진짜로 존재하는 무언가의 희미한 빛을 알아차리는 법을. 당신은 무슨 일이 벌어질지, 아니면 무슨 일이 벌어지기나 할지 전혀 알 수가 없다. 하지만 그래도 괜찮다. 어차피 달리 갈 곳은 없으니까.

이 글이 쓰인 현재까지 우리에게 모든 답을 알려주는 컴퓨터는 아직 만들어지지 않았다. 언제 낚싯바늘을 들어 올릴지 알려주는 물고기 탐지기도 만들어지지 않았다. 그러니 당신은 편안히 앉아서 긴장감에 빠져드는 편이, 여전히 외딴곳에서 길을 잃은 채 낚싯줄이 물 위에 글자를 휘갈겨 쓰듯 움직이는 걸 지켜보며 '모르겠군, 모르겠군, 모르겠어' 하고 혼자 조용히 콧노래를 부를 수 있다는 사실에 대해 신들께 감사드리는 편이 좋을 것이다.

어원 불명.

노드로포비아
nodrophobia

(명사) 돌이킬 수 없는 행동과 되돌릴 수 없는 과정—세탁할 때마다 형형색색의 티셔츠가 조금씩 빛바랠 것이고, 조금씩 닳아가는 치아의 에나멜이 절대 다시 자라지 않을 것이라는 사실—에 대한 두려움.

어원 그리스어 μονόδρομος mon-dromos(일방 통행로) + -φοβία -phobía(두려움).

에버더레스
evertheless

(명사) 결국 지금이 인생에서 가장 좋을 때라는—자신의 운의 흐름이 이제 막 최고 수위에 이르렀으며, 머지않아 삶의 수위가 천천히 줄어드는 걸 느끼게 되리라는—두려움.

어원 ever(언제나) + nevertheless(그럼에도 불구하고).

토르노모프
tornomov

(명사) 먼 미래를 상상해보려 애쓸 때—그것을 연관된 어떤 맥락에 놓아보려 애쓰면서도 그때는 주변 세상이 완전히 달라져 있을 거라고 믿어야 할 때—느껴지는 기이한 공허감.

어원 멀리서 보면 tomorrow(내일)처럼 보이지만 사실은 절대 설명할 수 없는 다른 무엇인 단어. 가끔 원자력 기술자들은 미래 세대에게 방사성 폐기물 처리장에서 멀리 떨어지라고 경고할 방법을 생각해내려 애쓴다. 만 년 동안은 그곳의 땅을 파는 게 위험하기 때문이다. 그것은 많은 도전을 요하는 일이다. 스테인리스 강철 표지판은 결국 부식될 것이고, 화강암에 새긴 글자는 황사로 깨끗이 지워질 것이며, 거대하고 위협적인 토루土壘는 식물로 뒤덮일 것이다. 우리가 남기는 어떤 말이나 상징은 분명 그때쯤이면 의미를 잃게 될 것이다. 그레고리력이 다섯 번은 바뀐 서기 12000년에는 그것들이 전혀 이해되지 않을 테니까. 그러면 이런 의문이 든다. 만일 우리의 작은 동네 너머로 제시간에 메시지를 전하는 게 불가능하다면, 심지어 우리의 후손에게 오염된 땅을 파지 못하게 경고하는 것조차 불가능하다면, 대체 우리는 그들과 어떤 관계인가?

아포네미아

aponemia

(명사) 자신이 절대 선택해서 태어난 게 아니라는, 주변의 모두가 공감하는 기이한 본질; 비록 지구에서의 삶이 우주에서 가장 신나는 파티일지도 모르지만, 왠지 파티에 참석한 모두가 친구한테 끌려오거나 우연히 찾아온 것 같다는 흥미로운 깨달음.

어원 그리스어 απονέμω aponémo(부여하다).

리알토스쿠로

rialtoscuro

(명사) 극장 밖으로 나가 뜻밖의 어둠 속으로 걸어 들어갈 때 느끼는 방향 상실 감각; 정신을 잠시 다른 세상에 놓아두었다가 갑자기 다시 현실로 돌아와야 할 때 느끼는 찌릿한 시차증.

어원 이탈리아어 rialto(극장가) + oscuro(어두운, 흐릿한). 어두운색과 밝은색의 대비를 강조하는 시각예술의 특징을 설명하는 말인 chiaroscuro(명암법)와 비교해볼 것.

아도마니아

adomania

(명사) 미래가 예정보다 빨리 도착하고 있다는 느낌; 당신이 마침 내 질문의 답을 알아낸 어린 학생처럼 한손으로는 고삐를 붙잡고 나머지 한손은 높이 흔들며 안장에서 미끄러지는 동안, 공상 속의 이름들로 가득한 그 모든 세월이 당신의 손길에 맹렬히 저항하며 가상의 우리에서 현실의 경기장으로 뛰쳐나오고 있다는 느낌.

어원 이탈리아어 a domani(내일까지) + mania(마니아).

티러스

TIRIS

—

모든 일에는 반드시 끝이 있다는 달곰씁쓸한 깨달음

심지어 어떤 것을 맨 처음 시작하는 순간에도 당신은 끝을 예감할 수 있다. 이제 겨우 휴가를 떠나면서도 마음속으로는 집으로 돌아갈 비행기에 미리 탑승해 있거나, 새로운 관계를 시작하자마자 그 관계가 정확히 언제 끝날지 궁금해할 때처럼.

결국 모든 좋은 것은 사라지고 만다. 모든 것은 일시적이다. 결혼반지를 내려다보며 당신은 그것이 이미 손녀의 손에서 빛나는 모습을 볼 수 있고, 그녀가 불안할 때면 가끔 그것을 손가락에서 빙빙 돌려볼 것임을 알 수 있다. 일기를 쓰거나 가족사진을 액자에 넣으면서, 당신은 그것이 이미 골동품 상점의 선반 위 박스에 들어가 있는 것을 느낄 수 있다.

인생은 그렇게 흘러가는 법이고, 이 또한 지나갈 것이다. 아니짜anicca와 아니뜨야anitya[2], 모노노아와레もののあわれ[3], 이 세상의 영화는 이처럼 사라져간다sic transit gloria mundi, 아멘. 하지만 어렸을 때 당신은 세상을 예쁘고 정적이고 형편없이 지루한 정물화처럼 바라보지 않을 수 없었다. 만일 당신이 운이 좋았다면 당신 주위에는 당신을 변화로부터 격리해주려고 애쓰는, "걱정 말거라, 나는

2 각각 '무상無常'을 뜻하는 팔리어와 산스크리트어.

3 일본 고유의 미의식으로, 사물에서 느끼는 비애나 슬픔 등을 뜻한다.

어디 안 가니까. 한동안은" 같은 말로 당신을 안심시켜주는 사람이 있었을 것이다.

결과적으로 당신은 세상이 경고도 없이 사라져버리기 시작했을 때—당신의 가장 친한 친구가 이사 가고, 비디오 가게가 문을 닫고, 집에서 기르던 개가 늙어서 죽었을 때—충격을 받지 않을 수 없었다. 처음 느낀 그 상실의 감각은 당신을 여전히 원기 왕성한 것들에게로 더 가까이 이끌었고, 그것들에게 더 세심한 관심을 기울일 이유를 제공해주었다. 여름이 영원히 계속되지 않음을 알았기에, 당신은 꽃에서 꽃으로 돌진하는 벌꿀처럼 그렇게 세부적인 것들을 모아나갔다.

마침내 세월이 안겨주는 혜택에 힘입어, 당신은 알아채기에는 너무 미묘한 변화들을 하루하루 알아차리기 시작했다. 꽃다발이 얼마나 빨리 시들기 시작하는지, 아버지의 머리에 난 흰머리가 얼마나 빨리 머리를 뒤덮어버리는지. 당신은 격렬한 변화를 편히 받아들여야 한다고 스스로에게 계속 상기시킨다. 하지만 어떤 이유에서인지 당신은 여전히 예상치 못한 변화가 찾아오면 충격에 빠지는 자신을 발견한다. 마치 늘 똑같은 교묘한 속임수에 계속 당하기라도 하는 것처럼.

물론 때로 당신은 그 무엇도 영원히 지속되지 않는 것에 대해 신들께 감사드려야만 할 것이다. 당신의 실수가 신문에 실리자마자 사라지기 시작한다는 것, 흉작일 때 이미 새로운 봄이 오고 있다는 것을 아는 일은 우리에게 위안을 준다. 우리는 또 다른 구원의 기회를 얻기 위해 장시간 기다릴 필요가 없다.

또 어떤 때에는 우리 주변에 있는 모든 것의 덧없음에 마음이 어지러워지기도 한다. 천 년 된 대성당이 늘 그 자리에 있지는 않을 거라고 생각하면. 모든 도시가 수십 년 만에 잊힐 수 있고, 활기찬 언어들이 어둠 속으로 사라질 수 있으며, 무시무시한 신들은 오래된 책 속 존재가 되어버리고 오래된 책들은 다시 먼지가 되어버릴 수도 있다고 생각하면. 세상은 우리의 작품을 그저 어깨만 으쓱하며 얼마나 무심히 폐기해버리는지. 스티로폼이 썩는 데 얼마나 오래 걸리는지 알면 이상하게 위안이 되기도 한다. 오히려 그 때문에 인간은 이 세상에 어떤 종류의 흔적을 남겨놓게 될 테니까. 마치 버려진 커피잔 하나하나가 '우리가 여기 있었다'라고 말하는 또 다른 방식이라도 되는 것처럼.

당신은 궁금해하기 시작한다. 굳이 장기 계획을 세워서 뭐 하나? 시트콤은 결국 종영할 뿐이고, 집은 망가져버릴 테고, 모래로 만든 만다라는 엉망이 되어버릴 텐데 굳이 투자를 하는 게 무슨 소용이 있나? 가능한 최고의 시나리오가 결국 상대를 잃고 마는 것인데 굳이 누군가와 사랑에 빠져서 뭐 하나?

이런 질문은 수 세기 동안 계속되어왔고, 우리보다 앞서 살았던 사람들의 노래와 시와 대화에 무수히 많이 등장해왔다. 그들의 몇몇 묘지는 지금도 여전히 존재하고 있고, 적어도 앞으로도 조금은 더 존재할 것이다. 화강암이 비에 닳기 전까지는 시간이 좀 걸릴 것이다. 산들도 해마다 조금씩 계속 무너지고 있고, 곧 그것들이 처음 생겨난 불타는 맨틀로 돌아가서 재활용될 것이다. 아아, 심지어 세상도 죽어가고 있고 곧 태양에게 삼켜지고 말 것이다. 머지않아 별들도 불타버려서 다 식은 공동 속에서 울리는 방사선의 메아리만이 남을 것이다. 그리하여 시간이 흐르고 있기나 한지 알 수도 없게 될 것이다.

그것에는 모두가 공유하는 어떤 유대감이 존재한다. 별들과 묘

비들, 집에서 기르는 개와 꿀벌들이 모두 공유하는. 우리 모두가 덧없음으로 결속되었다고 생각하면 위안이 된다. 왜냐하면 심지어 산들도 수명이 있고 우리의 은하계도 언젠가 사라져버린다면 영속성이 무엇을 의미하는지조차 확실히 정의할 수 없게 되어버릴 것이기 때문이다. '영원, 무한, 무궁.' 이것들은 말도 안 되는 단어, 시적 관념, 수학자들의 사고 실험에 흥미를 더하는 데만 유용한 것들이다. 현실의 유한함은 신들을 못살게 굴면서 우리에게 통제권을 준다. 영원의 모습을 확증할 그 어떤 객관적 척도도 없는 상태에서, 우리가 당연하게 여기는 시간이라는 틀을 정의하는 일과, '무상'과 '영속'이 정말로 무엇을 의미하는지에 대한 우리의 이해에 눈금을 매기는 일은 오직 우리에게 달려 있다.

당신은 가족과 함께 여름날 오후에 뜰에서 놀며 수년간 이어질 추억을 쌓을 수 있다. 사랑하는 사람과 난롯가에 앉아 영원한 시간을 보내거나 아이들에게 아주 오랫동안 기억될 옛날이야기를 들려줄 수도 있다. 정원을 가꾸고, 그곳이 모두 시들어 눈과 재에 파묻히기 전에 잠시 그곳의 달콤함을 즐길 수도 있다. 친구들을 찾아가서 딱히 중요하지도 않은 일로 수다를 떨 수도 있다. 부모님께 전화를 걸 수도 있다. 밖으로 나가서 별들이 아직 보이는 동안 그것들을 바라볼 수도 있다. 여백에 낙서를 하거나, 비록 그것이 몇천 년 이상은 가지 않을 거란 걸 알면서도 예술을 위한 예술을 할 수도 있다. 음악이 아직 존재하는 동안 의자에 앉아 그것을 들을 수도 있다. 언어가 아직 살아 있고 단어들이 아직 의미를 지니는 동안 몸을 웅크린 채 책을 읽을 수도 있다.

만물의 의미란 그것이 얼마나 오래 지속되느냐에 따라 주어지는 속성이 아니다. 그 의미를 정의하는 것은 바로 우리다. 우리 자신을 위해, 우리 자신의 만족을 위해. 그것은 필멸하는 존재들을 위해 남겨진 영예다. 우리는 그것을 행할 용기만 발휘하면 된다. 우리가 맨 끝까지 함께할 덧없고 소중하고 끝없는 순간들을 우리 스스로 결정할 용기만 발휘하면. 어쩌면 산들의 입장에서는 그게 별것 아닐지도 모른다. 하지만 꿀벌의 입장에서 그것은 충분하고도 남는 것이다.

꿀벌에게 여름은 절대 끝나지 않는다. 그들은 기껏해야 몇 달을 살면서 계절의 변화를 간신히 느낄 뿐이다. 그들은 밖에 나가서 장미꽃 봉우리의 꿀을 모을 수 있을 때 모으라고 서로에게 상기시켜줄 필요가 없다. 당신은 벌집 깊숙한 곳에서 웡웡거리며 자신들이 바깥세상에서 모아온 달콤함을 나누는 그들의 소리를 들을 수 있다. 그것을 모두 맛볼 만큼 오래 살 수 없다는 걸 아는 그들은, 특별한 건 아무것도 없다는 듯 꿀을 모두 함께 자유로이 섞으며 몸에서 몸으로 얼마나 쉽게 전달하는지.

그럼에도 그들의 꿀은 절대 유효기간이 다하지 않는, 절대 그 달콤함을 잃지 않는 무엇이다. 어쩌면 벌들이 웡웡거리는 소리는 그저 '우리가 여기 있다' 라고 말하는 또 다른 방식인지도 모른다.

어원 Tír na nÓg(아일랜드의 민간 전승에 등장하는 영원히 젊은 땅) + hubris(특히 신에 대한 자만심). 오손 웰즈는 이렇게 말했다. "우리가 부르는 노래는 모두 침묵이 될 것이다. 그런데 그래서 어쩌란 말인가? 계속 노래나 부르자."

티러스 | 존 케닉의 콜라주 | dictionaryofobscuresorrows.com

단어들 뒤에 덧붙이는 말

after words*

* 책의 후기를 'afterword'라고 하는 데 착안한 언어유희.

신조어학

• •

내가 이 사전을 쓰기 시작하고서 대략 십이 년의 세월이 흐르는 동안 가장 자주 들은 질문이 있다. "이 단어들은 진짜인가요, 아니면 만든 건가요?"

처음에는 그에 대한 대답이 명확했다. "아니요, 진짜가 아닙니다. 제가 다 만든 거예요." 하지만 이 프로젝트를 반쯤 진행했을 때 어떤 이상한 일이 일어났다. 어느 늦은 밤, 나는 산더sonder—주변의 모든 사람이 그들 자신의 이야기의 주인공이라는 깨달음—라는 단어의 정의를 쓰고는 홈페이지 'dictionaryofobscuresorrows.com'에 포스팅했다. 최초의 정의에서 나는 낯선 이들 각자의 삶을 개미굴에 비유했었다. 겉으로 보기에는 정말 단순해 보이지만 실은 깊은 지하로 제멋대로 뻗어가는, 절대 존재하는지 모를 다른 수많은 생명에게로 이어지는 정교한 통로들로 이루어진 하나의 우주로서의 개미굴 말이다.

곧 독자들로부터 "제가 평생 느껴온 무언가를 말로 표현해줘서 감사해요"라는 내용의 이메일이 연이어 도착했다. 나는 이 감정이 얼마나 보편적인 것인지 알고서 깜짝 놀랐다. 그저 가물거리는 고독 속에서 고속도로를 지나는 다른 차들을 힐끔 쳐다보며, 그 차들이 어디로 갈지 궁금해하며 상상의 나래를 펼치는 와중에 느낀 감정에 불과했는데 말이다. 그 정의 덕분에 그렇지 않았다면 절대 만날 기회가 없었을, 세상 구석구석에 숨어 있던 수많은 낯선 이들의 삶을 잠깐이나마 들여다볼 수 있었다는 사실이 얼마나 그 정의에 들어맞게 느껴졌던지. 오래지 않아 나는 산더가 온라인에서 진지하게 사용되고 있다는 사실을 알아차리기 시작했다. 그러고서 나는 그것이 실제 세상에서 사용되는 것을, 카페와 타투숍과 갤러리와 연주회에서 사용되고 바로 옆에서 이루어지는 실제 대화에서 들리는 것을 알아차리기 시작했다. 정말이지, 단어를 만들고서 그것이 스스로 생명을 지니게 되는 것을 지켜보는 것보다 더 이상한 기분이 드는 일도 없을 것이다.

그러자 나는 과거로 돌아가서 그 질문을 다시 생각해보게 되었다. 정말이지, 어떤 단어가 진짜이고 진짜가 아닌지 내가 어떻게 말할 수 있단 말인가? 분명 산더는 내가 처음 만들었을 때는 진짜 단어가 아니었지만 언젠가 인기를 얻어 더 명망 있는 사전으로 옮겨가서, 그와 정확히 똑같은 방식으로 승격한 단어들인 robot(로봇), nerd(너드; 지능은 뛰어나지만 사회성이 떨어지는 사람), dreamscape(꿈같은 정경), serendipity(세렌디피티; 우연히 발견하는 행운)와 어깨를 나란히 하게 될지도 모를 일이다. 우리가 매일 사용하는 정말 많은 단어들이 우리와 크게 다르지 않은 사람들에 의해 만들어졌다고 상상하자 내게도 권한이 주어진 듯한 기분이 들었다.

그리하여 나는 대답을 바꿔서 사람들에게 이렇게 말하기 시작했다. "그건 당신에게 달려 있어요. 단어는 당신이 진짜이길 바라는 한에서만 진짜이니까요." 어쩌면 단어들은 대학 캠퍼스의 잔디를 대각선으로 가로지르는 흙길 같은 것인지도 모른다. 기존의 길로는 어떤 생각을 표현하기 너무 어렵거나 효과적이지 못할 때—'휴대폰으로 찍는 자화상'이라는 말로는 뭔가 부족할 때—누군가가 바로 본론으로 들어가서 새로운 길을 개척할 것이다. 그러면 그것을 본 다른 사람들이 그 길을 따라갈 것이고, 감식안이 있는 다수의 사람들이 그것이 거기 있길 원하면 조만간 그 지름길은 큰 길이 되는 것이다.

물론 그것이 단지 숫자의 문제만을 의미하는 것은 아니다. 그렇다면 우리가 어떤 단어를 진짜로 인정하기 전에 얼마나 많은 사람이 그 단어를 알아야 하는 것일까? 어쩌면 우리는 언어를 개시開始의 도구로 여겨야 하는지도 모른다. 마치 어떤 열쇠가 다른 사람들의 머리로 들어가는 문을 가장 많이 열어줄지 궁금해하며 열쇠로 가득한 서랍을 살펴보고 있기라고 한 것처럼 말이다. 만일 어떤 단어가 한두 사람의 머릿속으로 들어가게 해주는 것이라면 그것은 딱히 알 만한 가치가 없지만, 백만 명의 머릿속으로 들어가게 해주는 것이라면 이야기가 다르다. 분명 진짜 단어는 당신을 가능한 한 많은 머릿속으로 들어가게 해주는 단어일 것이다.

그렇게 생각하자 또 이런 생각이 들었다. 그런 기준으로 볼 때, 모든 단어 중에서 가장 진짜인 단어는 분명 이것일 것이다.

"O.K.(오케이)"

언어학자들에 따르면, 이것이 세상에서 가장 흔히 이해되는 단어이고, 우리가 가진 것 가운데 가장 마스터키에 가깝다. 이와 관련된 유일한 문제는, 음, 저 두 글자가 무엇을 의미하는지 아는 사람이 아무도 없는 것 같다는 사실이다. 'Orl Korrect(모두 옳은)[1]'? 'Old Kinderhook(킨더후크 영감)[2]'? 아니면 그것은 세상의 여러 다른 언어 중 하나에서 왔을지도 모르고, 그중 어떤 언어라도 그것이 자신에게서 유래되었다는 그럴듯한 주장을 펼칠 수 있을 것이다. 확실히 알 수 있는 사람은 아무도 없고, 우리는 아마 절대 알 수 없을 것이다. 하지만 왠지 그것은 중요한 문제가 아닌 듯하다. 그리고 그것이 중요한 문제가 아니라는 점은 우리가 언어를 사용하는 방식에 대해 무언가 근원적인 사실을 말해준다.

사전에게 '오케이'의 우화는 계속 겸손하라는 조언이나 마찬가지다. 분명 단어는 대단히 힘이 세다. 단어는 손 닿는 모든 것에 의미를 부여한다. 하지만 단어 혼자서는 대상에 의미를 부여하지 못한다. 그 어원이 무엇인지, 얼마나 오래 사용되었는지, 혹은 얼마나

1 'all correct(모두 옳은)'을 재미있게 잘못 철자한 것.

2 미국의 제8대 대통령 마틴 밴 뷰런의 별명. 뷰런은 뉴욕주의 킨더후크 출신이었다.

많은 사람이 아는지는 중요치 않다. 맥락이 전부다. 어쩌면 유일하게 중요한 것이 바로 맥락일지도 모른다. 인생에서와 마찬가지로, 언어에서 의미란 고정된 무엇이 아니다. 의미는 요소들, 심지어 그 자체로는 아무 의미도 없는 것들—단 하나의 단어, 단 하나의 순간, 단 하나의 삶—사이의 상호작용에서 즉흥적으로 발생한다. 약간의 음표를 묶어서 노래로 만들면 듣는 누구라도 감동해서 눈물을 흘리거나 갑자기 춤을 출 수 있다. 하지만 하나의 음표는 그 자체로 그 어떤 의미도 지니지 못한다.

마침내 만족스러운 답이 나왔다. 그렇다, 나의 단어들은 만들어진 것이다. 하지만 사실 모든 단어는 만들어진 것이다. 하나도 빠짐없이. 그것도 단어들이 부리는 마법의 일부다.

우리 모두가 아주 진지하게 대하는 경향이 있긴 하지만, 사실 단어는 허공의 패턴이고, 표상적인 속기速記이며, 하늘의 별자리가 실재하는 정도로 실재하는 그런 것에 불과하다. 정말이지 단어란 바로 그런 것이다. 우리 선조들이 기억할 만한 형상으로 그려낸 생각과 감정의 별자리. 대부분 조잡하고 과장되어 있으며, 나타내야 할 대상을 조금밖에는 닮지 않은. 특정한 다른 문화에서는 그 점들을 아주 다르게, 때로는 서로 겹치거나 때로는 번역이 불가능하게 연결할지도 모른다. 그리고 단어는 모두 시간이 지남에 따라 왜곡되고 변화하면서 시대에 뒤처지거나 새로운 의미를 띠는 경향이 있다. 그럼에도 단어는 겉으로는 제자리에 고정된 듯한 모습을 보이며 우리의 삶에서 우리를 달래주는 존재로, 우리가 길을 잃었다고 느낄 때마다 의지할 수 있는 무언가로 남는다.

단어가 우리에게 그토록 완전히 실재하는 것으로 여겨지는 것도 놀라운 일이 아닌데, 왜냐하면 우리가 그렇기를 정말 절실히 원하기 때문이다. 삶이 혼란스럽고 불확실하게 느껴지고 모든 게 뒤섞일 때마다, 단어는 우리에게 이것과 저것을 구분해주는 분명한 선들로 명료함과 선명함의 감각을 제공한다. 당신은 당신이 누구이며 내일 어떤 일이 일어날지는 모를 수 있지만, 적어도 '마그마'와 '용암', '해협'과 '피오르드', '개똥지빠귀'와 '때까치'의 차이는 알 수 있다. 그저 어떤 것을 단어로 일컫는 행위만으로도 당신은 모든 게 통제되고 있다는 인상을 얻게 된다.

그것이 바로 언어의 축복이자 저주다. 단어는 실재를 단순화시키는 효과가 정말 커서 그로 인해 얼마나 많은 디테일이 누락되는지 놓치기 쉽다. 물론 당신은 세상이 종이에 적힌 것보다 훨씬 더 복잡하고 모호하다는 사실을 안다. 하지만 만일 주의를 기울이지 않는다면, 언어는 당신의 정신을 바이러스처럼 휩쓸고 지나가면서 모든 걸 깔끔한 범주와 쉽게 정의할 수 있는 용어로 구분해버릴 수도 있다. 당신은 단단한 현실보다는 비현실적인 관념에 기대어 자기 삶을 평가하는 자신을 발견한다. 물론 누군가와 맺게 된 관계는 친밀하게 느껴질지 모르겠지만, 그것이 '사랑'인가? 당신의 작품은 흥미로울지 모르겠지만, 그것이 '예술'인가? 이곳에서 십 년 동안 살아왔다고 해서 그곳이 당신의 '집'인가? 살면서 많은 일을 겪었을 텐데, 당신은 '행복'한가? 당신은 '성공한 사람'인가?

단어를 만들며 보낸 세월 동안 내가 배운 것은 바로 그런 것이었다. 단어를 만드는 일은 단어에게 합당한 것 이상의 무게를 부여하는 일이 얼마나 쉬운지 분명히 알려줌으로써 언어에 대한 나의 관점을 바꾸어 놓았다. 그것은 우리가 별자리에 너무 집착하면 별을 볼 수 없게 되는 것이나 마찬가지다.

가끔은 애초에 사전 자체가 만들어지지 말았어야 하는 게 아닌가 하는 생각이 들기도 하는데, 왜냐하면 단어에 의미를 부여하는 행위, 그렇게 부여된 의미가 얼마나 고정적인지에 대해 사전이 우리에게 그릇된 생각을 심어주기 때문이다. 인위적인 합의의 느낌을 전함으로써, 사전은 우리가 단어를 정의하는 게 아니라 단어가 우리를 정의하는 거라고 너무 쉽게 믿어버리게 만든다.

최근 나는 우리가 티핑 포인트, 즉 우리가 말하는 세상이 우리가 사는 세상보다 더 진짜처럼 느껴지는 순간에 다가가고 있는 게 아닌지 생각하기 시작했다. 그것을 'hyperdefinition(하이퍼데피니션, 과도한 정의)' 상태, 즉 실재를 정의에 끼워 맞추는 데 너무 정신이 팔린 나머지 실재가 무엇인지 보지 못하게 되는 상태로 명명하면서 말이다. 만일 모든 것을 범주에 집어넣으려고 너무 적극적으로 애쓰면 그 디테일은 별로 중요하지 않아진다. 그 결과 특별하게 느껴지는 것은 아무것도 없게 된다. 당신이 만나는 모든 사람은 얼마 안 되는 예측 가능한 유형에 꼭 들어맞게 된다. 모든 관계는 일종의 게임이 되어버린다. 모든 예술 작품은 장르에 대한 해설이 되고 만다. 가치에 대한 모든 토론은 의미론에 대한 말다툼으로 변해버린다. 그것은 일상의 삶을 역설이 가미된 살짝 가상적인 것으로 느껴지게, 당신이 정치 풍자 만화 속에 살고 있는 것처럼 느껴지게 만든다.

그럼에도 살다 보면 머릿속의 재잘거림을 무시하고 주위를 둘러보며 스스로에게 세상의 의미를 상기시키는 드문 순간들이 찾아온다. 이 책에서 나는 이런 감정을 감정적으로 명료한 무아지경 상태, 경험 자체를 위한 경험의 순간인 '암베도ambedo'라고 이름 붙였다. 분명하게 정의하기 매우 어려운 것 중 하나였는데, 왜냐하면 그 느낌은 우리 의식의 바로 언저리를 맴도는 경향이 있기 때문이다. '이건 아니야'라는, 우리 주변에 있는 모든 것의 표면 바로 아래에 숨겨진 또 다른 차원이 있다는 느낌. 잠시 당신은 언어의 마법에서 벗어나 사물을 있는 그대로, 알 수 없이 복잡한 원래 상태 그대로 볼 수 있다. 이 세상은 당신이 봤거나 들은 얼마 안 되는 장소들보다 훨씬 더 크다. 당신이 사랑하는 사람들은 그들이 당신의 삶에서 맡은 배역보다 훨씬 더 심오한 존재들이다. 낯선 이들은 그저 배경을 채우는 엑스트라 이상의 존재들이다. 당신이 세상에 얼마나 깊이 몰두하든, 당신은 그저 표면만 긁고 있을 뿐이다. 사전이 우리에게 주는 믿음에도 불구하고, 이 세상은 여전히 대부분 정의되지 않았다.

우리가 이런 깨달음을 고수하며 아직 우리가 끝나지 않았다는 사실을 스스로에게 상기시킬 방법을 찾을 수만 있다면. 다행히도 그런 일에 제격인 게 바로 단어들이다—그것들은 손 닿는 모든 것에 의미를 부여한다. 우리에게는 단어를 우리 의지대로 사용할 힘이 있다. 비록 그것이 다시 시작하는 것, 과거를 잊고 새 출발을 해서 우리 언어가 우리가 경험하는 실재에 더 가까워질 때까지 우리 주변의 세상을 재정의하는 것을 의미할지라도 말이다.

나는 바로 그것이 내가 이 책이 존재하길 원했던 이유, 내가 이러한 집착을 좇으며 그토록 여러 해를 보낸 이유, 그리고 그것이 그동안 내게 그토록 큰 즐거움을 가져다준 이유라고 생각한다. 나는 아는 게 별로 없고 나의 말을 어떤 명백한 자료로 뒷받침할 수도 없지만, 새로운 단어를 만들어내서 당신의 어떤 느낌을 분명히 정의하는 연습을 해보길 진심으로 권하고 싶다. 그 작업은 당신의 정신적 틀을 느슨하게 해주며 당신이 스스로에게 들려주는 이야기에 대한 주인의식을 심어준다.

지금이 바로 어휘 목록의 빈틈을 찾으러 가고, 지도의 여백에 괴물을 그리고, 다른 사람에게 저 아래에 '무언가'가 있을지도 모른다고 경고해줄 시간이다. 그리고 만일 어떤 단어를 만들었는데 그 단어가 말도 안 되게 느껴진다면 더더욱 좋다. 우리는 말도 안 되는 생각을 좀 더 해도 괜찮다. 우리가 세상에 부과한 모델에 너무 사로잡히지 말아야 한다는 사실을 그것이 우리에게 상기시켜주기만 한다면 말이다. 언어는 실재가 아니다. 지도는 영토가 아니다. 앨런 와츠[3]가 즐겨 말했듯, "메뉴판은 음식이 아니다."

결국 그것이 나의 대답이다. 당신의 단어를 진짜로 만들라. 만일 당신이 스스로를 정의할 용기를 지니고 당신의 삶을 살아가게 하는 용어들의 소유권을 주장하게 된다면 무언가 신비로운 일이 벌어질 것이다. 벽이 사라지고, 세상이 열릴 것이다.

단어는 당신을 미궁에서 빠져나오게 하는 실과도 같다. 그것은 별 게 아니지만—너무 가늘어서 잘 보이지도 않지만—당신이 이미 알고 있는 것들을 당신에게 상기시켜줌으로써 당신이 어둠 속

3 '철학 엔터테이너'로 알려진 영국의 작가.

에서 길을 잃었을 때 온 길로 되돌아가게 하기에는 충분하다. 깊은 곳으로 뛰어드는 것은 일종의 기쁨이다. 불가능한 꿈을 좇는 것은 기쁨이다. 무엇이든 느끼는 것은 기쁨이다.

고마움gratitude에 대하여

..

어떤 이유에선지 고마움을 표하는 것보다는 슬픔을 정의하는 것이 훨씬 더 쉬운 일로 느껴진다. 물론 두 감정은 아주 유사해서 동의어이거나 같은 동전의 양면일 것이 틀림없지만 말이다—당신은 어떤 존재가 삶에서 차지하는 희귀성을 찬양하지 않고는 그 상실을 애도할 수 없다. 그럼에도 이 프로젝트를 돌이켜보며 내가 느낀 고마움을 전하려면 또 다른 책 한 권이 필요할 것이다.

나의 백보드이자 후원자인 아내 애나에게, 그리고 심지어 태어나기 전부터 내 심장을 계속 뛰게 한 딸 샬럿에게 해주고 싶은 말이 정말 많다.

선생님들과 멘토들, 특히 내게 글쓰기를 시작할 영감을 준 로버트 블라이와 글쓰기를 계속해나갈 영감을 준 알렉스 레몬에게도 해주고 싶은 말이 많다. 현명하고 인내심 있는 편집자인 조너선 콕스와 재커리 놀, 저작권 에이전트인 헤더 카르파스와 크리스틴 킨 벤턴, 그리고 이 책을 현실로 만들기 위해 막후에서 애써준 다른 모든 이에게도. 작품으로 침묵이 무엇인지 알려주는 모든 일러스트레이터, 내가 소재를 약탈해온 위키피디아와 윅셔너리에서부터 원룩과 다른 여러 사전들에 이르는 오픈 소스 자료에 기여한 찬양받지 못한 기고자들에게도. 가족과 친구들, 그리고 내가 자랑스레 '동료'라 부르는 세계적으로 유명한 창작자들에게도. 그리고 대학 시절의 글쓰기 모임인 '미래의 실패자들Future Failures'에게도.

이로써 나는 이번 주의 제출물을 내놓는 바이다. 살살 다뤄주시길.

하지만 무엇보다도 여러 해 동안 편지와 코멘트를 보내준 여러 독자들에게 뭐라고 감사의 말을 전해야 할지 모르겠다. 그들은 이 프로젝트에 대한 지지를 보내주었고, 내가 자신들의 그것을 조금이라도 이해하도록 도와줄 단어를 만들어낼 수 있길 바라며 자신들을 괴롭히는 감정을 설명해주거나 자신들의 이야기를 살짝 들려주었다.

그중에는 매일 밤 저녁 식탁 너머로 아흔여섯이 된 할아버지를 바라보며 자신과는 너무나도 다른 그의 엄청난 인생 경험에 어리둥절해하던 파키스탄의 젊은 여성이 있었다. 고국의 사람들과 화상 채팅을 한다고 해서 그들과 더 가까워지지도 더 멀어지지도 않는다는 생각에 은밀한 두려움을 느낀, 해외에 파병된 해병대원도 있었다. 왜 친구들이 자신이 질문할 때만 자신을 상대해주고 자신의 내적 삶에 대해서는 거의 관심을 보이지 않는지 궁금해한 칠레의 심리학자도 있었다. 부모가 바란 커리어를 추구하느라 젊은 시절을 잃어버린 것은 아닌지 궁금해하면서도 환자 가족의 삶을 자세히 들여다보는 것에서 의미를 찾는 인도의 의사도 있었다. 평화를 찾고자 산으로 도피했지만 정작 침묵을 불안하게 여긴 홀로코스트 생존자의 아들도 있었다. 정작 자신은 그 사실을 확신하지 못하면서도 이 세상에는 선량함이 존재한다는 사실로 손자를 안심시켜주려 했으나 그 방법을 알지 못하던 남아프리카의 여성도 있었다.

정말로 많은 갈망, 정말로 많은 놓쳐버린 관계들과 계속 떠오르는 기억들. 자신들의 사랑을 끄거나 다시 켤 수 있길 바라는, 어떤 사람에 대한 감정을 통제하고자 하는 정말로 많은 간절한 시도들.

삶의 이런저런 순간에 낯선 이들의 삶에 대한 짧은 이야기를 읽는 것은 비현실적인 경험이었다. 어느 날 나는 서로 지구 반대편에 있는 두 사람으로부터 똑같은 우주적 상실감에 대해 말하는 이메일을 받기도 했다—하지만 둘 중 어느 누구도 자신들의 목소리가 세상을 가로지르다가 나의 메일함에서 만나 우연히 조화를 이루었다는 사실은 몰랐을 것이다.

시간이 지나며 나는 우리 모두가 남몰래 얼마나 많은 공통점을 지니고 있을지 감을 잡기 시작했다. 우리 중 얼마나 많은 사람이 대답할 수 없는 똑같은 질문에 괴로워하며 자동차 핸들이나 샤워실 벽 앞에서 똑같은 생각을 중얼거리고 있을지. 그리고 혼자라고 느끼거나 혼란스럽거나 나 자신이 낯설게 느껴질 때마다, 나는 내가 각자의 삶을 살아가며 나와 똑같이 느끼는 다른 많은 사람들과 나를 이어주는 보이지 않는 흐름으로서의 인간성을 이용하고 있다는 사실을 알았다.

그것이 바로 자신의 감정을 가능한 한 정확히 표현하는 일이 일으키는 마법이다. 적어도 그것은 우리가 혼자가 아니라는 사실을 우리 모두에게 강력히 상기시켜준다.

존 케닉

조언 한마디

..

올리올리옥센프리ollyollyoxenfree[4].

4 "이제 나와도 돼!"를 뜻하는 말로, 아이들이 숨바꼭질 놀이를 하면서 쓰는 말이다. 원래 "olly olly oxen free"로 띄어 쓴다.

찾아보기

ㄱ

ㄴ

ㄷ

ㄹ

ㅎ

지은이 존 케닉 John Koenig

존 케닉은 영상 편집자, 성우, 그래픽 디자이너, 일러스트레이터, 사진작가, 영상 감독, 작가로 활동하고 있다. 다채로운 이력을 가진 그는 2009년 개인 블로그 dictionaryofobscuresorrows.com에서 '슬픔에 이름 붙이기dictionary of obscure sorrows' 프로젝트를 시작했다. 시작은 미약했으나 그의 박학한 언어학적 지식과 마음의 뉘앙스를 잡아내는 섬세하고도 집요한 감각으로 금세 수많은 사람의 공감을 자아냈다. 이 프로젝트는 유튜브 채널 〈Dictionary of Obscure Sorrows〉로 발전하여 소설가 존 그린과 비욘세에게 상찬을 받는가 하면 《뉴욕타임스》 같은 매체에서도 호평을 받았다. 한 편의 시이자 사전인 『슬픔에 이름 붙이기』는 그의 첫 번째 책으로 베스트셀러가 되었다. 미네소타에서 아내와 딸과 함께 살고 있는 케닉에게는 이메일 obscuresorrows@gmail.com로 연락할 수 있다.

옮긴이 황유원

서강대학교 종교학과와 철학과를 졸업했고, 동국대학교 대학원 인도철학과 박사과정을 수료했다. 2013년 《문학동네》 신인상으로 등단해 시인이자 번역가로 활동하고 있다. 시집으로 『하얀 사슴 연못』, 『초자연적 3D 프린팅』 등이 있고, 옮긴 책으로 『모비 딕』, 『바닷가에서』, 『폭풍의 언덕』, 『유리, 아이러니 그리고 신』, 『패터슨』 등이 있다. 김수영문학상, 현대문학상, 김현문학패 등을 수상했다.

슬픔에 이름 붙이기

마음의 혼란을 언어의 질서로 꿰매는 감정 사전

펴낸날 초판 1쇄 2024년 5월 18일

지은이 존 케닉

옮긴이 황유원

펴낸이 이주애, 홍영완

편집장 최혜리

편집3팀 장종철, 강민우, 이소연

편집 양혜영, 박효주, 한수정, 문주영, 홍은비, 김하영, 김혜원, 이정미

디자인 윤소정, 김주연, 기조숙, 박정원, 박소현

마케팅 김태윤, 김민준

홍보 백지혜, 김철, 정혜인, 김준영

해외기획 정미현

경영지원 박소현

펴낸곳 (주)윌북 **출판등록** 제 2006-000017호

주소 10881 경기도 파주시 광인사길 217

전화 031-955-3777 **팩스** 031-955-3778

홈페이지 willbookspub.com

블로그 blog.naver.com/willbooks **포스트** post.naver.com/willbooks

트위터 @onwillbooks **인스타그램** @willbooks_pub

ISBN 979-11-5581-719-3 (03890)

• 책값은 뒤표지에 있습니다.

• 잘못 만들어진 책은 구입하신 서점에서 바꿔드립니다.